侵蝕
壊される家族の記録

櫛木理宇

角川ホラー文庫
19830

侵蝕

壊される家族の記録

人物紹介

皆川美海《みながわみうみ》
高校生。明るい性格で友達も多い。
家庭では疎外感を感じている。

皆川留美子《みながわるみこ》
美海の母。専業主婦。
末子で長男の智未《ともみ》を失い、ふさぎ込みがち。

皆川琴美《みながわことみ》
美海の姉。大学生。
生真面目な秀才だが、人付き合いが苦手。

皆川亜佑美《みながわあゆみ》
美海の妹。中学生。整った顔立ち。
甘えん坊でわがままな性格。

山口朋巳《やまぐちともみ》
薄汚れた服を着、靴も履かずに、
皆川家の玄関先に現れた少年。

山口葉月《やまぐちはづき》
朋巳の母だという女。
白ずくめの衣裳で、厚塗りの化粧を施している。

プロローグ

そう、あの女。

気がついたときには、もうあそこの家に住みついちゃってたんですよねえ。

ええ、息子さんが海外に単身赴任することになってね。お父さんの独り暮らしになって、半年くらいしてからですよ。

あの女が家に出入りするようになったんです。

いえね、お父さんはしっかりした方だったんですよ。男手ひとつで息子さんを育てあげて、ご自身は教頭先生までつとめた、堅物と言ってもいいくらい真面目な人だったんですから。

ほんとうなら女なんか連れこむような方じゃないんです。なのにねえ、魔がさしたってやつなんでしょうかね。

たぶん寂しかったのかな。現役時代は先生先生ともてはやされていたのに、いまや生徒は寄りつかない、息子もいないの独居生活じゃ、人恋しくなって当然でしょう。

知り合ったきっかけ？　さてね。ボランティアではじめて会っただの、自費出版の詩集を読んで感激しただの言ってたようだが、どれがほんとうだか。

いや、全部又聞きですよ。なにしろわたしゃ、できるだけあの女には近寄らないようにしてましたから。

だって、異様でしたよ。十代の娘が着るような、レースやフリルびらびらの服でね、肘《ひじ》のところまである手袋して。

陽が高くなると、冬でも必ず日傘をさしてました。おまけに地肌の色がわからないような厚化粧ですよ。たぶん実年齢は四十代、いやもっと上だったかもしれないなあ。

せめて息子さんが一箇月に一回でも帰ってこられたらよかったんでしょうけどね。なかなか帰ってこれずにいるうちに――。

そう、居候が増えちまったんですよ。

チンピラ、いやホストみたいな格好の若い男です。ええ、もちろん弟だなんて誰も信じやしませんでした。あんな気味の悪い女相手に「姉さん、姉さん」ってべったり甘えてましたっけ。おまけに子連れでした。誰の子だかねえ。

あの女たちがあそこの家に住んでたのは……そう、約二年ほどですかね。でもある日、なんの前ぶれもなくふっといなくなったんです。

あとは新聞記事のとおりですよ。

お正月休みでやっと家に戻ってこられた息子さんが、座敷の押入れを開けたら――お父さんの遺体が突っ込まれていたんです。はい、ビニールにくるまれて、臭わないよう乾燥剤と防臭剤がたっぷり詰められていたとか。

貯金は全額使いこまれてました。保険もすべて解約されて、金目のものは一切合切持ち去られていました。亡くなった奥さんの襦袢《じゅばん》一枚残していかなかったそうです。

女の名前？　えーと、カヅキとかミヅキとか、確かそんなような名前でしたね。

いやあ、どうせ本名じゃないでしょ。お面みたいな厚化粧でしたから、その下の素顔もさっぱりです。逮捕されて顔写真が出たところで、誰も判別つきゃしませんよ。

唯一はっきり覚えてるのは……うん、あの女の声ですね。

さっきも言ったように、見た目はけしてよくなかったです。

でもすばらしく甘い、いい声をしてました。なんて表現したらいいんでしょうね。おしとやかで、上品で、はかなげで――いやだめだ、うまく説明できそうにないな。

その後ですか？　さあ、どうだろう。捕まったとも聞きませんしね。

はい、いまも同じ手口で、どこかの家に入りこんでるかもしれませんね……。

第一章

1

雨があがったあとの庭は湿っぽい、独特の生ぐさい匂いを発している。

皆川留美子《みながわるみこ》はその香りを背に、竹箒《たけぼうき》で軒先を掃いていた。機械的に動かしていた手を止め、ぼんやりと思う。

――いったいわたしは、どこから人生を間違えたんだろう。

竹の柄にそっと額を付ける。体がだるく、重い。無理もなかった。もう何箇月も、まともに眠れていない。

息子の葬儀があった半年前のあの日は、骨まで沁《し》みるような寒さだった。

道路の両脇には、除雪車が積み重ねた雪が高い壁となってそびえ立っていた。見わたす限り白い世界に、鯨幕と喪服の黒だけがやけに浮きあがって映った。

いま、視界にあの白はない。季節は梅雨に入ったばかりで、朝晩こそまだ肌寒いものの、次第に色を濃くしていく木々の緑が夏の近さを教えてくれる。

だが訪れるのはあの子の――智未《ともみ》のいない夏だ。

去年までの、あの楽しかった夏は二度と来ない。家にも、幼稚園にも、庭にも道路にも公園にも息子の智未はいない。

庭に咲いた朝顔を見て笑いあった記憶も、すでに遠くなりかけていた。智未が小学生になったなら絵日記や自由研究に役立つだろうと、張りきってしつらえた花壇だ。しかし今年は鉢や支柱どころか、種すら買っていない。

留美子はため息をついた。

どこで人生を間違えたかって？　わからない。

二十五歳の冬、懇親会の席で夫と恋に落ちたときだろうか。翌年夏に、避妊に失敗したと悟ったときだろうか。それとも夫の紹介ではじめて会った小姑《こじゅうと》たちに、面と向かって「ふしだら女」呼ばわりされたというのに、

「わたし、絶対に彼と結婚しますから」

と言いきってしまったあのときからか。

義姉たちの不興をかいながらも、留美子は順調に三人の娘を産んだ。さいわい会社は産休を取りやすい環境にあったし、なじみの保育園は六箇月目から預かってくれた。小姑たちには「女腹」と陰口を叩《たた》かれたが、留美子はそれを右から左へ聞きながした。

だが三女を産んだ九年後、留美子は四度目の妊娠を知った。検診の結果、男児だった。

自分でも驚くほど、留美子はその知らせに浮かれた。長年つとめた会社を辞めたのもそのときだ。やっと授かった長男のために万難を排したかった。母体にかかるストレス

をすこしでも減らしたかったのだ。

——それが誤りのもとだったんだろうか。

わからない。わからない。

いまのわたしには、いったいなにが残っているんだろう。小姑たちから一度もかばってくれなかったばかりか、家事にも育児にも協力しない夫の孝治《たかはる》。四角四面でとっつきにくい長女、琴美《ことみ》。どうしても可愛く思えない次女、美海《みうみ》。精神年齢が小学生で止まったような三女の亜佑美《あゆみ》。

わたしの手の中には、結局これしか残らなかった。

あの日の事故を境に、生活のすべてが一変した。以来、留美子は「よき母、よき妻」たらんとする努力をやめた。

夫を支える気は失《う》せた。娘たちのために快適な空間をつくろうとつとめ、出がけに笑顔を向けることもやめた。

——智未のいない我が家なんて、もう見たくない。

白々と空虚な居間も、からになった男児用ベッドも、段ボールに突っこんだままのゲーム機やカードも、奥座敷に鎮座する仏壇も遺影も。

なにもかもいやだ。目に入れたくない。

もちろん理性ではわかっていた。家族に対し、こんなふうに思うのは間違いだ。残された者たちで、身を寄せあってやっていかねばいけないときだ。あの子の死でダメージを受けたのは自分だけじゃない。そうだ、そんなことはよくわかっている。

だが感情がついていかなかった。ともすれば視界は潤み、胸はたやすく波だち、まぶたを閉じれば幼い息子の笑顔がちらつく。

うつむいたまま、いま一度留美子はため息をついた。

ふと、ちいさな爪先《つまさき》が視界に入った。

足首にアニメのキャラクターがプリントされた、白い靴下を穿《は》いた爪先だ。靴は履いていなかった。アスファルトの上に、靴下だけの幼い足が在《あ》った。

顔をあげる。途端、留美子は目を見ひらいた。

目の前に、四、五歳見当の男の子が立っていた。

カーキ色のパンツにスポーツシャツと、服装はいたってふつうだ。だが身ごろのサイズがあっていない。服の中で体が泳いでいる。ワンサイズどころか二サイズは上の服に思えた――が、よくよく見れば丈は袖《そで》も脚もさほど余っていない。

痩《や》せているのだ。身長と不釣り合いなほど、その子はがりがりに痩せていた。

本来その年ごろならふっくらしているはずの頰は肉が削《そ》げ、袖から覗《のぞ》く手もひどく骨ばっている。

服は安物ではなさそうだ。だがしばらく洗濯していないらしく、袖口や衿《えり》もとが垢《あか》じみていた。前髪も脂で固まっている。汚れた爪が伸びている。

少年の唇が、かすかにわなないた。

「……イレ」

「え？」

「トイレ……貸して、ください」

蚊の鳴くような声だった。脚が小刻みに震えている。

はっとわれに返り、慌てて留美子は「来て」と男児の背中を押した。これはもう、おそらく一刻の猶予もならない。門から玄関までさほどの距離があるわけではないが、それでも間に合うかどうかあやうい。

「早く、ほら。あそこが玄関よ。あの戸を開けたらすぐだからね」

「ごめん、なさい」

「いいから。いいから急いで、ほら——」

言いかけた声が途切れた。突然、少年が足を止めたからだ。

一拍おいて、少年のカーゴパンツの股《また》にじわじわと染みがひろがっていく。裾《すそ》から水滴がしたたり落ちる。両脚の間に、水たまりができていく。

啞然《あぜん》と留美子はそれを眺めた。乾いて灰いろだった庭の敷石が、見る間に黒くなった。アニメキャラ付きの靴下も、濡《ぬ》れて変色している。

湿った音に混じって、やがて、う、うぅ、と低い啜《すす》り泣きが聞こえた。

少年は泣いていた。両の拳《こぶし》を握り、脚をその場に突っぱり、粗相をしてしまった自分を恥じて声もなく泣いていた。喉《のど》が引き攣《つ》れ、呼吸が詰まる。

その姿に、思わず留美子は胸を衝《つ》かれた。子供が他人の前でこんなこんなちいさな子に、こんな泣きかたをさせてはいけない。子供が他人の前でこんなふうに声を押し殺して屈辱の涙を流すだなんて、あってはならないことだ。ひどすぎる。この子のまわりの大人たちは、いったいなにをしているんだろう。

「いいのよ」

留美子はしゃがみこみ、少年の頭に手を伸ばした。

びくっとちいさな肩が震える。その反応に、思わず留美子は腕を止めた。

男の子はおびえに体を強張《こわば》らせていた。安心させるように、彼女はやさしくその背をさすった。

「がまんできなかったのよね。いいの。わざとじゃないんだものね。わざと汚したんじゃないんだから、いいのよ。怒ったりしないわ」

「……ごめん……な、さい」

「いいの」

抱きしめたい衝動を留美子はこらえた。

少年の垢じみた顔を涙が洗ったせいで、頬にいくすじもの白い線ができている。やはり何日も風呂《ふろ》に入っていないらしい。

いったいこの子の親は、どこでどうしているのだろう。靴も履かずに子供ひとりで徘《はい》徊《かい》させているだけでも異常なのに、こんなに痩せさせて、お風呂にも入れず、トイレにも行かせないだなんて。

――これはひょっとして、児童虐待というやつではないのか。

「ぼく、お父さんかお母さんのお名前わかる？」

少年は首を横に振った。

「じゃあおうちはどのへんかわかるかな？　電話番号は知ってる？」

やはり首を振る。

これはいったん家《うち》で保護するしかないかもしれない、と留美子は思った。まずお風呂を沸かして、ごはんを食べさせて、その間に交番へ連絡すればいい。

この体格なら、きっとあの子の服が着られるはずだった。ちょっと着丈は足りないかもしれないけれど、身頃はちょうどよさそうだ。

この年ごろの男の子を世話するのは半年ぶりだった。

同じくらいの歳。同じくらいの大きさ。心なしか顔もなんとなし似ている。

奥二重のすっきりした目に、すこし尖《とが》らせたような口もと。もちろん生きうつしというわけじゃない。けれど、あの子を思い起こさせるなにかがある。

「お腹すいてる？」

尋ねると、泣き顔のまま少年はこっくりうなずいた。

「そう、じゃあ中でなにか食べましょうね。着替えてきれいにしたら、朝ごはんをつくってあげるわ。なにか嫌いなものはある？　食べると体にぶつぶつができるとかは？」

その問いには首を振る。ほっとした。どうやら好き嫌いもアレルギーもないらしい。

あらためて留美子は、少年の顔を覗きこんだ。

「ねえぼく、お名前は？」

彼は答えた。「──ともみ」

「え？」

「朋巳《ともみ》。山口《やまぐち》朋巳」

われ知らず、留美子の頰が緩んだ。

「そう」声が震える。唇が勝手に吊《つ》りあがっていく。少年の細い腕を摑《つか》んだ手に、思わず力がこもる。

留美子は目を細め、声を抑えて言った。

「──じゃあおばさん、ぼくのこと〝トモくん〟て呼ぶわ。いいわよね？」

2

「美海《みうみ》ー、あんた今日の放課後って暇ぁ？」

クラスメイトの結衣《ゆい》にそう呼びかけられ、皆川美海は肩越しに振りむいた。

下敷きで顔を扇《あお》ぎつつ、「うん暇。ていうか、いつでも暇」と答える。目に見えて結衣の顔がほころんだ。

「よかったあ。じつは今日、B組の桜《さくら》ちゃんの誕生日なんだよね」

「えっ、うそ」

知らなかった、と美海は掌《てのひら》で口を覆う。

「やばーい、なんも用意してなかった。どうしよ、わたしいっつも桜ちゃんにノート貸してもらったりして、お世話になってんだよね」

「そんなん、みんなそうよ。てかあたしもさっき木下《きのした》から聞いたの。みんなで急遽《きゅうきょ》お祝いしようってことになって、本人になにが欲しいか訊《き》きに行ったら、桜ちゃんが『カラオケおごって』って言うからさ」

「カラオケか、いいね。そういや最近ぜんぜん行ってないや」

相槌《あいづち》を打ちながら、美海は机上のペンをかき集めて筆箱におさめた。

開けはなした窓からは湿気を含んだ晩夏の風が吹きこみ、教室の色褪《いろあ》せたカーテンをふくらませている。

「んじゃ美海も参加ね？　何時までOK？」

「何時までもいいよ。うち門限ないもん」

「あ、そっか。美海んち、そのへんユルいんだったよね。いいなあ」

じゃあみんなに伝えとくね、と言って結衣が離れていく。

その背中を見送って、

「……べつに、そんないいもんじゃないよ」

と美海は口の中でつぶやいた。

そう、美海の家は本来けっして〝ユルい〟方ではない。姉の琴美は大学生だというのに「十時までには必ず帰ってこい」と本家の伯父《おじ》に厳命されているし、妹の亜佑美は小学一年から現在の中学二年まで「学校を出た瞬間から家に着くまで、十分おきに母宛てにメールすること」を祖母に義務づけられていた。

父似の姉は父方親戚《しんせき》の秘蔵っ子で、妹は祖母のお気に入りだった。そして歳の離れた弟の智未は、母に溺愛《できあい》されていた。

きょうだいの中でひとり、美海だけが宙ぶらりんだった。

——まあそれはそれで、うちはパワーバランスがとれていたんだけど。

苦にがしく彼女は思う。

いま家には、祖母も弟もいない。祖母は本人の希望で今年の四月、施設に入った。弟は冷たいお墓の下だ。事故だった。幼稚園の野外授業中に、居眠り運転のトラックが突っ込んできたのである。

真昼の惨劇だった。園教諭を含む十二人が重軽傷を負い、ふたりが死亡した。そのうちひとりが、当時五歳の皆川智未であった。

あの当時のことを思うだけで、美海の指先はいまもすうっと冷えていく。

あんな思いはもう二度としたくない。智未の遺体は、修復してさえ葬儀でも御棺を開けられないほどひどい姿だった。

――あんな思いは、二度と。

思わず眉間《みけん》を指で押さえたとき、頭上から声がした。

「美海」

はっと顔をあげる。

「どうしたの、気分悪い？」

「ううん。なんでもない」慌ててかぶりを振る。同じくクラスメイトの真緒《まお》が、心配そうにこちらを覗《のぞ》きこんでいる。

「今日の桜ちゃんの誕生祝い、美海も来れるって聞いたからさ」

「ああ、うん。行く」

「そうなんだ、よかった」

真緒がほっとしたように笑い、「ていうか、ほんと言うと二重の意味でよかったんだよね」と顔を寄せてくる。

「美海が来ないってことになると、岩島《いわしま》くんも行かないって言いだしかねないもん」

一拍の間をおいて、美海の顔がかあっと赤くなった。

「な――なにそれ、ばっかじゃないの。なんでわたしが」

「いやあんたがじゃなくて、岩島くんが」

「い、いわしまがって――」

そこまで言って、言葉が出なくなった。真っ赤な顔で口をぱくぱくさせるだけの美海に、真緒が満面の笑みで言う。

「ほら、岩島くんって盛りあげ要員だからさ、この手の席にいてくんないと困るんだよね。だから美海もちゃんと出席してよ。あ、べつにへんな意味じゃないからね。お誕生祝いのためなんだから、ばっくれたりしたら桜ちゃん悲しむよぉ」

言葉を失う美海をよそに、授業開始のチャイムが鳴り響く。

そんじゃ放課後、迎えに来るから——と手を振って、真緒は自席に戻っていった。


「桜ちゃん、ハッピーバースデーィ！」

「ハピバー！」

「誕生日おめでとー！」

狭苦しいカラオケボックスの中、美海たちは手の中のペットボトルや缶を振りあげて、口ぐちに祝いの声をあげた。

とはいえメンバーは金のない高校生だ。持ちこみ可の店を選んで、ケーキは駅前の洋菓子店で、ジュースやスナック菓子は近くのコンビニで買いこんだ。

「ケーキに蠟燭《ろうそく》たてよっか」

「え、誰かライターかマッチ持ってるの？」

「ないかも。このメンバー、誰も煙草吸わないもんねえ」

フロントにライター持ってきてって頼んでいいと思う？　えーでも火気だめなんじゃ

ない？　と言いあう面々を後目に、美海はコンビニで買ってきた紙皿と紙コップの封を切った。

ソファにずらりと並んだメンバーをひいふうみい、と美海が数えていると、

「あ、おれも配るの手伝うよ」

とすぐ隣から声がした。

「あ、ありがと――」もたげかけた首を、美海は思わず瞬時にひっこめた。

B組の岩島尚基《なおき》だった。

中学から同じ学校だが、同じクラスになったことは一度もない。なのに中学三年の春から、廊下でよく声をかけられるようになった。

当時のクラスには皆川姓がふたりいたせいで、「〝み〟の多い方の皆川さん！」と、すれ違うたび体育会系特有の大きな声で呼びとめられた。

「なにそれ。やめてよ、その呼びかた」

「いや、わかりやすいかと思って」

みながわみうみ、って〝み〟ばっかりでおもしろい名前じゃん、とそのたび岩島は屈託ない顔で笑ってみせた。

ラグビー部らしく大柄な体付きで、先輩にも後輩にも慕われる明るい性格で、黙っていると近寄りがたいけど、笑うと顔がくしゃっとなって可愛い――と、以前から女子生徒の間ではそれなりに評判だったらしい。

その彼に「皆川さん、皆川さん」と呼びかけられるうち、気づけば周囲の空気もすっかり変わってしまった。

「べつになんでもないってば。付きあってくれって言われたわけでもないし、第一ふたりで遊んだこともないし」と反論しても反論しても、

「じゃ、遊んでみればいいじゃーん」

「そのうち〝付きあって〟って絶対言われるって」

と冷やかされるようになってしまった。そしてまわりのその反応に美海が歯嚙《はが》みしているそばから、

「〝み〟の多い皆川さん、今度試合観にきてよ！」

と当の岩島本人に大声で呼びかけられるという始末だった。

――まあべつに、嫌いってわけじゃないけどさ。

そう内心でひとりごちる。

第一好きだとか嫌いだとか、そんなことを考えられるほど親しい相手じゃない。携帯番号とＩＤだけはかろうじて知っているけれど、個人的な電話やＬＩＮＥなんて一度もしたことがない。

「皆川さん？　ねえ、おれも紙皿配るって」

横からあらためて言われ、美海は慌てて岩島に「ありがと」と包装されたままの紙皿セットを突きだした。

まだ肌寒い日も多いというのに、岩島は早くも半袖《はんそで》シャツだ。袖から突きだした腕は筋肉質で、浅黒く日焼けしている。ともすればその腕に触れそうになり、美海は思わず彼から距離をとった。

岩島が苦笑する。「皆川さん、そんなあからさまに離れないでよ。傷つくじゃん」

「は？　べつに……ぶつかんないようにしただけ」

もごもごと美海は答えた。

そう、べつに岩島のことは嫌いじゃない。

でもたぶん、ちょっと苦手だ。開けっぴろげな性格とか、誰の前でも気にせず声をかけてくるところとか、こんなふうに至近距離から人の目を覗きこんでくるところとか——とにかく苦手だ。

対処に困る。どうしていいかわからない。

もしこれが妹の亜佑美だったなら、即座に祖母へなにもかも報告したことだろう。そうして祖母は可愛い孫が〝たぶらかされそうになった〟ことに激昂《げっこう》し、

「そんな軽薄な男子生徒がクラスにいるだなんて。担任はどんな指導をしているの。いますぐ中学校に連絡しなさい」

と家族を巻きこんで、上を下への大騒ぎをさせていたはずだ。

姉の琴美ならば、そもそもこんな場に来もしない。今年大学に入ったばかりの姉は、講義が終われば毎日毎日判で押したようにまっすぐ家へ帰ってくる。

新歓コンパの誘いも全部その場でことわったそうで、「お姉ちゃん、そんなんで大丈夫なの？」と思わず美海が尋ねても、

「大学は馴《な》れあいの場じゃないわよ。単位さえとれればいいの」と彼女はそっけなく答えるだけだった。

「ちょい皆川さん、そっちの紙コップも貸して」

すぐ横からささやかれ、なんとはなしぎくりとする。

彼女が考えに沈んでいるうちに、岩島は紙皿を配り終えてしまったらしい。美海は「ごめん」と小声で言い、彼にコンビニ袋ごと紙コップの包みを手渡した。

「ちょっと。食ってばっかいないで、誰か歌入れなよー」

「えー、だってトップバッターって、みんな知ってる系の歌じゃないと文句言われるじゃーん」

中途半端にマイクに入った声が、アンプを通して室内に響く。

選曲用端末を独り占めする者。メニューをためつすがめつしている者。ケーキの残りを切りわけるのに忙しい者。

ソファから腰を浮かせて紙コップを配っていた岩島が、ふたたび美海の横に腰をおろす。誰かが曲を入れたらしく、にぎやかなイントロが流れだす。

「——弟くんのこと、たいへんだったね」

ぽつりと岩島が言った。

咄嗟《とっさ》に美海は答えられず、うつむいた。

「ごめん、こんなのおれなんかがどうこう言えることじゃないよな。ほんと、残念だし、災難だし……ごめん、おれアタマ悪いんで、なんて言ったらいいのか、いままでうまい言葉が見あたらなくてさ」

がしがしと彼が頭を掻《か》く。

「でも、たいへんだったよな」

美海はさらにうなだれた。

この人の、こういうところも苦手だ。いい人のふりで、ずかずか踏みこんでくるところ。まわりがもう忘れてくれたかなっていうときに、いまさら弟のことで声をかけてくるところ。

岩島が、彼に似合わない仕草でせわしなく指を組む。

「こんなこと言って、ほんとごめん。おれさ、もしかしたら皆川さんが二度とこういう席に出てくれないかもって思ってたんだ。へんな話で悪いんだけど、そうだったらどうしようって勝手にあせってた」

「なにを——」

「皆川さんが、前みたいに笑ったり騒いだりできなくなってたらいやだな、困るな、って。もしそうだったら、おれ、なんかできないかなって。……できること、なんでもいいからないかなって、ずっとそう思ってた」

美海は言葉を失った。

岩島が、困ったように眉《まゆ》をさげて彼女を見つめている。

ああそうだ。だからこの人は苦手だ。ふたたび顔を伏せ、美海はそう思う。

ぜんぜん親しくもないのに、勝手にこんなふうにひとり決めしてしまうところ。こっちの都合も感情も聞かずに、自分の思いから先にぶつけてくるところ。なのに、いやだとも迷惑だとも、わたしにすこしも思わせてくれないところ。

――だから、苦手だ。

鼻の奥がつんとした。無意識に頬の内側を噛《か》んだ。

美海は口をひらきかけた。しかしその瞬間、バイブ機能にしていた携帯電話が、制服のポケットで震えだした。

「ちょっとごめん」

ことわって、急いで部屋の外に出た。

誰だろうと思った。いつもLINEや電話をくれるメンバーは、ほぼ全員このカラオケボックスにいる。ほかに携帯番号を知っている者は家族くらいだが、よほどのことでない限り美海あてにはかけてこないはずだ。

例外は――そう、半年前のあのときだけだった。弟が事故にあった、あの凍りつくほど寒い冬の日である。

美海は廊下の端まで急いで走り、発信者を確認した。姉の琴美だった。

全身の血が冷えていくのがわかる。指先が冷たくなる。まさか。まさかまた、うちの家族にあんなことが。

「お姉ちゃん」

携帯電話を耳にあて、美海は叫んだ。

「なんなの、お姉ちゃん。今度はいったいなにがあったっていうの――」

3

一時間後、美海は唖然《あぜん》と居間に正座していた。

すぐ隣では、妹の亜佑美がうつむいてしきりに枝毛を気にしている。その横で姉の琴美は眉を吊《つ》りあげ、さらにその隣では父がむっつりと腕を組んでいた。

そして座の中心には、母がいた。

一同からかばうかのように、幼い男の子を背後に座らせている。

おそらく近所の子ではないはずだ。顔にまるで見覚えがない。だがいま彼が着ている服は違った。いやというほど見慣れたロゴであり、デザインだった。

――弟の、智未の服だ。

空いろの飛行機がプリントされたそのシャツは、かつて弟のいちばんのお気に入りだった。パジャマに着替えさせようとしても「まだこれがいい」と愚図って、無理に脱がせると泣きだすほどだった。

――あの服を、母がよその子に着せるだなんて。

いままでなら、とうてい考えられないことだった。末っ子で長男の智未は、かつての母のすべてと言っても過言ではなかった。

長男の妊娠を機に彼女は仕事を辞め、若い母親たちに混じってマタニティスイミングだ、母親教室だと奔走し、生まれてからはあれほど小馬鹿にしていた「早期教育」だの「リトミック」だのに血まなこになった。

さいわい智未本人があまり適応しなかったこともあって、三歳を過ぎる頃には英才教育熱も冷めたようだ。しかし母の溺愛《できあい》はいっこうにおさまる様子をみせなかった。それどころか、年ねんエスカレートしていった。

その末での、事故だった。

あれ以来母はひどく老けこんだ。漫画やドラマではよく「苦労すると白髪が増える」と言うが、母の髪は白くはならなかった。代わりに抜け毛が増え、頭皮が透けて見えるほど薄くなった。

手入れをやめた肌はかさつき、口まわりや目もとに粉をふいた。いつも同じ服ばかり着るようになり、背がまるまって、別人のような猫背になった。

家はあっという間に薄汚れた。コンロの油はねも、水切り口にたまった生ごみも放置された。そのくせ見るに見かねた琴美や美海が手を出そうとすると、

「なによ、なにかわたしに不満でもあるの」

と、顔を真っ赤にして怒鳴りつけてきた。些細《ささい》なことでも感情が激しやすくなり、突然声もなく泣きだすことさえあった。

智未を失った母は、母ではない残骸《ざんがい》にすら思えたものだ。

その母がいま、見も知らない子供に、ごくあたりまえのように弟の服を着せている。信じられなかった。そして、すくなからずショックでもあった。

姉の琴美が硬い声で言う。

「――あのね、お母さん、その子が可哀想だっていうのはわかるわよ。帰したくない気持ちもわかる。でもね、犬の子じゃないんだから、ああそうですかと簡単にうちで引きとるわけにいかないの」

「引きとるなんて言ってないじゃない」

平坦《へいたん》な声で母が応じる。

「ちゃんと栄町《さかえちょう》の交番に連れていったのよ。そしたらあそこのお巡りさんが、『近所の子でしょうから、よかったらしばらく親御さんを待ってみちゃどうですか』って。交番で何日も預かるなんてできないし、施設に引き渡すしかない、って言うんだもの」

「それは、交番なんかに行くからじゃない」

琴美が声を荒らげた。

「あそこの巡査はやる気がなくて評判だってことくらい、お母さんだって知ってるでしょう。どうしてちゃんと警察署へ行かないのよ」

「警察署だって同じよ」

母はかぶりを振った。

「どうせ同じことしか言わないわ。ちょっと調書をくわしく取るだけで、言うこともやることもいっしょ。施設に送る手続きをしたら、それではい終わり、よ」

「やめてよ、お母さん」

ため息まじりに琴美は言った。

「ひょっとして児童福祉施設を誤解してない？　昔はともかく、いまは職員の手も足りてるし、行政とも病院ともちゃんと連携がとれてるのよ。お母さんはワイドショウや昼メロの見すぎよ。古いイメージのまま、思考停止しちゃってるだけよ」

「へえ」

母は冷えた声で、「ずいぶんと、見てきたふうに言うのねえ」と言った。

ぐっと琴美が声を飲む。

その横で父は、あいかわらず苦りきった顔をしていた。亜佑美はといえばわれ関せずといった顔で、点《つ》けっぱなしのテレビ画面を眺めている。

美海は視線を母の背後に流した。

ちいさな身をさらに縮こまらせるようにして、少年が座りこんでいる。年のころは四、五歳だろうか。幼な子に不似合いなこけた頰と、骨ばった手が憐《あわ》れを誘った。その手が、すがるように母の服の裾《すそ》を摑《つか》んでいる。

美海は迷っていた。

確かに姉の言うことは正しい。でもこんな状態の子を、正論にまかせてはいそうですかと放りだすことが現実にできるだろうか。

先ほどの母の話では、朋巳と名乗った少年は飢えて、不潔で、トイレにも行かせてもらえず徘徊《はいかい》していたという。

母が卵焼きとおむすびを与えるとがつがつ食べたそうだ。だが胃が受けつけなかったようですぐ吐いてしまったらしい。固形物を胃が拒むということは、そうとう長い間飢えていたはずだった。

体は垢《あか》まみれで、あばらも胸骨も浮きあがり、下着なしにじかにカーゴパンツを穿《は》かされていた。おまけに靴も履いていなかったというから、どう考えてもまともな状態ではない。

「……こんなちいさな子が、助けを求めて駆けこんできたのよ。あんたたち、すこしは可哀想だと思わないの」

母が一同を端から順に睨《ね》めつける。

白目が赤く染まっていた。眼球が膨れあがって見える。しかしそれほど激しているというのに、母の目線はいつものとおり、美海の上をきれいに素通りした。

美海は思わず顔をそむけた。

胃のあたりから、自嘲《じちょう》が苦くこみあげてくる。

こんなときですら、母は自分を無視するのだ。夫と長女が反対し、三女は無関心。味方するのは次女だけかもしれないという場面でさえ、これっぽっちも自分の意見を聞く気はないのだ。

――いったいなぜわたしは、こんなにも母に嫌われるのだろう。

目に見えて大きな事件を引き起こした覚えはなかった。父方は長女贔屓《びいき》、祖母は三女贔屓であったものの、美海をことさらに避けていた様子はない。ただ母だけが、彼女をあからさまに厭《いと》っていた。

もっと幼い頃は、こうではなかったはずだ。楽しい思い出だってあった。

いちばんあざやかに覚えているのは、右手に父、左手に母と手をつないで、菜の花が咲き誇る花畑を歩いたときのことだ。

見渡す限り、いちめん黄いろの絨毯《じゅうたん》が敷きつめられたようだった。ところどころにナズナも咲いていて、まるで絨毯を縁どる白いレースだと思った。楽しくて、きれいで、両手があたたかくて、幼い美海は声をあげてはしゃいだ。

姉は三つ上、妹はふたつ下だ。年齢からいって、三人全員が連れていってもらったと考えるのが自然だった。だが記憶の中には、両親と美海だけしかいない。

だからこそ自分はあんなにはしゃいでいたのだろうか。なにか特別な記念日だったのだろうか。ともかくもそれは、美海が両親を独り占めできた唯一絶対の記憶であった。

「――だいたい勝手にかくまうなんて、誘拐だと思われたらどうするの」

姉の甲高い声に、美海ははっとわれにかえった。

「このご時世、善意でしたことだって危ないのよ。お母さんくらいの年代の人はまだ危機感薄いでしょうけど、日本だってアメリカ並みの訴訟社会になりつつあるんだからね。泣いてる迷子をほんの数メートル連れまわしただけで、現行犯逮捕されたって文句言えないのよ」

「だからそう誤解されないよう、まず交番に連れていったんじゃない」

淡々と母は言う。

「親身ではないにしろ、調書はとってもらえたわ。だから相談実績はきちんと残ったはずよ」

琴美が肩をすくめる。

「ああそう。実績ができたならよかったわ。だったら児童相談所への連絡もスムーズにいくでしょう。やっぱりうちにできることはなにもないわね」

「児童相談所？」と母が琴美を睨《にら》んだ。

「馬っ鹿らしい。そんなところへ連絡してどうなるの。ろくな権限を持たない相談所なんて、なんの役にも立ちゃしないわ。あんただってニュースで見て知ってるでしょう。折檻《せっかん》されて殺された子供の大半は、近所や保健師からとっくに児童相談所へ通報済みなのよ。それでもみんな手遅れで殺されていくの。その程度のお役所に、いったいあんたはなにを期待してるっていうのよ」

激しい母の語気に、琴美の顔いろが変わった。

「いいかげんにしろ、おまえ」

父が長女に助け舟を出す。

「関係のない娘にあたってどうする。第一、琴美の言うことはなにも間違ってやしないだろ。いいか、子供とはいえ人間なんだ。人間ひとり預かるってのは、責任をともなうんだぞ。おまえの独断で簡単に決められるようなことじゃないんだ」

数秒、沈黙が落ちた。

母の背後に隠れた少年の肩が震えている。服の裾を握った手も、やはり音をたてんばかりにわないていた。

気まずい静寂を、母の声が破った。

「――じゃあ、あなたがやればいいわ」

押し殺した声だった。

「この子の腕を引っぱって、無理にでも立たせて、玄関まで引きずっていけばいい。ドアを開けて突きとばして『おまえが飢えて死のうが知ったことか、どこへでも行け』と怒鳴って追い出せばいいじゃない。あなたがやればいいわ。いますぐやってみせてよ、さあ」

「おまえ、なにを――」目に見えて父はうろたえた。

しかし母は追及の手を緩めなかった。

「なによ。なにをいまさらいい人ぶってるの。まさか追い出すのもわたしにさせる気だったの。冗談じゃないわ。追い出したがってるのはあなたと琴美よ。だったらあなたたちがやるべきでしょう。この子を守りたがっているわたしに、まさかそんなことまで押しつける気?」

さあ、と母は琴美に視線を移した。

「この子を追い出したいんでしょう。それなら自分の手を汚して、最後まで自分でやりなさい。この気の毒な子の腕を摑んで、外に引きずりだしてやればいいわ。そうして『役所に頼れ。二度とうちには来るな』と言いなさい。この子に面と向かって、そう言えるものなら言ってみなさいよ」

息づまるような沈黙があった。母の荒い呼吸音だけが、しばし居間に響く。

やがて、目をそらしたのは父だった。

「……勝手にしろ」

そうつぶやいて、彼は立ちあがった。障子戸を開け、逃げるようにその場を出ていく。

ほう、と思わず美海は吐息をついた。

母の背後の少年に、ふと視線を移す。大人同士のこんな言い合いを目にして、さぞかし萎縮《いしゅく》していることだろう。自分にも覚えがある。怖くて、いたたまれなくて、なんともいやな気分がするものだ。

だがその瞬間、美海は違和感を覚えた。

母の背から覗《のぞ》く少年の眼が、ひどく平然としていたからだ。

その双眸《そうぼう》におびえはなかった。あるがままを淡々と受け入れている大人びた瞳《ひとみ》だった。顔はまったくの無表情で、冷えた石のようだった。

——さっきまで、父の声に手を震わせていたはずなのに。

戸惑う美海をよそに、姉の琴美はまだ母に言いつのっている。

「わかった。しばらくこの子をかくまうのはしかたないとしましょう。でもせめて、期限はちゃんと区切ってよ。親がいつまでも迎えに来なくて、永遠にこの子をかくまうなんて無しだからね」

「わかってるわよ」母が応《こた》える。

「永遠にだなんて、馬鹿馬鹿しい。この子はよそさまの子なのよ。手助けできるのは、ほんのいっときだけのことよ」

姉がなにか言いかけ、口をつぐむのを美海は見た。

おそらく姉も、わたしと同じことを考えているのだ、と思った。一見殊勝な言葉は見せかけだと。〝ときが来ればこの子を手ばなそう〟だなんて、母はこれっぽっちも思っていやしないのだ、と。

亡くした智未と同じ年ごろ、同じ背格好、同じ響きの名前。そしてうちに助けを求めてきたという偶然。

母がそこに運命を見ているのは明らかだった。横顔に、隠しきれぬ愉悦が漂っていた。かぶりを振って、琴美が立ちあがる。

去りぎわ、姉の目がわずかに美海をとらえた。だが美海は黙って顔をそむけた。

わたしにはなにもできやしない。発言権すらない。それに父と姉の代わりに、あの可哀想な子を自分のこの手で引きずり出すなんてまっぴらだ。

障子戸が、静かに閉まった。

4

「お父さんは?」

愛用の座布団を引きよせながら、琴美がそう尋ねる。

美海は答えた。「外で食べてくるって」

その日、夕餉《ゆうげ》の席についているのは琴美と美海。そして朋巳と、彼に付きっきりの母親の四人だけだった。

妹の亜佑美は「マック買ってきたから」と、帰宅してそうそう『M』のマークがついた紙袋を振りかざし、自室へこもってしまった。

父はもともと家で夕飯をとることがすくない。医療器具メーカーの営業職である彼は、やれ残業だ接待だといつも帰りが遅かった。長男が生まれてからは母に「父親不在の家なんて情操教育に悪いわ」とせっつかれ、なるべく早めに帰宅するようつとめていたが、近ごろはめっきりもとの生活サイクルに戻ってしまっている。

「トモくん、ハンバーグのソース足りる？　お味薄くない？」

やけに甘ったるい声で、母が朋巳に話しかける。顔を覗きこまんばかりにして、べたべたと世話をやいている。

テーブルに並んでいるのは市販の甘いソースがかかったハンバーグ、既製品のポテトサラダにコーンスープと、まるでデパートのお子さまランチばりの献立だ。

朋巳が皆川家に来てから、三週間が経つ。

驚くほど朋巳は偏食だった。まず、魚貝類はまるきり食べない。肉は挽肉《ひきにく》以外では、カレーやシチューに入った豚肉をかろうじて食べる程度だった。牛肉、鶏肉、海老《えび》、すべてだめだった。和食や中華も嫌った。

自然と食卓はハンバーグ、甘口のカレー、オムレツ、コロッケ、シチュー、マカロニグラタンのローテーションとなった。

「……コロッケにハンバーグにポテトサラダ、ってさ」

琴美がぽつりと言った。

「スーパーで売ってるお惣菜《そうざい》まんまのレパートリーだよね」

誰かに話しかけているふうではなかった。それがわかっているから、美海も無言で箸《はし》を動かした。

点《つ》けっぱなしのテレビ画面が、国会中継からニュースに切りかわる。趣味の悪いネクタイを締めたアナウンサーが、平坦《へいたん》な口調で記事を読みあげはじめる。

『神奈川県警平塚《ひらつか》署は二十四日、交際相手の女性の子供に暴行を加え、重傷を負わせたとして、傷害容疑で神奈川県平塚市在住の鳶職《とびしょく》の男性を逮捕しました。

逮捕容疑は先月から今月はじめにかけ、交際相手の住宅において、六歳の男児に首を絞める、階段から投げ落とすなどの暴行をはたらき、全治一箇月の重傷を負わせた疑い。同署によると容疑者は容疑を認めており、「子供が言うことをきかないので、しつけのつもりだった」と……』

音声がぷつりと途絶えた。母がリモコンで、テレビの電源を落としたのだった。

とってつけたような明るい声で、母は朋巳に話しかける。

「あら、もうちょっとで完食できちゃうわ。トモくん、偉い偉い。がんばって今日はいっぱい食べたわねえ」

手まで叩《たた》いて誉めそやす。少年の唇の端についたソースを指で拭《ぬぐ》い、ためらいなく舐《な》める。

さすがに美海は内心で呆《あき》れた。息子というより、若い恋人に対するような仕草だった。

とはいえ母は母なりに、いま流れたニュースのことで、朋巳にフォローをしたつもりだったに違いない。

――シングルマザー。母の交際相手。

美海が朋巳少年の両親としてイメージしていたのも、まさにそんな二人であった。

皆川家に保護されたとき、朋巳は痩《や》せて不潔ではあったものの、体に目立った傷はなかった。内出血も、火傷《やけど》の痕《あと》も見あたらなかった。

「養育放棄《ネグレクト》だね」

と、姉の琴美はつぶやいた。そのときもやはり、ただの独り言であるかのような口調だった。

朋巳は一貫して無口だ。ことに父親については一切語らなかった。語らないというより、語るべきものがなにもないのかもしれなかった。ただ、母親のことはわずかながらも口の端にのぼらせた。

「お母さんは、絶対迎えに来るから」

と言い張り、それ以上なにか聞きだそうとすると、きつく唇を引き結んだ。母に不利になるであろうことはなにひとつ言うまい、という決意がその表情にあらわれていた。

少年をネグレクトしていたのが実父なのか養父なのか、ただの交際相手なのかはわからない。だが母親と彼の間に、それなりに強固な絆《きずな》があるのは確かなようであった。

——でもどっちにしろ、弱い母親だってことは間違いない。

そう美海は思う。

男の言いなりに、我が子の世話もやめてしまうような女だ。未就学児をひとりでうろつかせ、トイレにも行かせず、下着も満足に用意しないような母親だ。

おまけに食事はスーパーの惣菜か冷凍食品しか与えていなかったとおぼしい。朋巳の偏食は、見たことがないものを口に入れるのが怖いからだ。手づくりより市販のソースやレトルトの味を好むのがいい証拠だった。

——だが母の留美子にとっては、その方が好都合かもしれない。

美海の知る限り、留美子はけっして料理上手ではなかった。どちらかといえば家事全般が不得手だと言えた。

以前の職場につとめていた頃は残業つづきだったこともあって、洗濯機は週末にまとめてまわすだけだった。朝夕の食事や弁当づくりは祖母にまかせきりだった。ごみ出しはいつの間にか琴美と美海がするようになっていたし、家族は祖母がつくり置きした料理を、てんでばらばらな時間に食べるのが常だった。

やれ食育だ、一日三十品目だと唱えはじめ、「良妻賢母たらん」と母が張りきりだしたのは、智未が生まれて以後のことだ。

しかしどう意気ごもうとも、一朝一夕に腕があがることはない。急に料理好きになるはずもなく、母が本物の料理自慢になることはなかった。その母にとって、既製品や市販のソースが喜ばれるのはありがたい話であるはずだ。

——なんてね、われながら意地の悪い考えかた。

ひっそり美海は内心で自省した。

こんなふうに母親に対し批判的だから、わたしは可愛がってもらえないんだろうか。

それとも母がわたしに冷ややかだから、こちらもつい依怙地《いこじ》になってしまうのか。

鶏が先か卵が先か。考えてもたぶん無駄だ。

いくら思い悩んだところで、十年以上築いてきたこの関係が、いまさらどう変わるとも思えない。

「ごちそうさま」

姉が箸を置いた。皿を重ねて腰を浮かせる彼女に、

「お姉ちゃん、置いといていいよ。わたしのといっしょに洗うから」

と美海は顔も見ず言った。

「そう、ありがとう」

あっさりと答え、琴美が障子の向こうに姿を消す。

美海は同じく市販のコーンスープで、残りの白飯を無理に流しこんだ。

「あらトモくん、今日はいい子でたくさん食べたわね。はい、ごちそうさまして。デザートは食べる？　プリンがいい、それともアイス？」

かいがいしく朋巳に尽くす母の声を背に、美海は重ねた二人ぶんの皿を持って立ちあがった。

5

美海の部屋はどちらかというと殺風景な方だ。

姉の部屋ほどに整然と無機質なわけでもなく、妹の部屋のようにもので溢《あふ》れかえってもいない。家具らしい家具といえば、机とベッドとちいさな本棚だけだ。

だが窓辺にはポトスの鉢植を置いてあるし、つくりつけのクロゼットや抽斗《ひきだし》には、友達から誕生日やクリスマスにもらったプレゼントがひとつひとつ年代順にしまってある。カーテンとベッドカバーはミントグリーンで統一され、本棚にはお気に入りの文庫本や少女漫画が並んでいた。自分では「まあ、それなりに女子高生らしい部屋」だと思っていた。

机に置きっぱなしだったスクールバッグから、美海は携帯電話を取りだした。着信ランプが光っている。

真緒からだ。画面にメッセージの吹き出しが並んでいた。

「明日、美海の出席番号の日だからたぶん英語あたるよー、予習しときな」「それはいいとして、先々週行ったカフェの店名って覚えてない？」「彼氏と行きたいんだけど忘れちゃってさー」「店名わかれば地図検索するから、もし覚えてたら教えて！」

そういえば行ったなあ、と記憶を掘りかえす。

駅前通りからちょっとそれたところにできた、新しいお店だ。フランス語のようなそうでないような、気どった長ったらしい店名だったはずだ。

――もしかして手帳に書いたかも。

バッグを探ったが、入っていなかった。

あれ、と思い机の抽斗を覗《のぞ》いてみる。見慣れた革の表紙が目に入り、ほっとした。いつの間にこんなところにしまったんだろうと、自分で自分に首をかしげる。

抽斗を大きく開けた途端、美海はわずかに眉根《まゆね》を寄せた。

違和感の正体はすぐにわかった。

抽斗の奥には、百均で買った透明プラで五つ仕切りをつくってある。仕切りにはそれぞれお気に入りの小物が入っていた。

いつか耳に穴を開けたら着けようと思っているピアス。結衣からもらったフェイクパールのピンキーリング。真緒がくれたビーズ細工のうさぎ。十八金のペンダントトップふたつに、同じくいつか着ける予定でいる未使用のネイルチップ。

そのうち、ピンキーリングとビーズのうさぎがなくなっていた。

まっさきに浮かんだのは空き巣の三文字だ。だがすぐに「違う」と内心で打ち消した。

空き巣なら現金か、もっと高価なものを盗《と》っていくはずだ。たとえば母の真珠のネックレスや姉のノートパソコン、妹が祖母に買ってもらったブランドものの靴やバッグ等々である。もしそれらが盗まれていたら、誰かがとうの昔に騒ぎたてていただろう。

真珠やバッグに手を付けず、ビーズ細工だけ盗む泥棒なんているわけない。

――もしいるとしたら、それは。

ふっと脳裏に朋巳の顔がよぎり、慌てて美海はかぶりを振った。

まさかそんな。そんなはずはない。こんなこと考えるなんて、わたしってほんと性格悪い。

第一あんなちいさな男の子は、こんなものを欲しがったりしない。フェイクパール付きのリングなんて、喜ぶのはせいぜい女子中高生くらいだ。

だから、気のせいだ。きっとわたしがどこかへしまいなおしたか、落としたかしたんだ。そのうちひょっこり部屋のどこかから出てくるに決まっている。

そう自分に言い聞かせ、美海は手帳をひらいた。

思ったとおり、先々週のページに、カフェの長ったらしい名がちゃんと記してあった。

真緒にレスポンスするべく、美海は携帯電話の画面を親指でタップした。

だがその後も、やはり美海の気は晴れなかった。

なぜこんなに不安なんだろうと思い、思ったそばから「不安？　なにが？」と自問自答する。

浴槽から片脚を出し、膝《ひざ》からふくらはぎをマッサージするように押してみた。換気扇の効きが悪いのか、湯気で視界は真っ白だ。

美海は長風呂《ながぶろ》のせいもあって、たいていいつも最後に入浴する。どうせ父は今日も帰ってこないだろうから、栓を抜いてしまっていいだろう。

髪を洗って、トリートメントしている間に浴槽を擦《こす》って、ああそうだ、そろそろ排水溝に薬液を入れなくちゃ――と、強いて実用的な雑務で頭をいっぱいにする。

不安だの疑念だの、抽象的なもやもやを抱えるなんて馬鹿げたことだ。ありもしない幻と戦って神経をすり減らすなんて、まともな人間のすることじゃない。

なぜ心細いのかは、はっきりしていた。

もちろん末子の智未がいなくなったから、そして祖母までも家を出てしまったからだ。家族が急にふたりも減ったのだ、影響を受けない方がどうかしている。

――でもわたしたちは、すこしずつ立ちなおってきてる。

ゆっくりとではあるが、生活習慣だってもとに戻ってきている。

父は仕事に没頭し、亜佑美は部屋にこもりきりだけれど、それは以前からのことだ。彼らにしてみれば、それが常態なのだ。

最悪の時期は過ぎた。もっとも打撃を受けた母だって、朋巳のおかげでどん底の状態からだいぶ持ちなおしている。

家族でなくよその子供の存在を助けにするなんて、ほんとうはよくないことなんだろう。でもあのままでいるよりはましだ。もし母がさらに悪化していたなら、いずれ姉か自分かが神経をやられていたに違いない。

家じゅうを覆っていた、あの濁った澱《おり》のような空気。ふつうに呼吸しているのに息苦しかった。吸っても吸っても、肺の中に酸素が足りない気がした。あの陰鬱《いんうつ》さが、ようやく家の中から薄れつつある。

ふと、美海は眠気を覚えた。

目が勝手に閉じていく。意識がゆっくりと落ちていく。

伏せたまぶたの裏に、ちらちらと光が走っていた。光はやがてあざやかな色彩に変わり、三色に弾《はじ》けて散った。

いちめんの黄いろ、緑どりのような白。そして緑。

花だ。いちめん、花の絨毯《じゅうたん》だった。両手があたたかい。誰かが笑っている。頭上には抜けるような青空がある。すこし遠くに見えるあれは、風車だろうか。まるで外国の風景みたいだ。

なんていい天気だろう。なんて楽しい。なんて心地いい。美海、美海としきりに父が呼んでいる。美海、みうみ――みの多い、皆川さん。

はっ、と覚醒《かくせい》した。

鼻の下まで水没しかけている自分に気づき、思わず飛びあがる。危ない、あやうく寝入ってしまうところだった。

入浴中に眠くなるのは、確かよくない兆候だったはずだ。くわしいことは忘れたけれど、血圧がどうこう、心拍数がどうこうと以前テレビで言っていた。

立ちあがろうと、ふと横を見たときだ。磨《す》りガラスのドアの向こうで、さっと影が動くのが見えた。

「え——お姉ちゃん？　亜佑美？」

応《こた》える声はない。だが脱衣所の引き戸がすべる、かすかな音が確かに聞こえた。

「お父さん？　帰ってきたの？」

酔った父が、たまに洗面所に顔を洗いに来ることがある。そのたび亜佑美も美海も、「ちょっと。娘の入浴中くらい遠慮してよ」と文句を言ったものだ。

しかし父ならもっと堂々としているはずだった。彼は足を忍ばせたりしない。こちらの呼びかけを、無視することもない。

脱衣所に人の気配がないのを確認し、美海はそろりと浴室のドアを開けた。

誰もいない。だが、視界のどこかに違和感があった。

はじめのうち、なにがおかしいのか美海はわからなかった。何度か視線を行き来させて、ようやく悟る。

脱衣籠《かご》に置いていた着替えだ。

上からタオル、パジャマ、ブラ、ショーツと順に重ねるのは美海の癖で、この順番を崩したことはここ数年なかった。なのにいまは、ショーツがタオルのすぐ下に来ている。

一瞬ののち、ぞっとした。

恐怖というより、生理的な嫌悪感だった。全身の皮膚が粟立《あわだ》つ。頬や頭皮にまで、こまかい鳥肌が立っているのがわかる。

——でも、まさか。

まさか。

みしっ、とどこかで木の軋《きし》む音がした。思わず肩が跳ねあがる。

落ちつけ、と自分を叱咤《しった》した。いまのはただの家鳴りだ。なにもめずらしいことじゃない。ここは我が家で、怖いことなんかなにひとつない。

それに、もし——万が一もし朋巳だったとしても、相手はあんなちいさな子供じゃないか。いやらしい気持ちなんかであるはずがない。ちょっとした好奇心とか、悪戯《いたずら》心に決まっている。

美海は浴室に戻った。

なんでもない、きっとなんでもないと心の中で幾度も唱える。だが背中がうすら寒いような感覚は消えてくれなかった。

何度も後ろを振りむきつつ、急いで体を洗い、髪をシャンプーした。すすいでいる間も背後が気になってしょうがなかった。

おざなりに浴槽を擦り、風呂場を飛びだす。いつもなら洗面所でドライヤーを使うところだが、今日ばかりはそんな気になれなかった。

ドアに目を配りながら手早くパジャマを着こむと、美海は足音を殺して階段をのぼり、逃げるように自室へと駆けこんだ。

6

音もなく、銀の絹糸のような雨が降りつづいていた。

琴美はその日、午後三時前に講義を終え、ビニール傘を右手に家路をたどっていた。

近ごろ家に帰るのが、前ほどつらくなくなっている。

理由ははっきりしていた。あの子供のおかげだ。末っ子の智未がいなくなって家の中にぽっかりとあいた穴を、あの子が埋めてくれたのだ。

家族でもない他人の子供に穴埋めをさせ、それでよしとするなんておかしな話だ。正しいことではないとわかっていた。だが病む一方だった母を癒《いや》してくれる存在に、琴美はいま本心から感謝していた。

ふと、昨夜の美海を思いだす。

三歳下の妹はめずらしく、すれ違いざま廊下で立ちどまると、

「お姉ちゃん、あの……朋巳くんのこと、どう思う？」と尋ねてきた。

琴美はそれを、「まだ朋巳を邪魔だと思っているのか」という問いと解釈した。だからかぶりを振って、

「もう出ていって欲しいなんて思ってないよ、安心して」

と答えたのだ。

美海はすこし驚いたように目を見ひらいた。「そう」と短く言い、妹は足早に離れていった。

あの反応からすると、そうとうに意外だと思われたらしい。

確かに朋巳が来た日、琴美と父はかなり強硬に少年を拒んだ。父はただ「厄介ごと、面倒ごとは御免だ」というふいつもの事なかれ主義から反対していたはずだ。しかし琴美は琴美なりに、少年のことを思いやっての拒絶のつもりであった。

あのときは行政にまかせるべきだ、施設で同じ年ごろ、同じ境遇の子たちといっしょに過ごさせるべきだと思っていたのだ。

つらい目に遭っているのは自分だけではないと知れば、世界から弾かれてしまったような心細さもすこしは薄れるだろうと考えた。いま思いかえしても、けっして間違った判断ではなかったと思える。

――でも結果的に言えば、救われたのはうちの方だった。

父親はあいかわらず仕事仕事で不在がちだし、甘ったれの末妹は我儘《わがまま》いっぱいにふるまっている。だが、それは以前からのことだ。

母のヒステリックな罵声《ばせい》と、前ぶれなく起きる嗚咽《おえつ》は、ここ二十日あまり一度も聞いていない。

皆川家はふたたび、もとの静かで居心地よく、安らげる空間に還《かえ》りつつあった。

――できればずっとあの子にいて欲しい、なんて思っちゃいけないんだろうな。

いけないんだろうけど、ついそう思ってしまう。

琴美は無意識に頬の内側を噛《か》んだ。

朋巳がもしいなくなったら、また母は前の状態に戻ってしまうだろう。想像しただけで、気が滅入《めい》った。

もちろんいつまでもこのままというわけにはいかない。朋巳は「お母さんが迎えにくる」と主張しているのだし、血のつながった親がいるものを、まさか横取りしてしまうわけにもいくまい。養子縁組などなにをかいわんや、だ。

――でもできることなら、なるべく先送りにしておきたい。

一分一秒でも、あの子を長く手もとに置いておきたい。それが正直なところだった。

父ゆずりの事なかれ主義が、琴美の中で頭をもたげはじめていた。

家が安らげる場でないのはつらい。親がおかしくなった姿なんて見たくない。それを回避するためには、なくしてしまった弟の代わりが――あの朋巳の存在が、皆川家には必要不可欠であった。

――やっぱり昨日、美海を呼びとめてもうすこし話しておけばよかったな。

いまさらながらそう思う。

三つ下の妹と、琴美はさほど仲がいいわけではなかった。だがべつだん嫌いあっているということもない。美海は馬鹿ではないし、話せばちゃんと意思の通じる子だ。末妹の亜佑美とは違う。

脳味噌《のうみそ》の代わりに頭蓋《ずがい》に生クリームが詰まっているような三女とは、およそ会話らしい会話ができたためしがない。祖母にべたべたに甘やかされたせいだろう、亜佑美は我慢の二文字に無縁な、我儘一方の少女に育ってしまった。

話すことといえば、芸能人がどうこう、ブランドものがどうこう、いまの流行は、モードはどうこう、それだけだ。バブル時代の女が現代に戻ってきたかのような愚かさ加減だった。血がつながってさえいなければ、琴美のもっとも厭《いと》うたぐいの人種だとすら言える。

——でも美海のことは、嫌いじゃない。

そう、けして嫌いなんかじゃない。

ただ……そう、ただなんとなく遠いのだ。それに面と向かうと、なぜか気おくれしてしまう。

もとはといえば、母がいつの間にか美海を家庭の輪から疎外していたのだ。だから自分もそれにならって、妹を遠ざけた。そんな記憶がうっすらある。

心理学書ではじめて『黒い羊《ブラック・シープ》』という文字を見たとき、ああこれは妹のことだ、と琴美は思った。これはうちの次女がなるべき姿だったはずだ、と。

愛されない子。家族内で無視され、軽んじられ、虐げられるためのターゲット。愛情不足で外でも問題を次つぎ起こし、家庭内の歪《ゆが》みをすべて一身に引きうけるべく堕落していく子供。

だが美海はそうはならなかった。それどころか飄々《ひょうひょう》としていた。友達が多くて、人気者で、「家に居場所がなくたって、外にいくらでもあるから」という顔でいつも平然としていた。そして、妹のそんなところが琴美は苦手だった。

「あんた、皆川美海の姉なんだって？」

「うそ、似てないねー」

と同級生に声をかけられるたび、うすら苦い屈辱を感じたものだ。

――やだ、つまんないこと思いだしちゃった。

内心でつぶやき、琴美はそっとかぶりを振る。やっぱり美海と話さなくて正解だった、とあらためて思った。

あの子のことは嫌いじゃない。でも、好きだとも言いきれない。

たぶんこのまま、付かず離れずでいるのがいちばんいい関係なのだ。

そのうちあの子は彼氏をつくって、結婚して家を出ていくだろう。そうなれば否《いや》が応でも疎遠になる。きっと冠婚葬祭以外では顔もあわせなくなるはずだ。それでよかった。その程度の関係でいっこうにかまわない。

気づけば琴美は、自宅のすぐ前まで来ていた。

沖縄では早くも梅雨明け宣言がされたらしいが、こちらはまだ雨の日ばかりがつづいている。高温多湿のねっとりした空気が、肌にまとわりつくようだ。石づくりの門柱にはめこまれた『皆川』の表札の上を、ちいさな蝸牛《かたつむり》が這《は》っている。

ふとビニール傘を傾けた瞬間、琴美は軒先に立っている人影を目にとめた。

女だった。

後ろ姿だ。髪が長く、ぞろっとした白いワンピースを着て、片手にレースの傘を持っている。あきらかに雨傘ではなく、日傘であった。

「あの——」

琴美の声に反応して、女が振りむく。

瞬間、琴美は思わず身を引いた。

女は地肌も見えないほど真っ白に厚化粧していた。メイクと言うより、舞台化粧の厚塗りに近かった。

こってりと鏝《こて》で塗りたくったようなファンデーションの上に、アイラインを太く引き、埋もれかけた目をあらためて描いている。唇も同様だった。

唖然《あぜん》とする琴美の前で、女は「ああ、ご家族の方ですか」と、腰を折るようにして頭をさげた。

「どうも、長らくうちの朋巳がお世話になりまして——」

その言葉で、ようやく琴美はわれにかえった。

うちの朋巳がお世話になって——ということは、どうやらこの女は朋巳の母親だ。

「あの、……ええと、よくうちがわかりましたね」

かろうじてそう言うと、

「交番で教えてもらいました」と女は答えた。

おずおずとあげたその顔は、やはり異様なほどの厚化粧で覆われている。染みも皺《しわ》も塗りこめられてしまっている。化粧というより、顔の上にもうひとつ顔を描いているに等しかった。

朋巳の母親というからには二十代後半から三十代だろうか。いや、遅くに産んだ子とすれば、四十代ということもじゅうぶんあり得た。

しかし塗りたくられた顔から、実年齢はまったく読みとれなかった。顔だけでなく、高いカラーで覆われた首までもが真っ白だ。これほど念入りに白塗りするのは、歌舞伎役者の女形《おやま》くらいのものだろうと思えた。

この蒸し暑いのに、ワンピースはフリルたっぷりの長袖《ながそで》だった。おまけに女は手袋をはめていた。運転するときに日焼け防止に着けるような、肘《ひじ》まである長い手袋だ。肩には同じく、レースとフリルだらけのポシェットを斜めがけしている。

琴美が奇異な目で見ているのに気づいたのか、女ははっと頬を押さえた。

「すみません。こんな顔で、おかしいと思われたでしょうね」

でも体がこんなふうなので、ほんとうにすみません——。そう言って女は、ためらいがちに腕を差しだすと、長い手袋をちらりとめくって見せた。

内出血の、大きな青痣《あおあざ》がそこにあった。

治りかけらしくどす黒い紫に変色し、まわりが黄いろくなりかけている。その色みに、琴美は思わずぞっとした。

――殴られているのだ。

朋巳の体に傷らしい傷はなかった。でもこの人は違う。日常的に殴られている。地肌が見えないほどの化粧も、長袖も手袋も、きっと全身の痣を隠すためなのだ。瞬間的に「まともな人なのか」といぶかってしまった己の不見識を、琴美は内心で深く恥じた。

琴美は大学でジェンダー論の講義をとっていた。ドメスティック・バイオレンスについても学び、論文も書籍も積極的に読んでいた。

DVの被害者は暴力をふるわれた直後こそ「絶対にこの男と別れる」と決意する。対照的に加害者男性には、決まって『ハネムーン期』と呼ばれる甘い反省期間が訪れる。そうして男の涙ながらの謝罪に、被害者女性はたやすく屈してしまいがちだ。なぜって度重なる暴力で自尊心を破壊され、自己評価を低められているからだ。

――つまり彼女は暴力をふるわれた直後で、男に愛想を尽かしかけている時期なんだ。

だからこそ子供を迎えに来た。

そして今度こそ、我が子とやりなおそうと思っている。

――だとしたら、いま朋巳を彼女に引き渡し、ただ帰らせるべきではない。

ハネムーン期が終われば、ふたたび男は彼女に暴力をふるいはじめるだろう。見過ごしていい状況ではなかった。

「朋巳は元気ですか。いい子にしてましたでしょうか」

かぼそい声で女が訊《き》く。琴美はうなずいた。

「ええ、はい。行儀よくしてましたよ。おとなしいお子さんですね」

「ありがとうございました。こんな長い間お世話になってしまって、ほんとうに申しわけございません。もっと早く迎えに来たかったんですが、わたしもなかなか家を抜けだせなくて。今朝になって、やっと——」

女は唇を嚙《か》んだ。

その厚塗りの顔から、表情ははかりがたい。しかし声が震えていた。涙声だ。

言葉づかいはしっかりしているし、立ち居振舞いにも品がある。それに、なによりもこの声。

〝鈴をふるような〟という形容詞がぴったりくる、なんとも甘くやわらかな声だった。

世間知らずの育ちのいい女性が、おかしな男にひっかかって食いものにされた、という陳腐な図式が琴美の脳裏に思い浮かんだ。

「さしでがましいですが、あの……うちからご実家に、電話なされますか」

琴美の提案に、女はかぶりを振った。

「ありがとうございます。でも事情があって、実家は頼れないんです」

あのひとと結婚するときに、いろいろあったもので——そう言って、女はつづく言葉を吞《の》みこんだ。

どうやら彼女は殴られ蹴《け》られ、子供の面倒をみることも許されずに軟禁されていたらしい。おまけに頼れる身内すらないという。

生まれてこのかた、琴美は暴力とは縁遠い暮らしを送ってきた。家庭は母、祖母、三姉妹と女ばかりだった。父はほとんど不在であったし、末弟は男の子のやんちゃさを発揮する前に死んでしまった。

男の力、暴力性。書籍では幾度となく読んできた。しかし直接目のあたりにすることはないままに、琴美はその半生を送ってきた。生まれてはじめて眼前で見た『肉体的暴力の被害者』に、彼女はすっかり圧倒されてしまっていた。

——わたしにいまできることは、なんだろう。

まずはDVシェルターを紹介すべきだろうか。大学に連絡して、教授を介すればどこか保護施設を教えてもらえるかもしれない。

でもそうしたら、彼女といっしょに朋巳も保護されてしまう。

あの子は我が家からいなくなり、母の前からも姿を消すことになる。たとえシェルターを出られる日が来ても、親族でもないわたしたちに、行き先を教えてもらう権利などあるはずもない。

そうなれば、母はどうなるのか。母はまたもとに——いや、もっとひどい状態に陥ることも十二分にあり得る。

動転しながら、彼女はぐるぐると思いをめぐらせた。

交番には例の無気力な巡査しかいない。しかし警察署は車で二十分かからない位置に建っている。この女の亭主だか彼氏だか知らないが、ともかく男が襲来したとしても、十五分から二十分しのぎきれば現行犯で警察に引き渡せるはずだ。

なんならわたしの小遣いでセコムに入ったっていい。これ以上殴られる女性が出ず、子供を守れるなら、月五千円くらい払ったところで惜しくない。

私憤と義憤と、利己的な損得勘定とが脳内で渦をまく。

数分迷った末、やがて琴美は口をひらいた。

「あのう、もしどこへも行くあてがないのでしたら、よかったら——」

幕間・1

買い物帰りらしい老爺《ろうや》を、榊充彦《さかきみつひこ》は路上で呼びとめた。

「あの、すみません。お時間よろしいでしょうか」

相手はスーパーの袋を片手に提げた、七十代とおぼしき男性だ。独居老人だろうと睨《にら》み、そして会話に飢えているだろうと見込んでの声かけであった。

弱みに付けこむようで心苦しいが、この際、背に腹は替えられなかった。

「突然申しわけありません。ぼく、こういう者です」

素早く名刺を差しだす。

名刺はむろん本物だ。充彦の本名、本住所、そして正式の勤務先が刷られている。

「もしあやしい者だと思われるのであれば、この会社に電話してくださってかまいません。いまは休職中ですが、在籍している社員だということは証明してもらえるはずです。それでも信用がおけないのであれば、保険証と免許証も提示します。なんならコピーもお渡しいたします」

真摯《しんし》に充彦は言った。

もし信用してもらえなければ、住民票でも謄本でもなんでも見せる覚悟だった。鞄《かばん》の中に、すでに各種身分証明は用意はしてある。話を聞いてもらえるなら——そして聞かせてもらえるためなら、なりふりかまってはいられなかった。

「……なんの用だかね」

老人が、眼鏡越しにじろりと充彦を睨《ね》めつける。

「じつはですね、以前こちらの近所にお住まいだった、三浦《みうら》さんのお宅についてお聞きしたくて——」

途端、目に見えて老人の様子が変わった。皺《しわ》ぶかい頬が強張《こわば》り、さっと血の気がひく。

だが充彦は眉《まゆ》ひとつ動かさなかった。十二分に予想できた反応だった。

老爺が唇を歪《ゆが》める。

「冷やかしだか好奇心だか知らねぇが、あの家のことをつつきまわすのは、やめときなさい。いいことなんかなにもねぇ」

命令口調だった。静かに充彦はかぶりを振った。

「冷やかしでも、怖いもの見たさの野次馬でもありません。だったら休職までして、事件を追ったりはしません」

「あんた、マスコミ関係のなにかかい」

「違います」

まっすぐに老人の眼を見た。

「ぼくは、当事者のひとりです」

老人が動きを止めた。

「過去に同じ目に遭わされた、当事者です。……この意味、おわかりですよね」

老爺のこめかみから頬にかけてが、かすかに引き攣《つ》れる。加齢で白っぽくなった瞳《ひとみ》が揺れる。そこに浮かんでいる色がなんなのか、強いて充彦は読みとらぬようつとめた。

「――家は、すぐそこだ。入んなさい」

そう短く老爺は言った。

家の中はわずかに黴《かび》くさかったが、思ったよりずっときれいに整頓《せいとん》されていた。

「ばあさんが死んでから、茶を淹《い》れて飲む習慣がねぇなった」

と言い、老人は冷蔵庫から出してきた缶入りのお茶をテーブルへ置いた。

「で、三浦さんちの、なにが聞きたいんかね」

「あの女のことです」

充彦の答えに、今度こそ老人ははっきりとひるんだ。

数秒ためらってから、彼が口をひらく。

「……あの女を、見たことはあるかね」

「いえ。直接にはありません」充彦はかぶりを振った。

「当時ぼくは大学進学を機に、親もとを離れて他県で独り暮らしをしていました。ぼくが不在の間に、あの女はうちに入りこんできたんです。三浦さんのお宅と同じく、いつの間にかもぐりこまれて……そして、同じような結果になりました」

沈黙が落ちた。

そうか、と老人はつぶやくと、縁側に目を向けた。さかりを過ぎつつある紫陽花《あじさい》が、あざやかな青から枯色に変わりかけている。

老爺が口をひらいた。

「……三浦さんちは、この通りのいちばん端の家だったんさ。ばあさんと、その息子夫婦と、子供がふたり。上が中学生の女の子で、下が小学校にあがったばかりの男の子だったな。嫁姑《しゅうとめ》の仲もよかったし、円満ないい家だった」

「あの女は、いつあらわれたんです」

「さあて、いつだったか。気がついたらいた、としか言いようがねぇわね。おれはそのとき、ちょうど町内会長をやってたもんでな。よその奥さんからご注進されたのが、たぶんあの女の話を聞かされた、いっとう最初じゃなかったかなあ」

三浦さんちに、占い師の女とかいうのが居すわってるのよ――と、その中年女性はいかにも薄気味悪げに言ったのだという。

「手相見だか人相見だか忘れたが、そんなふうな真似ごとをするって話だったな。そのくせ自分は毛穴の奥まで埋めつくすような厚化粧で、真夏でも手袋をはめて、まるでお化けみたいな女なんだそうだ。おれぁ正直、そこんちの奥さんが大げさに言ってるんだとばかり思ってたんだが……」

「でも、彼女の言うとおりだったんですね」

「そうだ」

　彼はうなずいた。

「どうやらばあさんと嫁さんが、その女のやる占いとやらに入れこんじまったらしいんだな。占いってのも、高じると宗教じみたもんになっていくんかねえ。ふたりして、教祖さまみたいにその女を崇《あが》めたてまつってたそうだよ」

「その家の旦那《だんな》さんは、どうしてたんでしょう」

「はじめのうちは母親と嫁を叱ってたようだ。よく怒鳴り声が聞こえたよ。おれも近所からの苦情で何度か仲裁に出かけたけど、『家庭のことに、口出さないでください』とえらい剣幕で追いかえされたわね。何度かパトカーが来たこともあったな。でもほら、ここらの警察はお役所仕事であてにならんからね」

「民事不介入、ってやつですか」

「まあ、そんなようなもんさ」老人は眉間《みけん》を揉《も》んで、

「しまいには旦那も愛想尽かしちまったんだろなぁ。だんだん家へ寄りつかなくなってね、改築したばっかのきれいな家だったのに、さっぱり旦那の姿を見なくなった」

　と、缶の茶を啜《すす》った。

「じつはおれもいっぺんだけ、その女と三浦さんちのみんなが外を出歩いてるのを見たことがあるんだ。いや、〝みんな〟ではねえな。ばあさんと嫁さんと下の男の子と、それから例の女と、知らない若い男の五人で歩いてたっけ。和気あいあいと、まるで〝家

族水入らず〟みたいな様子でね」

「家族、ですか」

「ああ。その御一行をおれは、庭を掃きながらなんとなし見てたのさ。けどおかしなことに、末の男の子があの女をしきりに『お母さん、お母さん』て呼ぶんだよ。横の嫁さんとばあさんはというと、子供をたしなめもせず、ただにこにこしてやがるんだ。子供も変だが、大人もおかしいだろ？　おれぁ、なんだかぞっとしちまったさ」

顔をしかめて、彼は何度もかぶりを振った。

充彦が問う。「そのいっしょにいた若い男っていうのは、ひょっとして、女の弟ってことになってませんでしたか」

「そう言われてたようだね。さっぱり似てなかったが」

苦にがしげに老人は答えた。

「そんなこんなで、半年くらい経ったかな。初雪もそろそろかって頃、おれは町内を夜の見まわりに歩いてたんだ。そしたら街灯の下に女の子がひとり、ぽつんと立ってるのが見えたのさ。なんでこんな寒空に、と思って駆けよってみると、それが三浦さんとこのお姉ちゃんでね」

真冬近いというのに、少女は夏もののセーラー服一枚だったという。素足にサンダルをつっかけただけで立ちつくす姿は、はっきり異様だった、と老人は語った。

「どこへ行くんだ、せめてうちであったまっていけ」

と勧めたが、少女は頑固に首を振った。

「もういやだ。うちはみんな、頭がおかしくなっちゃった。あの家は終わり。こんなとこ、もういたくない」

泣きながら少女は老人の手を振りはらい、夜闇の向こうへと駆け去っていった。

若者の足にはさすがに追いつけず、彼は慌てて三浦家へと走った。何度もチャイムを鳴らす。しかし邸内から応《こた》える声は、寂としてなかった。

老人は仕方なく交番へ向かった。

しかし年配の巡査は、「家庭のいざこざでしょう」、「ちょっとした家出じゃないですかね。年ごろの子にはよくあることですよ」と、冷淡にあしらっただけだった。

学校へも電話したが、折りかえし連絡しますと言われたきり、なしの礫《つぶて》であった。

彼は町内の回覧板に、『三浦さんのお嬢ちゃんを見かけたら、当家へご一報ください』とチラシを挟んでまわした。それくらいしか、自分にできることはなさそうだった。

じりじりと待つうち、さらに二箇月が経った。

ある朝、彼がごみ捨て場のまわりを掃いていると、〝あの女〟らしき後ろ姿が歩いていくのが見えた。

あいかわらず日傘をさし、丈の長い派手な服を着て、優雅にしゃなりしゃなりと歩いている。

手袋をはめた右手は、横を歩く男児とつながれていた。おそらく三浦家の、下の男の子だろう。ふたりだけでどこかへお出かけのようだった。

呼びとめようかと迷い、結局やめた。

近寄りたくなかったからだ。

その女はあまりに気味が悪かった。触れたらそこから腐っていきそうな、奇妙な毒気を全身にただよわせていた。

三浦家で、老女の遺体が発見されたのは半月後のことだった。

発見者は老女の息子であり、本来の家長でもある男だ。数箇月ぶりに自宅へ戻った彼は居間に入るやいなや、実母が床に大の字で息絶えているのを目のあたりにした。死後およそ二週間が経過していた。

真冬ゆえ、腐敗はさほど進んでいなかったそうだ。解剖の結果、他殺ではなく自然死と判明した。だがさすがに警察は「事件性なし」とは見なさなかった。

当然だろう。なにしろ邸内にあった家電や家具、服飾品等、一切合切が忽然《こつぜん》と消えていたのだ。そして死んだ老女以外の家族も、同様に消え失《う》せていた。

家の中は引っ越し直後かと見まごうほど、きれいさっぱりとがらんどうであった。

電灯の笠《かさ》からひとつひとつ電球をはずし、和室からは畳まで剝《は》がしていくという念の入れようだったという。

彼は中学生の長女と、小学校低学年の長男の捜索願を出した、だが、遅すぎた。すでに手がかりは完全に絶えていた。妻の行方も、杳《よう》として知れなかった。

「それから、どうなったんです」

充彦が訊《き》いた。老爺《ろうや》が首を振る。

「さあてね。誰かが逮捕されたとも聞かねぇし、子供たちが見つかったって噂も耳に入ってこねぇさ。旦那はあれからすぐ、家を処分して引っ越していったよ。嫁さんはどこその温泉宿でピンクコンパニオンをやってた、なんて噂も聞いたが、どこまでほんとうだかな。すくなくともおれは信じちゃいねぇ」

「男の子は、その女が連れていったんでしょうか」

「どうだかね。それもわからん」

老人は目線をさまよわせた。

どこかの家で電話が鳴っている。音に刺激されてか、犬が吠《ほ》えはじめる。空は青く澄んで、遠くに見える山の緑が目に沁《し》みるようだ。こんな町でそれが起こり、あの女が自由に歩きまわっていたとは、とうてい信じがたい。

充彦は口をひらいた。

「……ぼくの家には、母と祖母と、まだ赤ん坊同然のちいさな弟が住んでいたんです。父はすこし前に事故で亡くなっていましたが、田舎で治安がいいこともあって、家を離れる不安はとくにありませんでした。だから、まさかぼくがいない間に、家を――うちを知らない男女に乗っ取られるだなんて、思ってもみなかった」

言葉を切り、うつむく。

老人はなにか言いかけ、唇を閉じた。やがて思いきったように、抑えた問いを発する。

「――それで、ご家族は？」

充彦は緩くかぶりを振った。

「祖母は自然死、母は自殺として処理されました。弟は、いまも行方不明です」

スーツの尻《しり》ポケットに手を入れ、財布を取りだした。一葉の写真を引き抜いて老人に手渡す。

「弟です。赤ん坊の頃の写真ですから、かなり面変わりしているでしょうが」

「ほう」

一瞥《いちべつ》してから、老人はうやうやしいとも言える仕草で彼に写真をかえした。

低く、充彦は言った。

「ぼくが調べたところ、例の男女が狙う家には共通点があります。まず父親がいないか、もしくは影が薄いこと。女きょうだいか幼い子ばかりで、十代後半以上の息子がいないこと。つまり男手にとぼしい家です。だからもしぼくが他県に進学せず、あのまま家にいたなら、うちは被害にあわなかったかもしれない」

「そんな」老人は声をあげた。

「そんなこと言うもんでねぇて。あんたのせいでない。悪いのは、全部あいつらだて」

「そうでしょうか」

「そうさ。人の家を渡り歩いて食いものにする、寄居虫《やどかり》か寄生虫みたいなやつらだ」

「寄生虫――」

数秒黙ったのち、

「じつはぼく、ずっと弟を捜しているんです」充彦はつぶやいた。

「あの女のもうひとつの癖は、自分の気に入った幼い子だけを連れ去っていくことです。その子たちを、その後どうしているかはわかりません。飽きたら捨てているのかもしれない。どこかの国で、内臓ごと売りとばすのかもしれない。でもぼくは、ひょっとしたら、という希望が拭《ぬぐ》いきれなくて」

膝《ひざ》に置いた拳《こぶし》が、かすかに震える。

「ひょっとしたらうちの弟は、まだ連れまわされていて、あの女とどこかで生きているんじゃないだろうか。そしてあの女を『お母さん』と呼ばされ、新たな寄生先で犯行の片棒をかつがされているんじゃないだろうか」

彼は顔をあげた。

「――そう思うとぼくは、どうしてもあきらめきれないんです」

第二章

1

油蟬の声を背に、留美子はゆっくり、ゆっくりと右手の団扇《うちわ》を動かしていた。自分のためではなかった。腹にタオルケットをかけ、畳の上で穏やかな寝息をたてている少年のためだ。

昼食を終え、歯をみがき、食休みしたあとは、三時間から四時間の昼寝をするのが朋巳の日課であった。

この暑さで彼が目を覚ましてしまわないよう、寝苦しくないよう、彼女は慈しみの目で幼い白い頰を扇《あお》ぎつづけた。

額と鼻の頭に、汗がこまかな玉になって浮いている。留美子はたたんだガーゼの縁をかるくあて、その汗をやさしく吸いとってやった。

安らかな寝顔を見ているだけで、自然に口の端が吊《つ》りあがる。われ知らず笑顔になっていく。

朋巳の母、山口葉月《やまぐちはづき》があらわれたとき、正直言うと留美子はおびえた。朋巳が行ってしまう。この家から、この手の中から出ていってしまうとパニックになりかけた。

しかし琴美に付き添われ、背中を押されながら入ってきた葉月は、おどおどと頭をさげてこう言った。

「すみません。あつかましいのはわかっています。でもわたしも朋巳も、もうあの家には帰れません。わたしたち、どこにも行くところがないんです——」と。

はじめて葉月を見たときはぎょっとした。

だが話を聞いて、その異様な風体にも納得がいった。

全身殴られて痣《あざ》だらけで、厚く化粧しなければとても人前には出られないこと。そんな自分の顔や体を見ると惨めになるので、家の中でも化粧を落とせずにいること。逃げだせないようまともな服や靴は取りあげられ、自由になる金もなく、我が子と引き離されて長らく軟禁同然の状況にあったこと等々を、葉月は涙ながらに語った。

「失礼ですけど、ご両親は？」

「母とは何年も前に死に別れました。家にはいま、父と若い後妻さんと、その子供たちが住んでおります」

おまけにあのひとと結婚すると決めたとき、父の反対を押しきって、ほとんど家出同然に飛びだしてしまったものですから——と葉月はうつむいた。

「もともと後妻さんと折りあいがよくなかったところへ、父にも愛想を尽かされたかたちです。ですからわたしには、もう実家はないも同然なんです」

ぐす、と洟《はな》を啜《すす》る。

「いま思えば、父が正しかったんでしょう。わたしは馬鹿でした。はじめてお付きあいした相手だったこともあって、のぼせあがってしまって。彼がやさしかったのは最初だけでした。結婚してすぐ仕事もやめてしまったし、株がどうとか相場がどうとか、夢みたいなことばかり言って、家にお金なんか一銭も」

「まあ」

留美子は間の抜けた相槌《あいづち》をうった。

まあ、と言うしかなかった。こんなドラマみたいな話が、ほんとうにあるものなんだ、とも思った。

しかしこの女、仕草や言葉づかいからして生まれ育ちは悪くないはずだ。化粧のせいで年齢不詳ではあるが、こうまで徹底的に塗りたくるということは、けして若くもあるまい。

言いかたは悪いが、世間知らずなハイミスのお嬢さんがろくでなしにたぶらかされ、いいように食いものにされた、というところだろうか。子供が生まれてからは身動きがとれず、ずるずると奴隷生活に甘んじてしまったに違いない。

「お酒を飲んで殴るんです、あのひと」

「お気の毒に」

うなずきながら、留美子は横目で障子戸の向こうをうかがった。朋巳に大人同士の話は聞かせない方がいいだろうと、琴美に座敷へ連れだしてもらっていたのだ。

――まさかあの子も、そんな目に遭っていたのだろうか。

留美子の目に宿った光に気づいたらしく、葉月がかぶりを振った。

「ご心配なく。朋巳のことは殴っていません。いえ、わたしが殴らせませんでした。いくらわたしが弱くても、あの子ひとりかばうくらいのことはできますもの」

「え、そう。そうよね」

ほっと胸を撫《な》でおろす。

葉月は唇を噛《か》んで、「でもじつを言うと、あの朝もあのひと、朋巳に手をあげようとしたんです。だからわたしが飛びついて止めて、『逃げて！』って叫びました。だから朋巳はサッシの戸を開けて、そこから走っていって――」

「ああ、それで」

合点がいった、と留美子はうなずいた。

あの日、靴も履かずに朋巳が徘徊《はいかい》していたのはそういうわけだったのか。飢えて、トイレにも行けずにいたのも無理はない。なにしろすぐ横では、酒乱の父親が荒れくるっていたのだから。

その後も葉月は訥々《とつとつ》と身の上語りをつづけた。

いま身寄りと言えるのは歳の離れた弟しかおらず、その弟も不景気でいい職はなく頼れない。生活保護はもらわず、できれば働きたいと思っている。もう二度と朋巳と離れたくはないが、わたしひとりで満足にこの子を食べさせていけるかどうか、不安もある

──と。

「それならしばらく、うちからハローワークに通えばいいわ」

言葉はするりと留美子の喉《のど》を通った。

「生活費は就職して、お給金が出たらかえしてくればいいから。あなたのような境遇の人を、こんなちいさな子といっしょに放り出すわけにはいかないものね」

それは半分ほんとうで、半分嘘だった。

正直言ってしまえば葉月のことは二の次だ。彼女が手ばなしたくないのは、朋巳であった。

いまさらあの子なしの生活なんて考えられない。

一度失ったと思ったものが、また手の中に転がりこんできてくれたのだ。絶望の味をすでに知っているだけに、ふたたび失くす恐怖はいや増した。あんな思いは二度と御免だった。

「よろしいんですか」上目づかいに、葉月はそう問いかえしてきた。

留美子は「ええ」とうなずいた。

葉月の眼に喜色が浮かんだ。厚塗りの顔は表情が読みとりにくいが、唇が吊りあがり、白い歯が覗《のぞ》いた。ひとまず笑顔であることは疑いないようだ。

「ありがとうございます。ほんとうにありがとうございます」

畳に頭を擦りつけんばかりにして、葉月は何度も礼を述べた。

やがて顔をあげ、彼女は言った。

「せめてものお礼に、こちらに置いてくださっている間、家事や雑事はわたしにまかせてください。——わたし、家の中のことをするのだけは得意なんです」

それから五週間が経った。

気づけば葉月は、すっかり皆川家になじんでしまっていた。奇態な化粧も服装も、見慣れてしまえばどうということもなかった。

宣言どおり彼女は家事の一切を引きうけた。溜《た》まっていた皿を洗い、まめに洗濯機をまわし、四隅に黴《かび》の生えはじめていた水まわりを一掃した。

留美子の苦手なアイロンがけも、ガスコンロの掃除も厭《いと》わなかった。シンクは磨きあげられ、冷凍庫はきれいに霜取りされた。さらには娘たちの弁当づくりという、毎日の大仕事まで請け負ってくれた。

その上、肝心の朋巳の世話は、「お子さんを何人も育てあげられた大先輩にはかないませんわ」と言って、ほとんどを留美子の手に一任した。

こんなありがたい話はなかった。気づけば留美子にとってはまさに願ったりかなったり、言うことなしの環境が整えられていた。

ただ葉月は、料理の腕だけは留美子と五十歩百歩であった。煮物や蒸し物、ちょっと手のこんだ和食などは、つくるのも食べるのも得手でないようだった。

とはいえどうせ朋巳が喜ぶのはハンバーグやグラタンだけだ。決まりきったローテーションさえこなしていればいいのだ。

夫はあいかわらず家で食事をとらないし、娘たちは食べたいものがあれば自分の小遣いで買ってくる。惣菜《そうざい》同然の献立しか出てこない食卓でも、大きな問題はなかった。

――こんな日がずっとつづけばいいのに。

いつしか留美子はそう願うようになっていた。

笑みながら、口の中で欠伸《あくび》を嚙みころす。

頃は八月だ。じっとしていても、全身の毛穴から玉の汗が噴きだしてくる。頭皮からひとすじふたすじ流れ落ち、頰をつたって唇に汐《しお》の味を残す。

なのに、一種場違いな眠気が彼女の意識を覆いつつあった。昨日も夜更かししたせいだろう。まぶたが重い。このところ、睡眠時間がとみに短くなっていた。

団扇《うちわ》を持つ手が止まりかけ、そのたびはっと覚醒《かくせい》する。

朋巳は冷房が苦手だ。留美子自身、子供にはなるべく自然な気温で過ごさせるべきだと思っている。こうして扇《あお》いでやるのは、すこしも苦ではなかった。

――でも、眠い。

ひたひたと水かさが増すように、睡魔に体が浸されていく。目を開けていられない。ちょっとだけ、ほんのちょっとだけ、と自分に言いわけしてまぶたをおろしかけた。

「暑いよ」

朋巳の声がした。

「やめないで」

瞬時に留美子は目をひらいた。

朋巳が首をもたげ、不満げな顔で彼女を見ていた。慌てて留美子は団扇を握りなおした。どうやら数秒うとうとしてしまったらしい。恥ずかしさで頬が熱くなった。

「ごめんなさい」

つい眠くて、と口の中で弁解し、ふたたび留美子は少年を扇ぎはじめた。

蕎麦殻《そばがら》の枕に、朋巳が首を預けなおす。伏せた睫毛《まつげ》が長かった。額に浮いた寝汗を、留美子はまたガーゼでかるく押さえてやった。

そういえば昨夜、わたしは何時に寝たんだろう。――いや〝昨夜〟ではない。布団に入ったときはもう明け方だった。

連日の夜更かしは、ひとえに話し相手ができたせいだ。ほかならぬ山口葉月である。

葉月は驚くほど聞き上手だった。あの甘いやさしい声で、

「それで、どうしたんですか？」

「わあ、すごい」

「わかります。つらいですよね」

と相槌をうたれると、なんでも打ちあけてしまいたくなった。

彼女の賞賛が、同情が、共感が心地よくてたまらなかった。生まれてこのかた、これ

ほどまでに心の内を他人にさらけだしたことはついぞなかった。

葉月はけっしてこちらの言葉に異を唱えたりしない。どこまでも親身に聞き入り、いつまでも飽きることなく耳を傾けてくれる。

打ちあけ話がこんなに楽しいものだと、留美子ははじめて知った。話せば話すほど心はかるくなり、彼女との親密さも増した。

今朝はそう、朝刊がポストに届く音を聞いてから寝入ったのだ。その前は五時過ぎだったろうか。さきおとといも同じような時刻だったはずだ。

しゃべっていると止まらなかった。夫の話。智未の話。そして娘たちの話。

「ええ、わかります」

と葉月はいちいちうなずいてくれた。

「旦那《だんな》さんとのこと、そんなにご自分を責めないで。人間はみな、聖人じゃないんですもの。いつでもいい顔なんてできやしません」

「そうですよね。お子さんを亡くしてつらい気持ちは、そう簡単に癒《い》えるものじゃありませんわ。いつまでも泣いていないで、だの、そんなに悲しんでばかりじゃあの子も成仏できないでしょう、だの――そんなの他人《ひと》ごとだから言えるんですよ。外野の言うことなんて、留美子さんは気になさらないで」

「子供をすべて平等に愛せだなんて、綺麗《きれい》ごとですよね。反りの合わない子はどうしたっていいます。母親だからといって万能ではないんですもの。愛せる子とそうでない子がいたって、仕方のないことだとわたしは思いますわ」

どうしてこうも、彼女の声は耳に心地いいんだろう。天鵞絨《びろうど》のようになめらかで、やわらかく甘い。そしてなぜこんなにも、わたしが欲しいと願う言葉ばかりをくれるんだろう。

「母親って損ですよね。家事をしても育児をしても、誰も誉めてくれない。完璧《かんぺき》であたりまえだと思われ、失敗すれば軽蔑《けいべつ》される。その上、仕事をしてお給料をもらってこないと寄生虫だなんて言われるんですものね。ひどい話ですわ」

「留美子さんは、その母親業を二十年もこなしてらしたんですよ。ほんとうにすごいわ、尊敬しちゃいます。その点わたしなんかまだまだ、教えてもらうことだらけ」

その言葉が聞きたくて、留美子はなおもしゃべりつづける。心の底に隠していた、誰にも言えずにくすぶっていたことも、なにもかもすべて。

夫なんて嫌い。もう愛情なんてかけらもない。末っ子の智未がわたしたちの鎹《かすがい》だった。あの子がいないいま、夫とうまくやっていく気力なんて残ってやしない。

智未だけが可愛かった。智未だけを愛していた。

夫似の琴美とは、面と向かっても気まずいだけだ。亜佑美は姑《しゅうとめ》の愛玩《あいがん》物で、一度たりともわたしのものじゃなかった。

美海のことはいい。もういい。あの子とは金輪際うまくやれっこない。卒業して進学して、一分一秒でも早くこの家から消えてくれるのを待つばかりだ。

団扇をゆったり動かしながら、留美子は昨夜の自分の台詞《せりふ》を反芻《はんすう》する。ああそうだ、あんなことも言った。こんなことも言った。

まるで童話の『王様の耳は驢馬《ろば》の耳』みたいだ。言いたくてたまらないことを、掘った穴に向かってぶちまける。葉月はまるで暗く深い穴のように、留美子の言葉をすべて受けとめ、吸いこんでくれる。

どうせ彼女は、誰にも秘密を洩《も》らしやしない。洩らそうにも相手がいない。

――だってあのひとは、どこにも行くあてがないんだものね。

昼がひとりでに吊《つ》りあがった。

彼女はこの家で、自分を頼りに生きていくしかないのだ。

葉月がほんの数日しかハローワークへ出向かなかったことを、留美子は知っている。無理もない。あのご面相で、レースの日傘をさして、貴族みたいな足どりでしなしな歩く女を雇いたいなんて会社があるはずもなかった。窓口の職員も、一目見て頭を抱えたことだろう。

――だから彼女も朋巳も、ここに居つづけるしかない。

彼女たちに選択肢はないのだ。収入も居場所もない母子は、この家に居るよりほかない。わたしのそばに、ずっとだ。

そう内心でほくそ笑んだとき、うっすらと少年のまぶたがひらいた。

「……犬が……吠《ほ》えてる」

半覚醒状態の、うつろな声だった。

「……どっかに、犬がいるの？　ママ」

朋巳は近ごろ、留美子をママと呼ぶようになった。葉月のことは変わらず「お母さん」だ。おばさんとお母さんでは差がついてしまうので、留美子としては嬉《うれ》しい呼び名であった。

留美子は耳を澄ました。言われてみれば確かに、犬がさかんに吠えている。蟬の声ばかりが耳について、吠え声など気にとめていなかった。

まだぼんやりしている朋巳の顔を、そっと覗《のぞ》きこむ。

「ご近所に、飼ってるおうちが何軒かあるのよ。トモくん、わんわん好き？」

「わかんない」

「そっか。でもそばにいたら好きになるかもね。ママ、トモくんのために、おっきな犬を買ってきましょうか」

冗談のつもりだった。だが思いのほか真剣な顔で、「だめ」と少年は首を振った。

「お母さんは犬が嫌いなんだ。すっごく、すごく嫌いなの。だから、だめ」

「あら」

留美子は目を見張った。

朋巳は口の端を曲げて、「〝いいオモイデがない〟んだって。それから〝ニドとオモイダシたくない〟んだって。そう言ってた」

「あらまあ。可哀想に」

わざと大仰な仕草で、留美子は自分の頬に手をあてた。

「きっと噛《か》まれて怪我したことがあるのね。トモくんは痛い痛いにならないよう、いい子にしてましょうね」

と、今度は朋巳の両頬を掌でつつみこむ。

こっくりうなずく少年に目を細めながら、葉月にそんな弱点があったとは、と彼女は微笑ましく思った。ついさっき内心で彼女を侮蔑《ぶべつ》したことは、きれいに忘れていた。

思えばこの二十年、誰も留美子の話なんてまともに聞いてくれはしなかった。

結婚と出産を機に学生時代の友人とは疎遠になったし、姑はとうてい話し相手になるような人ではなかった。

親戚《しんせき》付きあいは小姑《こじゅうと》らに妨害され、締めだされてばかりいた。スピーカーばかりの同僚とは、世間話と天候の話題以外する気になれなかった。夫は留美子が話しかけても、いつもうるさそうにするだけだった。

——考えてみれば、わたしはずっと孤独だったのだ。

葉月という話し相手を得て、はじめて気づいた。

二十年間、誰もわたしの話を聞いてくれなかった。誰もわたしに興味を持たなかった。しゃかりきに働き、無我夢中で子育てした結果、わたしはひとりになっただけだった。

——でもいまは、葉月がいる。

姉がいたら、こんな感じだろうか。なんとなしそう思った。

もちろんあんな風体のきょうだいがいたら困るけれど、でもあの頼れる空気、包みこんでくれる雰囲気は、まさしく姉という存在にぴったりな気がする。

「……トモくん、そろそろ起っきしましょうか。暑いから喉《のど》が渇いたでしょう」

カルピスとオレンジジュースとどっちがいい？　と訊《き》きながら、留美子はとっておきの顔で微笑んでみせた。

2

「ただいまぁ」

亜佑美がそう言ってビーズ玉の暖簾《のれん》をくぐると、

「はい、おかえりなさい」

と葉月は振りむき、長手袋をはめた両掌を上に向けて差しだした。

その掌に、亜佑美は食べ終えた包みを置く。今朝、葉月がつくって持たせてくれたお弁当だ。二段重ねのちいさな弁当箱は、大ぶりのしゃれたハンカチで包んであった。

中身は確か、卵焼き、プチトマト、ミックスベジタブルのバター炒《いた》め、白身魚のフライだ。白飯の上は鮭フレークのピンクと薄茶の鶏そぼろの二色にいろどられていた。

「出来合いか冷凍食品ばっかりよ。手抜きでごめんなさいね」

と葉月はいつも謝るけれど、出来合いでいっこうにかまわなかった。第一、その方が見栄えがいい。母親がつくってくれるお弁当はとにかくセンスがないのだ。煮物だのおひたしだの、ゆうべの夕飯の残りをごちゃっと詰めこんだだけで、クラスメイトの前でひらくのが恥ずかしかった。

クラスで〝浮く〟のも〝目立つ〟のももう御免だった。中学二年生になってようやく、亜佑美は自分がはずれ者――いや、嫌われ者であることを、はっきり受け入れようとしていた。

皆川亜佑美には、友達らしい友達がひとりもいなかった。

物怖《ものお》じしない性格と整った容姿のおかげで、亜佑美が他人に与える第一印象はけして悪くなかった。クラス替えのたび、最初の数日はむしろ人気者だった。

だがある日ふと気づくと、いつも亜佑美のまわりには誰もいなくなっているのだ。毎年、判で押したように同じだった。

――でもべつに、いいもんね。

確かにあたしは、学校に居場所がない。誰も話しかけてくれないし、いっしょにお弁当だって食べてくれない。

――だけどいまは、家に葉月さんがいる。

亜佑美の渡した弁当箱を開け、葉月が嬉しそうに笑った。

「あら、きれいに食べたのねえ。よかったわ。明日もごはんにする？　それともサンドイッチ？」

サンドイッチといっても葉月の手製ではない。近所のパン屋から買ってきたものを、それらしく詰めなおすだけだ。

ただしパセリやプチトマトを添えたり、キャラクターもののピックを刺したりと、見た目はちゃんとそれらしく整えてくれる。ありがたかった。なにしろ亜佑美にとっては、そこがいちばん重要なのだから。

「うん、どっちでもいいよ」答えてから、

「葉月さんのお弁当なら、なんでも美味《おい》しく食べられるもん」

おもねるように、亜佑美はそう付けくわえた。

こんな自分を施設に行ってしまった祖母が見たら、目をまるくするかもしれない。いや、亜佑美自身にだって十二分に意外だ。でも、べつだんそれでかまわない。

思えばはじめて彼女を見たとき、亜佑美は仰天し、思わず数歩しりぞいたものだ。

——これ、〝あの先生〟と同じ人種じゃん。

亜佑美が思い浮かべた「あの先生」とは、亜佑美の小学時代の副担任だ。彼女はある日髪を金に脱色し、披露宴で新婦が着るようなドレス姿で登校した。そして「アイドルの誰々と明日結婚するんだ」と授業中に金切り声でわめき出し、泡を噴いて卒倒した。以後、亜佑美が彼女の姿を見ることは二度となかった。

彼女の目に、葉月はその副担任とまるきり同種に映った。

――どう見たっておかしい女じゃん。こんなやつ家にあげちゃだめでしょ。

――お母さんも琴美ちゃんも、どうかしちゃったんじゃない。

しばらくの間、亜佑美は家族の誰よりも彼女を警戒していた。

だが奇怪な見た目とは裏腹に、実際の葉月はいたってまともだった。立居振舞いはおしとやかで、上品と言ってもいいくらいだった。

朋巳にばかりかまけている母に代わって、家庭の切り盛りはいつしか葉月にまかせられるようになった。

乱雑だった家は片づき、母の理不尽なヒステリーもぴたりとおさまった。

夏休みが終わる頃には、さすがの亜佑美も葉月の存在を認めざるを得なくなっていた。

滅多に家に寄りつかなくなっていた父は、その間に一、二度だけ帰宅した。

むろん葉月の装いには驚いていたが、家の状態が目に見えて改善していることや、母の精神が安定していること等を見てとって、けしておかしな女ではないと判断したらしい。

「わたしは仕事で忙しい時期なので、申しわけない。なにかあったらこちらまで」

と去りぎわ、彼女に名刺まで渡していた。葉月はいつもの優雅な所作でそれを受けとった。

――確かに化粧はヘンだけど、葉月さんの仕草ってひとつひとつきれいだ。

それに気づいてからは、亜佑美は意識的に彼女の動作を真似るようになった。葉月もじきにそれと悟ったらしく、

「いやだ。亜佑美さん、からかわないで」

とまんざらではない笑い声をあげた。

――そう、なんといってもすてきなのは、葉月さんのこの声だ。

いったいどう表現したらいいのだろう。十二分に甘いけれど、甘すぎない。涼しげな、というのとも違う。コケティッシュとかセクシーなんていうのとも違う。そのどれでもなくて、微妙にその全部でもあるような、一種説明しがたい声なのだ。

ずっと聞いていたい、ずっとこの声で呼びかけられていたい、そう思ってしまうような、ひどく特別な声音だった。

はじめの印象を裏切って、葉月はその存在感で見る間に亜佑美を取りこんでいった。もっとも詐欺にひっかかりやすいのは、警戒と猜疑心《さいぎしん》を解いたまさにその一瞬である――などという定石を、わずか十四歳の亜佑美は知るよしもなかった。

それに葉月はやさしかった。口うるさい実母とは大違いだった。

宿題は済ませたのか。口ごたえするな。もうおばあちゃんはいないんだから、前と同じでいられると思うな。そんな耳障りな台詞《せりふ》は一度も口にしなかった。

葉月はあたたかく、辛抱づよく、こちらの話を途中で打ち切ることなく、いつも最後まで聞いてくれた。

でも、辛辣《しんらつ》な面もあった。

たとえば喧嘩《けんか》をしたときだ。亜佑美は何度か、不用意に彼女を怒らせてしまったことがある。理由はよく覚えていない。気づいたら機嫌をそこねていたのだ。

怒りをあらわにした瞬間から、葉月は驚くほど苛烈《かれつ》に、冷淡になった。人格そのものがくるりと裏がえったのかと思うほど、その変化はだしぬけで激しかった。

亜佑美はうろたえた。

いつもはやさしい葉月がはじめて見せる一面に、驚き、戸惑うしかなかった。だがあの彼女をこれほど怒らせてしまったということは、きっと自分が悪いのだ、と思った。

それでもしばらくの間、亜佑美は謝ろうとはしなかった。

祖母に甘やかされて育ち、自我の肥大した亜佑美にとっては「謝罪」の二文字は常に遠いところにあった。みずから折れることも譲ることもできなかった。

しかし葉月は平然と亜佑美を無視した。

彼女が近づこうとすると、きつい目線と言葉とで牽制《けんせい》した。だから亜佑美も、つい意地になった。冷戦は四日つづいた。

「友達もいないのに、強気なものね」

面と向かって嘲笑《あざわら》われたときは、さすがにかっとなった。

顔を真っ赤にし、亜佑美は言いかえした。

「あんたが知らないだけよ。友達くらいいるわよ！」

「あらそう」

鼻でせせら笑われた。

「それならなぜ、わたしはこの家に来てから一度も、あなたの携帯の着信音が鳴るのを聞いたことがないのかしら。メールの一通も来ないのはなぜなのかしら。聞こえるのはいつも美海さんの携帯の音だけよね。同じきょうだいでずいぶん差がついたものね。でもきっと美海さんが、とくべつ人気者ってわけじゃないわよね。彼女がふつうなのよ。毎日友達の誰かからLINEが来る。帰りに誰かに誘ってもらえる。それがあたりまえなの。ふつうのことなのよ。ねえ、あなただってわかってるんでしょう。ただ、それに比べてあまりにもあなたが――」

「やめて！」

耐えきれず、さえぎった。

握った拳《こぶし》が震え、目がしらが熱くなった。じわりと視界が潤んで滲《にじ》む。

葉月は口を閉ざした。そして冷えた一瞥《いちべつ》をくれると、無言で亜佑美から離れていった。

亜佑美が彼女に頭をさげたのは、二日後のことだ。

その二日間、亜佑美はいやというほど己の孤独を嚙《か》みしめた。学校にも家にも、誰も自分を認めてくれる人がいない。話しかけてもくれない。目もあわせてもらえない。

――まるであたしなんか、どこにもいないみたいだ。

ずっと孤独のままならましだった。

だが亜佑美はすでに、葉月に受けとめられる心地よさを知ってしまっていた。あの甘美さを一度味わってしまったあとでは、ひとりぼっちは苦いだけだった。

思い悩んだ末、亜佑美は彼女に頭をさげた。

葉月はあっさりと謝罪を受け入れた。

「いいのよ、わたしも大人げなかったわ」

そう言って、喧嘩の前よりもっとやさしくなった。

ことにそれから数日間、葉月は亜佑美をべたべたと甘やかした。手足の爪を切ってくれたり、髪をとかしたり、ひざまずいて靴下まで穿《は》かせてくれた。下へも置かぬ扱い、という感じでくすぐったかった。でもひどく気持ちがよかった。

いつしか葉月の異様な外貌《がいぼう》など、亜佑美はまるで気にならなくなっていた。それどころか、憧《あこが》れさえ感じはじめていた。

以後、ふたりの関係は逆転した。

葉月は表面上どんなへりくだった態度をとっていようと、厳然と亜佑美の上位にいた。亜佑美は弁当をつくってもらい、身のまわりの一切を葉月にまかせながらも、常に彼女の下位に存在した。

葉月の機嫌をそこねることを、なにより亜佑美は恐れるようになった。

それを知ってか知らずか、葉月は会話の端ばしに姉ふたりの話題をよく持ちだした。やれ琴美は優秀だ、やれ美海は人気者だと、亜佑美の神経を紙やすりで削りたてるような台詞を繰りかえした。

むろん機嫌のいいときは、「でもわたしは、亜佑美さんのほうが好きよ」と付けくわえてくれる。

三人姉妹の中で、わたしは亜佑美さんといちばん仲良くなれそうだと直感したの。一目でわかったわ。わたしが選んだのはあなたよ。あなたがいちばんすてきだと思ったのよ――と。

だが不機嫌なときには、彼女は辛辣そのものだった。否《いや》も応もなかった。ふだんとは逆に、亜佑美は葉月の足もとにひれ伏し、葉月の愛を乞《こ》わねばならなかった。

「あたしのほうが役に立ちます」

亜佑美は必死に叫んだ。

「お姉ちゃんたちなんかより、あたしのほうが葉月さんのためになります。役に立ちます。だからお願い、あたしを嫌いにならないで」

同じ顛末《てんまつ》の言い争いが、幾度も繰りかえされた。

折れて謝るのは、決まって亜佑美だった。謝罪さえすれば、葉月はそれまでの冷たさが嘘のようにまたやさしくなった。

喧嘩中の葉月の態度は、次第にひどくなっていった。そして謝罪後の甘やかしもエスカレートした。

亜佑美は思った。

――あたしなんかの相手をしてくれるのは葉月さんだけだ。あたしの話をいやがらず聞いてくれるのは、この世で葉月さんだけなんだ。

母親は朋巳べったりで、あたしになんて見向きもしない。父親は仕事仕事でろくに帰ってもこない。琴美ちゃんとはもともと仲良くないし、美海ちゃんみたいな人にあたしの気持ちはわからない。

――でも、葉月さんは違う。

彼女はあたしの味方だ。あたしを見て、存在を真正面から受け入れてくれる人だ。

わずかながらに在った自信も自我も崩れつつあった。

代わりに胸の中心にとってかわったのは、葉月への依存心だった。

亜佑美は学校で教師がなにか言えば「ああ、葉月さんに報告しよう」と思い、帰宅途中に救急車のサイレンを聞けば「葉月さんに教えておかなくちゃ」と思った。

目についたもの、心にかかったことは、ひとつ残らず彼女にしゃべるようになった。

――考えること、感じることは、葉月さんにまかせておけばいい。

結論は彼女が出してくれる。あたしはそれに従ってさえいればいい。

判断すべてを他人にゆだねてしまうのは、実際ひどく楽だった。一見ぬるま湯のような、生あたたかい泥沼に亜佑美は浸りつつあった。

真っ赤に塗った唇を吊《つ》りあげ、葉月が微笑む――。いや、微笑みのかたちを、顔の上につくってみせる。

「そういえば夕飯はシチューだけれど、亜佑美さんはどうする？　なにか食べたいもの買ってくる？」

「うん、あたしパスタ食べたい。コンビニ行ってこようかなあ」

「そうなさいな。千円で足りるかしら」

そう言って葉月は黄いろのビニール財布から、折りたたんだ千円札を亜佑美に手渡す。梅雨ごろまでは母親が持っていたはずの、家計用の財布だ。いつの間にか葉月が持ち歩き、管理するようになっていた。だがいまの亜佑美は、それをすこしも不自然に思わなかった。

「葉月さんも、なにか欲しいものある？」

「わたしはいいわ。気をつけていってらっしゃい。お風呂《ふろ》沸かしておくわね」

「はあい」

答えて、亜佑美はきびすをかえした。

家を出ていく間際、ちらりと座敷の閉ざされた障子戸に目をやった。

あの向こうには母と朋巳がいるはずだ。そういえばここ一週間ほど、ふたりの姿を見ていない。母は最近、部屋から出てこようともしない。たまに障子越しに笑い声を洩《も》れ聞くのみだ。

智未が生きていた頃は「一時に公園、三時からは習いごと」とこまかくスケジュールをたてて飛びまわっていたあの母が、変われば変わるものである。

——まあ、勝手にすればいい。

あたしには関係ないことだ。かぶりを振って、亜佑美はクロックスをつっかけた。

「いってきまあす」

小声で言って、ドアを閉めた。

空の端には、ようやく夕焼けの朱が刷《は》かれはじめていた。隣家の袖垣《そでがき》から突きだした夜咲きの白粉花《おしろいばな》が、今日も無事夕方が訪れたことを教えてくれる。

自転車のスタンドを、音をたてて亜佑美は蹴《け》った。

3

大学構内の図書館は、季節に関係なくいつも薄暗い。

人気がある窓際の席は埋まっていたため、仕方なく琴美は奥の席へ愛用のトートバッグを置いた。

この図書館は好きだ。薄暗くて黴《かび》くさいけれど、それがいい。心から落ちつける。ひょっとしたら、大学の中でいちばん好きな場所かもしれない。

スターバックスやマクドナルドで勉強する学生たちの気が知れなかった。カップルや親子連れもいるあんなやかましいところで、よく大事なノートをひろげられるものだ、と思っていた。

先日などはコーヒー一杯でいつまでも粘る学生たちに怒ったある店舗が、ついに大学に苦情の電話を入れてきたそうだ。

「苦情なんてひどい」

「勉強する客だって客のうちでしょ」

と憤慨するまわりとは逆に、琴美は「店の方が正しいわ。あたりまえじゃない」とひとりごちた。学生という立場にあぐらをかいて浅ましい、とさえ思った。

——わたしは図書館の方がずっといい。

本が山ほどあって、座れる椅子があって、静謐《せいひつ》で、どこもかしこもきちんと片づいている。飲食禁止だから匂いもなく、清潔でごみひとつない。

なにより、こんなに学生がいるのにみんな黙っているのがいい。誰も彼もがお互い無視しあい、素通りしあっている。

じつを言うと琴美も一度、スターバックスで勉強しようと試みたことがあった。でも、気が散ってだめだった。まわりの匂いや音ではない。話し声が耳障りでたまらなかったのだ。すぐ横のカップルや、数人でおしゃべりしながらドーナツやスコーンを分けあっている女子高生たちが、気になってしょうがなかった。

——やっぱり場違いだったんじゃないか。

——ひとりきりでいるわたしを、彼らは内心笑っているんじゃないだろうか。

そう思えてならなかった。気がつくと、シャツの腋《わき》が汗でしっとり濡《ぬ》れていた。

もちろん被害妄想だと理性ではわかっている。誰もわたしのことなんか見てやしない。でも一度気になってしまうと、もうだめだった。「もしや」の考えが頭にこびりついて離れなかった。

以来、琴美はこの図書館に通いつめている。

それでなくともサークル活動をせず、飲み会にも参加しない彼女には、〝構内でいっしょに行動する友達〟という存在がいなかった。

べつに嫌われているわけではない。いじめられた経験もない。ただ琴美には、冗談を言いあうような親しい友達がつくれない。と言うより、つくるすべを知らなかった。

「皆川さんは真面目だから」

「しっかりしてるよね」

「責任感あるし、頼りになるよ。いかにも長女って感じ」

と誉めそやされることはあった。

小中学校では何度か学級委員長に選ばれたし、高校では生徒会書記長をつとめた。おかげで内申書はいつもよかった。教師の覚えもめでたかった。でも、それだけだ。

——誰も、わたしといて楽しいとは思ってくれない。

ふう、とわれ知らず吐息が洩れる。そしてそんな自分を琴美は瞬時に恥じた。

馬鹿馬鹿しい。来年には成人だというのに、女子高生のような仲良しごっこにまだ未練があるのか。飲みサーだ合コンだと浮かれ騒ぐやつらを金食い虫と軽蔑《けいべつ》しているくせに、本心じゃ仲間に混ざりたいとでも思っているのか。

――くだらない。ほんと馬鹿みたい。

内心で吐き捨てて、講義ノートをひらいた。

たったいま受けてきたばかりの、法学概論のノートだ。時間が足りずにまとめきれなかったので、忘れないうちに整理しようと図書館へ足を向けたのだった。

ノートの左ページには『尊属殺法定違憲事件』、右のページには『練馬一家五人殺害事件』の概要が書きつらねてあった。

尊属殺法定違憲事件とは、昭和四十三年に起こった実父殺しだ。それまでの尊属殺人罪を適用せず違憲とし、被告人を執行猶予処分としたことで、日本法学史に名を残す事件である。

被告人の女は十代なかばから実父より性的虐待を受け、五人の子を産まされ、六人を堕胎させられるという過酷な状況にあった。

しかしそんな彼女にも結婚を申しこんでくれる男性があらわれた。相手は、職場の同僚であった。

男性の存在を知った実父は激怒した。娘を監禁し、無理やり性行為に及んだ。その上罵倒《ばとう》までされ、娘はわれを忘れた。彼女は父親を紐《ひも》で絞め殺し、尊属殺人罪で起訴され、被告人として法廷に立たされることとなった。

最高裁はこの事件とほか二件をあわせて、尊属殺違憲の訴えを審理した。

そして事件から五年後の昭和四十八年、彼女は懲役二年六箇月、執行猶予三年の刑を言いわたされた。情状酌量の余地が多大にあったことと、心神耗弱が認められたのであった。

対する右ページの練馬一家五人殺害事件は、昭和五十八年に不動産トラブルから起こった一家惨殺事件だった。

被告人が一億円で落札した競売物件に、被害者となる一家が居すわって立ち退かず、そればかりか立ち退き料を吊《つ》りあげようとごねたことが原因である。

被告人は不動産鑑定士になったばかりで、一億円は資産のほぼすべてを担保にしてつくった金であった。早く一家に立ち退いてもらわなければ、転売先に何千万もの違約金を払わなくてはならない。そうなれば破産だ。

彼も必死であった。だが一家はさらに、立ち退き料として相場の五、六倍の額をふっかけてきた。あの手この手でのらりくらりと逃げられつづけ、被告人はついに「あいつらを、一家皆殺しにしてやる」と思いつめるまでになった。

彼は鞄《かばん》に凶器を詰めて家を訪れ、まず妻と子供ふたりを金槌《かなづち》で殴り殺した。つづいて、遅れて帰宅した次女を絞殺し、夜半に帰ってきた夫をまさかりで打ち殺した。林間学校に行っていた長女だけが難を逃れた。

その後、彼は丸一日かけて死体を解体。とくに恨みの深かった夫はこまかく切り刻み、肉挽機《にくひき》にかけてミンチにし、トイレに流した。

逮捕後に彼は、「自分は正常です。あいつ（夫）のことは骨まで粉ごなにしてやりたかったから、すっきりした」

「妻や子供を殺したのは可哀想でしたが、仕方がない」と供述した。被告人は平成八年に死刑が確定し、五年後の平成十三年に刑を執行された——。

概要を読みなおしながら、琴美は手の中でシャープペンシルをくるりとまわした。

このふたつの事件に共通するのは、加害者が被害者でもあり、被害者が加害者でもある、という点であろう。

前者の被告人は長年にわたって異常な性的虐待を受けていた。後者は正当に落札した物件へ不法に居すわられた上、金銭まで要求されていた。

二件とも加害者と被害者の境界線がひどくあいまいなのだ。

表裏一体、と言ってもいいかもしれない。

これまでの十九年間、琴美は犯罪とまったく無縁な生活を送ってきた。せいぜいクラスメイトに万引き癖のある子がいただとか、近所の男の子が下着泥棒で捕まっただとか、そんな話を洩《も》れ聞いた程度だ。万が一犯罪にかかわることがあるとしても、自分は被害者側にしかなり得ないだろう——そう思っていた。

しかし、違うのかもしれない。

犯罪被害者になることも、加害者になることも、けっして遠い話なんかではないのだ。

ふと魔が差す一瞬があれば、きっと誰しもが、加害者となる可能性を身の内にはらんでいる。

ふたたびシャープペンシルを、中指で弾《はじ》いて一回転させた。

――よし、次のレポートはこれでいこう。

犯罪における、加害者と被害者の相互関係。その不安定なバランス。

そうと決まれば資料を借りていかなくちゃ。被害者学に、犯罪社会学、犯罪生物学。ええと、犯罪生活曲線とかいうのを提唱したのは誰だっけ。

そう口の中でつぶやきながら、琴美は椅子から腰を浮かせた。

「ご乗車ありがとうございました」の声を背に、琴美は小銭を料金口に放りこんで、バスのタラップをおりた。

短い横断歩道を渡れば、家までは歩いて十分ほどだ。

免許はいちおう持っているが、車で通学したことはなかった。第一、市内在住者には駐車許可証が発行されない決まりである。

「誰も守ってるやつなんかいないよ」と笑いとばして、許可証なしに平気で車を駐めていく学生も多い。わたしにはとうていできない真似だ、と彼らを見るたび琴美は呆《あき》れた。

だがそんな自分を彼女はよしとしていた。

慣れないルール違反をして一日中びくびくするくらいなら、バス停まで数分かけて歩いたほうがましだ。まだ足腰にがたの来る年齢じゃなし、値上がりする一方のガソリン代と維持費を考えたら、毎日のバス代なんて安いものだ、そう思っていた。

「ただいま」

玄関のドアを開け、奥に向かって声をかける。

三和土《たたき》に、二十八センチはあろうかという男もののワークブーツが揃えられていた。

一瞬、どきりとする。

——圭介《けいすけ》さんだ。

かっと耳が熱くなった。灯《あか》りのついた居間へ、小走りに向かう。障子戸をひらいた。

「おかえりなさい」

「やあ、おかえり」

男女の声が重なって琴美を出迎えてくれる。

姉弟《きょうだい》は卓袱台《ちゃぶだい》を間に、向かいあって座っていた。葉月はあいかわらずの化粧に、足首まであるワンピース、夏でもはずさなかった長手袋といういでたちだ。

とっくに体の痣《あざ》は消えているはずだが、

「あちこち傷が残っているから恥ずかしいの。それに、他人さまが見て気持ちのいいものじゃないでしょう」と彼女は言っていた。

圭介は葉月の正面で、座布団にあぐらをかいている。

無地のカーディガンにジーンズというシンプルな服装だが、うまくジャストサイズを選んでいるせいか垢抜《あか》けて見える。背が高く、すらりと細身だ。顔立ちは女のようにやさしげで、笑うと糸のように細くなる目に愛嬌《あいきょう》があった。

はじめて彼を見たときは、「知らない男が家にいる」と、ぎょっとしたものだ。警察を呼ぼうと、携帯電話に手をかけさえした。

しかし葉月がすぐに走り出てきて、

「ごめんなさい、わたしの弟なの」

とかばうように彼の肩を抱いた。

「弟……さん？」

「そう、留美子さんに訊《き》いたら、連れてきてもいいと言ってくれたから。琴美ちゃんにはまだ話がいっていなかったのね。驚かせて、ほんとうにごめんなさい」

少女のように可憐《かれん》な声で、葉月が何度も謝罪する。

その声で謝られると琴美は弱かった。なんだかこちらが不当にいじめているような罪悪感すらこみあげてきた。

「夫と話しあいをしたいんだけれど、わたしと一対一だとあのひと、かっとなって話にならないの。だから弟に頼んで、間に入っていろいろやってもらっているのよ」

「え、旦那《だんな》さんとやり直すんですか」

驚いてそう訊いた。

ということは葉月はこの家を出ていってしまうのか。朋巳を連れて夫のもとへ戻るということか。

しかし葉月は首を横に振った。「いいえ、離婚の話しあい」

「なあんだ」

思わず琴美は安堵《あんど》の吐息をついた。

よかった。いや、離婚なんだから他人の不幸を喜ぶようで失礼だけれど、でも我が家にとってはよかった。

いまさら葉月と朋巳のいない生活など考えられなかった。

葉月がいなくなれば、この家は火が消えたようになるだろう。朋巳がいなくなったなら、母は半狂乱に陥るだろう。

葉月たちが来て、琴美は再確認した。家庭に波風がないのはいいものだ。たとえ表面的であっても、凪《な》いでいるのがいちばんだ。

もちろん我が家はけっして〝問題のない家〟なんかじゃない。でも、表だっての諍《いさか》いがないだけでもほっとできる。

家が安らげる場でないのはつらかった。その安らぎをかたちづくるピースに、他人をふたりも必要とする時点で歪《ゆが》んでいるのは百も承知だ。

それでもいまの皆川家には、彼らの存在が必要不可欠だった。

母はいま、朋巳を得たことでそれなりに安定している。末妹の亜佑美だって、いつの間にかすっかり葉月になついてしまった。暇さえあれば「葉月さん、葉月さん」とまとわりついて、我が妹ながら、レズっ気でもあったのかとあやしんでしまうくらいだ。

「圭介も夕飯に誘ったんだけれど、琴美さん、ご迷惑じゃない？」

葉月が微笑む。

「いえそんな。迷惑だなんて」

「よかった。今晩はグラタンなのよ。いいかしら」

「もちろん」琴美も微笑みかえした。

グラタンなら、どうせいつもの生協の冷凍食品だろう。正直飽き飽きした味だったが、圭介がいるなら話は別だ。彼と食卓を囲めるなら、パンと水だけでもかまわなかった。

「琴美ちゃん、お風呂《ふろ》沸いてるのよ。よかったらどうぞ」

「え、でも圭介さんがお客さまだし」

琴美の言葉に、圭介が目を細めて笑う。

「いやあ、まさか女の子の前に入るわけにいかないよ。琴美ちゃんだって、おれみたいなムサい野郎の入ったあとはいやでしょう」

「そ、そんなこと」

どぎまぎした。つい鼓動が速くなる。

こんな自分をみっともないと思った。彼はなんの気なしに言っているのだろう。なのに、いちいち大げさにとってしまう己が恥ずかしくて情けなかった。

大学生になってさえ、琴美は男性に免疫がないままだった。女ばかりのきょうだいで育って、唯一の弟はたった五歳で無残に死んでしまった。父親はいつも帰りが遅く、家族らしい触れあいはほとんど記憶にない。

そういえば以前、美海が「お父さんとみんなで、菜の花畑を見に行ったことがなかったっけ？」と何度も訊いてきたことがあった。

「ないよ。あんた、夢でもみてたんじゃない」

とそのたび琴美はすげなくあしらった。

だってあの父親が、そんな家族サーヴィスなどするわけがないではないか。営業マンとしての彼は知らないが、父親としての彼は、とにかく怠惰で無責任だった。

さすがに智未が生まれたときは、祖母に「跡取り誕生」と騒がれてすこしばかり張りきったようだ。しかしそれも数年のことだった。

智未の死を境に、彼はまた完全にもとの父に戻った。仕事仕事を言いわけにしてろくに寄りつかず、家にいても不平不満ばかりのいつもの父に。

「琴美ちゃん？」

呼びかけられ、はっと琴美は覚醒《かくせい》した。

いけない。立ったまま考えごとにふけってしまったらしい。圭介さんはどう思っただろう。おかしな子だと引かれてしまっただろうか。

「あの、じゃあ、先にお風呂いただきます」

ぎくしゃくと頭をさげ、立ち去ろうとした琴美に、

「ねえ。このうちって、とてもいいおうちよね」

葉月がそう声をかけた。

優雅とも言えるほど、ゆったりと間延びした声音だ。咄嗟《とっさ》に言葉をかえせない琴美に、彼女は重ねて微笑した。

「――わたしの、理想のおうちだわ」


夜が明けて、琴美は午前台のバスに揺られていた。

こみあげてくる欠伸《あくび》を噛《か》みころす。昨夜は結局ひどい夜更かしをしてしまった。とはいえ予想していたことではある。近ごろ圭介が来ると、いつもこうなのだ。

泊まりに来た圭介が、夜に琴美の部屋を訪れるようになったのは、半月ばかり前からのことだ。

「琴美さんはいま大学生で、法学専攻だって姉から聞いて」

申しわけなさそうに彼は言った。

「なにからなにまであつかましくて、ほんとごめん。――でも琴美さんには、姉の味方になってあげて欲しいんだ」

そう戸口で深ぶかと頭をさげた彼を、琴美は中へ迎え入れずにはいられなかった。

正直、琴美の圭介に対する第一印象は「いかにもいまどきっぽくて、チャラそう。信用できない」というものであった。

しかし膝《ひざ》を突きあわせて話してみると、彼はいたって姉思いの真摯《しんし》な男性だった。幼くして母を失った彼は、折りあいの悪い継母《ままはは》のもと、歳の離れた姉に守られるようにして育ったらしい。その姉がやっと幸福になれると思いきや、結婚相手はろくでもない男であった。苦労ばかりで泣く姉に、今度は自分が守る番だ、と圭介は心を決めたのだという。

しかし社会はおりしも不景気で、はからずも彼は就職浪人となってしまった。なんとかいまはフリーターとして食いつないでいるが、姉を守れる財力にも人脈にも縁遠い。

だからせめて、琴美さんの知識に頼れるならと甘えてしまったんだ――と、圭介は訥々《とつとつ》と語った。

「ほんとうにごめん。姉も朋巳もお世話になってるっていうのに、おまけにおれまで頼るだなんてありえないよね。でもおれ、姉さんにだけは幸せになってほしくて」

「わかるわ」琴美は身をのりだした。

圭介は目を糸のように細めるあの笑顔を見せ、「ありがとう」と彼女の手を握った。

それからふたりは、飽かずいろいろな話をした。

当然ながらはじめのうちは、葉月が離婚するにあたって、法律上有利になるであろう判例が話題の中心であった。民事については、あまり琴美は得手でなかった。だが講義でとっていたジェンダー論や、基礎社会学などが役立った。

圭介は姉にああもしてもらった、こうもしてもらった、と合間合間に感謝を語った。

それに比べて継母がどんなに冷たかったか、どんなにひどい仕打ちをしたかと、静かに涙を流した。

琴美は真剣に彼の話に聞き入り、相槌《あいづち》をうった。そうしていつしか、琴美も彼に添うかたちで自分の過去を語りはじめていた。

この世にこんな男の人がいたんだ。そう琴美は思った。

圭介はナイーヴで、思いやり深く、琴美の話をいつまでも聞いてくれた。父とは大違いだった。彼は正面から琴美の眼を見て、言葉のひとつひとつにうなずき、共感してくれた。

気づけば琴美は、心の深いところまでも彼にさらけだすようになっていた。話すことでさらに気は緩み、口はかるくなり、胸の芯《しん》が溶けていった。誰にも言うまいと決めていた言葉までもが、いつの間にか舌の上をなめらかにすべり落ちていた。

わたし、末妹の亜佑美が嫌い。我儘《わがまま》で勝手で、宇宙人みたい。あんな子、とうてい理解できない。

すぐ下の美海は、べつに嫌いじゃない。理解できないわけでもない。でも、苦手。

智未のことは、いまも現実味がない。ただ、なぜよりによってうちが、と思う。ほかの子が無事だったのに、なんでうちの弟だけが、と。こんな考えは馬鹿げているとわかっているけど、不公平だという気持ちが拭《ぬぐ》えない。うちだけが不幸をかぶらなければいけない理由が、いまもわからない。

「父、は——」

それを口にするときは、さすがに喉《のど》に言葉がつかえた。

ずっと声に出して言えなかったことだ。ずっとずっと以前から、誰かにぶちまけたくてたまらなかったのに、怖くて言うことができなかった。

「——父は、浮気してるの」

もう何年も前からだ。知っていた。おそらく母もだ。

妹たちはどうかわからない。でも自分は長い間、それを胸の内におさめていた。知っているのに黙っていた。恥ずかしい。黙認なんて、片棒をかついだのと同じことなのに。

そう、父には家庭の外に女性がいる。わたしはそんな父を嫌悪している。

でも——でも、心のどこかで思う。父の気持ちもわからないでもないと。家にいるのがあんな母では、浮気したくなっても無理はないと。

そして、そんなふうに思ってしまう自分が嫌いだった。

わたしはわたしが嫌いだ。わたしはまっすぐじゃない。ひどく歪《いびつ》だ。真面目なんかじゃない。優等生でもない。

ただ、怖いだけだ。レールの上をはずれるのが怖い。人から後ろ指さされるのが怖い。

いつかこの、薄暗い本性が知れてしまう日が怖い。

わたしはなぜこんな人間になってしまったんだろう。幼いときから、長女だからとなにかと我慢させられてきた。抑圧されてきた。そのせいだろうか。

母は父似のわたしを好きじゃない。次女の美海のことははっきりと嫌っている。その嫌いようは、傍目《はため》にも怖いくらいだ。でもかばう気になれない。巻きこまれたくない。だってうちの母の愛は、けっして無償なんかじゃない――。

琴美は緩くかぶりを振った。

また、生欠伸がこみあげる。ともすれば睡魔にさらわれそうで、頰の内側をきつく噛む。

バスの窓ガラス越しに、群生するコスモスが見えた。広い空地の一角が、白とピンクで染まっている。琴美は無表情に、その風に揺れる丈の長い花ばなを眺めやった。

4

「人助けってさ、いいことだと思う？」

美海の問いに、結衣がひょいと片眉《まゆ》をあげた。

「そりゃそうでしょ」

「だよね」うなずいて、美海は目線を机に落とした。

昼休みが明けたばかりの教室は、低いざわめきに覆われていた。本来なら古典の授業だが、いま黒板には『自習』の二文字がでかでかと書いてある。日直の男子生徒が、つい十分ほど前にチョークで書きつけたものだった。

美海は重ねて尋ねた。

「じゃあさ、四、五歳くらいの男の子って、いやらしいこと考えたりすると思う？」

「なにそれ。話が飛ぶねえ」

結衣は呆《あき》れたように笑って、

「いやらしいっていうかさ、その年ごろの子供なんて下ネタ大好きなもんでしょ。おっぱいーとかうんこーとか人前で連発するしさ。でもそれってエロとかエッチとかとはまた別じゃん。みんなが笑ったりいやがったりリアクションしてくれるから、よけい言ってとこもあるし」

「うん」

「だいたいあんただって、幼稚園児に抱きつかれたところで、きゃー襲われるーなんて本気で騒いだりしないでしょうよ。あー子供は無邪気でいいねって頭ぽんぽんして終わり。でしょ？」

「うん……そうだね」

美海はあいまいに首を縦にした。

そうだ、たぶん結衣の言うことが正しい。結衣には弟がいるし、ちいさい男の子の扱いにはくわしいはずだ。長らく女きょうだいばかりだったわたしは、きっとへんな方向に過敏になってしまってるんだ。

「――で、人助けってなに？」

椅子の背もたれに肘《ひじ》をついて、結衣が首をかしげる。

美海はすこしためらってから、

「あのほら、前にちょっとだけ話したじゃん。うちで子供を保護したって」

「ああ、虐待されてるかもしれない子を、しばらく家に置くことにしたんだっけ。言ってたね、そんなこと」

そんなこと、か。内心で美海はかるく苦笑する。でもこんなものだろう。他人の家のことなんて、みんなそれほど気にしてやしない。

「じつはさ、いまその子の母親も家にいるんだ」

「えぇっ」結衣が目を剝《む》いた。

「うそ、なにそれ。なんでそんなことになってんの？」

「……えっと、旦那《だんな》さんがその人をお酒飲んで殴るらしいの。おまけに外にも出さずに閉じこめて、子供の世話もさせてくれなかったんだって」

「そっか、だから子供が痩《や》せてお腹すかせてたんだ」

「うん。それで母親の方もしばらくうちに置いて、うちからハロワに通って仕事探させることになったみたい」

「えー、すごい。美海んちの親って偉いね。なかなかできることじゃないよ。超いい人じゃん」

「べつに、そんなんじゃないけど」

「いやいや、すごいって。めっちゃくちゃ偉いよ。たぶんその子もお母さんもさ、すっごい感謝してると思うよ。きっと何年後かに、鶴みたいに恩返ししてくれるって」

結衣が笑った。美海も「あはは」と乾いた笑い声をたてた。

──そう、ここまではいいのだ。ここまでなら友達にも言える。

でもいま家の中に生じている奇妙な空気と違和感については、口にできそうにない。だいたい、どう説明したらいいのかもわからない。

ためらいつつ、言葉を継ぐ。

「……その母親がね、夏でも肘のとこまである手袋をはずさないの。顔もすごい厚化粧で、はじめて見たときはびっくりしたよ。お面かと思うくらいの白塗りなんだもん」

「それは、なんで?」

「傷があるからだって。旦那さんに殴られたり、切りつけられて痕《あと》になってるから、お化粧で隠してるって言ってた」

「ああ」

結衣の顔がいたましそうに歪《ゆが》んだ。

「やっぱそんな話、現実にあるんだね。ニュースとかドラマでは見たことあるけど、身近じゃ聞いたことなかったからなあ」

「うん、わたしも」

「でもそんなんだったら、旦那さんのとこ帰すわけにいかないよね。やっぱかくまって正解だよ。それで家に帰しちゃって、お母さんも子供も取りかえしのつかないことになりました、なんてことになったら、きっと一生悔やむもんね」

結衣が真剣な顔で言う。

美海もうなずくしかなかった。胸中で低くつぶやく。

——やっぱり、こういう反応だよね。

当然だ。家庭内暴力にあっている憐《あわ》れな母子《おやこ》が逃げこんできたと聞かされれば、たいていの人間が結衣と同じく「偉いね」「すごいね」と賞賛するだろう。

そしてもし追い出したなんて言えば、「それ、冷たいんじゃない」「面倒ごとがいやだったのはわかるけど、ちょっとひどいよ」と来るはずだ。

だから、うまく説明できない。

夏休みの間、美海は朝から晩までバイトにあけくれ、家にはほとんど寝に帰るだけだった。友人の家に泊まった日も多い。だから気づくのが遅れた。

皆川家は、いつの間にか変容していた。

母が朋巳べったりなのは以前からだが、いまではほとんど座敷から出てこない。妹の亜佑美はやたらと葉月にまとわりつき、彼女のご機嫌ばかりうかがっている。

父はあいかわらず、ろくに帰ってこない。たまに顔を見せることはあるが、

「着替えを取りに来た」

「おまえら、元気でやってるか。ならいいんだ」

とぼそぼそ言うだけで、またすぐに退散してしまう。

そして父の留守をみはからったように、さらに家へ侵入してきた者がいた。葉月の弟とかいう若い男だ。

なぜか母も姉も妹も、彼の存在をすこしも不審に思っていないらしかった。葉月の離婚の手伝いをしていると聞かされ、それだけの説明で納得してしまったようだ。

とくに姉の琴美は彼を気に入ったらしい。圭介と四六時中いっしょにいるようになり、ふたりで姉の部屋にこもり、飽かずいつまでも話しこむようになった。明け方近くまでドアの隙間から洩《も》れる灯《あか》りと話し声が、妙に神経に障った。

家の中のことは、葉月がすべて管理するようになっていた。驚いたことに、家計の財布までもが彼女の手に渡っているらしかった。

「他人にお金の出納をまかせるなんて、危ないよ」

そう言いたかった。だが美海の意見など、誰も聞かないことはわかっていた。

美海は家庭の中では常に〝透明人間〟なのだ。己に発言権がないことを、これほど歯がゆく思ったことはなかった。

――誰もおかしいと思わないんだろうか。

おかしいと思っているのはわたしだけか。だとしたら、ひょっとしてわたしの考えの方がまともじゃないんだろうか。

いま、家の中には密室がいくつもできている。母と朋巳がいる座敷。葉月と亜佑美が占拠するキッチンと居間。二階の姉の部屋には、琴美と圭介が閉じこもる。

お互いと顔をあわせ、口をきく機会は滅多になくなっていた。ほぼ完全に分断されてしまっている。そしてどの密室からも弾《はじ》かれた美海は、遠巻きに彼らを呆然《ぼうぜん》と眺めるだけであった。

「――美海？」

呼びかけられて、はっとする。

どうやら無言のまま考えに沈んでしまったらしい。対面の結衣が、いぶかしげに顔を覗《のぞ》きこんでいた。

「あ、ごめん。ぼーっとしちゃってた」

言いながら、美海はごまかすように笑った。腰を浮かして立ちあがる。

「わたし、ちょっと保健室行ってくるね」

「え、美海、具合悪いの？」

「うん。風邪気味みたい。さっきから頭がはっきりしないし、喉《のど》も痛いんだ」

とってつけたような咳《せき》をしてみせたが、結衣はとくにあやしみもしなかった。

「そっか、じゃ崎田《さきた》先生に薬もらってきたらいいよ」恬淡《てんたん》とうなずく。

「次の授業には戻ってくるから、誰かに訊《き》かれたら言っといて」

「ん、わかった」

「お願い」

おざなりに手を振って、美海はざわつく教室をすべり出た。

崎田は二十代後半の、まだ若い女性養護教諭だ。

長い髪をひっつめにした凛《りん》とした容貌《ようぼう》で、眼鏡と白衣がよく似合う。まあまあ美人なので男子生徒に人気があり、歳が近いこともあってか女子生徒からはよく相談相手にされていた。

そして美海も、彼女に打ちあけ話をしている生徒のひとりであった。

「なあに皆川さん、サボり？」

扉を開けて入った瞬間、崎田がそんな台詞《せりふ》を投げてくる。

美海は顔をしかめた。「違いますよお」

反射的にそう応《こた》えてしまったが、やっぱり違わないな、と内心ですぐ打ち消した。自習時間なのに風邪だと嘘をついて抜けだしてきたのだから、立派なサボりだ。

「えっと、いま、ベッドに誰かいますか」

白い衝立《ついたて》の向こうを、ちらりと横目でうかがう。崎田は首を振った。

「いまは誰も寝《やす》んでいないわ」

「じゃあ、ちょっとお時間いいですか」

この言葉は〝相談ごとがある〟というサインだ。崎田は顎《あご》を引いてうなずいた。

「皆川さん、コーヒー飲む？」

「あ、いただきます」

　保健室にはポットがあり、インスタントだがコーヒーが飲める。もちろん生徒にふるまうのは禁止のはずだが、ときどきこっそりご相伴させてくれるのだ。これも、この保健室の魅力のひとつであった。

　崎田の白い手が、マグカップにインスタントコーヒーを山盛り入れて溶かし、ミルクをちょっぴり入れる。ついと無地のカップを差しだしてくる。

「砂糖はいらないんだったわよね」

「すみません」

　頭をさげて、受けとった。熱いうちにひとくち啜《すす》る。

「じつはこの前も話した、家のことなんですけど――」

　目線とともに、美海は声を床に落とした。

　言葉をひとつひとつ押しだすようにして、彼女はしゃべった。葉月のこと、朋巳のこと。家に訪れるようになった、圭介とかいう弟のこと。

　いつの間にか葉月が家の中心になってしまっていること。妹が別人のようにへりくだって彼女に接していること。母が座敷からほとんど出てこなくなってしまったこと。姉がやけに圭介を気に入っているらしいこと。

　だが母の精神状態と、葉月が金銭面まで握るようになったことは話せなかった。それを打ちあけるのは、さすがに家の恥だという気がした。

「……どうしたらいいか、わからないんです。父はあいかわらず家に寄りつかないし、おばあちゃんは施設だしで、頼れる大人がまわりにぜんぜんいないんだもの」

美海はため息をついた。

崎田が首をかしげる。「山村《やまむら》先生には、相談した？」

「まさか」

言下に美海は否定した。

山村とは担任の名である。四十代なかばの影の薄い男で、生徒の顔を見ず、独り言のようにしゃべる癖がある。地学担当だが「山村に受けもたれると成績がさがる」と言われるほど、授業のつまらなさに定評があった。あんな男に、プライヴェートの相談などできるはずもない。

「そう」崎田はあいまいにうなずいて、

「お友達はどう、打ちあけられる人はいる？」

「うーん」

美海は考えこんだ。みんなには、ある程度までなら話せる。でも、なにもかもぶちまけられる相手はいないかもしれない。

ふっと脳裏を、岩島尚基の顔がよぎった。慌ててかぶりを振り、美海は馬鹿な考えを消し去った。

わたしったらなに考えてるんだろう、なんでよりによってあの人に。たいして親しくもないし、相談なんかしていい相手じゃないのに。

内心でうろたえる美海をよそに、「そう」といま一度崎田は言った。

「心から信頼できる人がいないのであれば、このお話、あんまりいろんな人にしない方がいいかもしれないわね。こんな言いかたはあれだけど、世の中にはなんでも面白おかしくふれまわるような、たちのよくない人もいるから」

「……はい」

美海はうなだれた。

崎田の言う意味はわかる。近所にもゴシップ好きのおばさんたちはたくさんいるし、クラスメイトにだって、噂話と悪口しか言わないような子が数人いる。

それでなくとも葉月の風体は人目を集めるのだ。いまのところ大きな噂にはなっていないようだが、皆川家に「怪我を化粧で隠した、見知らぬ女がいる」ということは、すでに近所に知れわたりつつある。ひょっとしたら美海の知らないところで、なんらかのデマが流れはじめているかもしれない。

「とりあえず、なんでも悪いように悪いように考えない方がいいわよ」

「はい」

「その人たちだって、離婚のトラブルが片づけば、また家族だけで暮らしたくなるでしょうし」

「はい」

「それに……皆川さんのおうちは、弟さんのことがあったばかりでしょう。まだ、家庭内にいろいろあっても仕方のない時期だと思うの」

ぐっと美海は詰まった。

押し殺した声で、なんとか「はい」と答える。

そういえばわたしは、あの子の仏前にもう何日も線香をあげていない。仏壇のある座敷は、母と朋巳が占領していて入れないのだ。

――もしいきなりわたしが入っていったら、母はどんな目で見てくるだろう。

想像するだけで怖かった。

母はわたしのことが好きじゃない。昔からそうだった。気がついたら疎まれていた。なにをした覚えもないが、美海の一挙手一投足が、母には気に入らないらしかった。

ふと壁の時計を見あげる。

そろそろチャイムが鳴る時間だ。次の授業は英語だからサボれないし、結衣にも戻ると言ってしまった。

「ありがとうございました。コーヒー、ごちそうさまです」

頭をさげ、立ちあがった。胸の内を吐きだしたことで、わずかながらも気が晴れた。

「また来ていいですか」

「いいけど、サボりはだめよ」

釘《くぎ》をさされ、「はい」と美海は笑って答えた。

引き戸を開け、外に出る。廊下の冷えた空気が、しんと皮膚の底にまで沁《し》みこむようだった。

「あら美海ちゃん、いまお帰り？」

玄関のドアノブに手をかけたところで、背後から声がした。

美海は振りかえり、途端に後悔した。聞こえなかったふりで、さっさと家に入ってしまえばよかったと内心で舌打ちした。

目の前に立っているのは、三軒隣に住んでいる中年女だ。崎田の言った「なんでも面白おかしくふれまわる、たちのよくない人」の筆頭株であった。

彼女は右手にシーズー犬を抱え、左手に市の広報誌の束をたずさえている。

どうやら広報誌を配るついでに、家の中を覗《のぞ》きに来たらしかった。狙いはもちろん、山口葉月とその子供だろう。

シーズー犬は飼い主に抱えられたまま、ううう、と歯を剝《む》いて美海に唸《うな》っていた。しつけがまったくされていないのだ。誰にでも吠《ほ》え、誰にでも牙《きば》を剝くと評判の犬だった。

おまけにこの女は、この犬を抱えたまま平気でどの家にもあがりこむ。

反対隣の家では生まれたての赤ん坊がいるのに勝手に犬を放され、ひどい騒ぎになったそうだ。以来、女はその家に出入り禁止を言いわたされた。ただの噂ではない。女本人が憤然と「心が狭いったら」「うちの子を、まるで危険物扱いよ」と、悪罵《あくば》付きで言いふらしていた話であった。

女は広報誌をぐいと美海の胸に押しつけると、「どうしたの、中に入らないの？」と怪訝《けげん》そうに眉《まゆ》をひそめた。

「あ、いえ、入ります」

「そうよねえ、めっきり肌寒くなってきたもの。いつまでも外に立ちんぼうじゃ、風邪ひいちゃうわよね」

「はあ、でも」

言いよどむ美海に「風邪ひいたら、学生さんはたいへんよお」と女が一歩近づく。

唸りつづける犬に恐れをなして、思わず美海は後ずさった。背中にドアがぶつかる。

「あら、どなたかいらっしゃるの？」

ドア越しに声がした。葉月だ。美海が止めるより早く女の手が動き、

「はあい。ごめんくださあい」

と言いざま、ノブを摑《つか》んで引いた。扉がわずかにひらく。

注意がそれたらしく、女の腕の力が緩んだ。

機会を逃さずシーズー犬が飛びおりる。ドアの隙間から、家内へと一目散に駆けこんでいく。

悲鳴が聞こえた。急いで美海は三和土《たたき》で靴を脱いだ。

犬はまっすぐ居間に走りこんでいったようだ。悲鳴はなおもつづいている。葉月の声

だ。だが、いつも聞いているあの甘い声音とはまるで違った。別人のような、怒りまじりの金切り声であった。

「やだ、いや、なによこいつ――……」

美海の目に、箒《ほうき》を振りあげた葉月の姿が目に入った。吠えかかるシーズー犬めがけて、ためらいなく振りおろす。

犬はきゃいん、とおびえた声をあげ、その攻撃を間一髪で避《よ》けた。そして一声大きく唸ると、葉月に向かって牙を剥き、飛びかかろうと前傾姿勢になった。

美海が組みついて押さえつけていなかったら、間違いなくシーズーは葉月の腕か脚に嚙《か》みついていただろう。

犬を抱えて、美海は玄関口まで走った。首根を摑んで、口があかないよう頭をきつく押さえる。まだ啞然《あぜん》と立つ女の胸もとへ有無を言わせず押しつけ、「すみません、それじゃ」と力まかせに外へ突きとばす。

「ちょっと、なにを――失礼な――なんてこと――」

扉の向こうで女がわめいている。同調するように犬が吠えまくる。

かまわず、美海は手早く鍵《かぎ》をかけた。

がちんと金具がおりる。その音に安堵《あんど》がこみあげ、長い長い吐息が洩《も》れる。

うんざりだ。あの女にも、犬にも、家の中のあれこれにも。

ひとりになりたい、と美海は強く思った。早く部屋に入って、ひとりでいろいろ考えたい。安心したい。気を鎮めたい。すこしでも考えを整理しておきたい。

きびすをかえした。瞬間、かっと頰が熱くなった。

撲《ぶ》たれたのだ、と気づいたのは数秒あとのことだ。

愕然《がくぜん》と目を見ひらく。そこに、葉月が立っていた。

真っ赤に塗った唇が震えている。体の横で握った拳《こぶし》が、大きくわなないていた。化粧の下の表情は読みとれないが、おそらく血の気を失って蒼白《そうはく》なはずだ。

「おまえか！」

つばを飛ばして、葉月はわめいた。

「おまえか、おまえの差しがねか！　よくもあたしに！　あたしにこんな――」

あっけにとられて動けない美海に、なおも葉月が殴りかかる。三発目を喰らったところで、美海はようやく頭をかがめ、腕をあげて防御した。

「おまえは……おまえはあたしを……やっぱり……思ったとおり……」

切れ切れに葉月の声が聞こえる。

やはり、いつもの声音とはまるで違っていた。しわがれ、ひどく疲れきっていた。

「やだ、葉月さん、どうしたの？」

「なにしてるのよ、美海」

駆けよってくる足音と声とが聞こえた。殴打がやむ。助かった、と美海は思った。葉月は息を切らしているらしい。ぜいぜいという荒い呼吸音が、間近に感じとれた。

だが、一息つく間もなかった。

ぐいと胸倉を摑みあげられ、美海は無理やり框《かまち》へ引きずりあげられた。立とうとしたが、膝《ひざ》が笑った。

「あんた、葉月さんになにしたの！」

亜佑美の怒声が降ってきた。美海は戸惑い、声を失った。

妹に「あんた」呼ばわりされたのははじめてだ。

どんなに傍若無人にふるまおうと、彼女はすぐ上の姉を常に「美海ちゃん」と呼んでいた。軽んじることはあっても、面と向かって罵《ののし》ってきたことはなかった。

だがいま鼻先にある妹の目は、憤怒《ふんぬ》にぎらついていた。

――亜佑美、本気だ。

ごくりと美海はつばを吞《の》んだ。

――本気でわたしが、この女になにかしたと思ってるんだ。

そして葉月のために怒っている。いや、激昂《げっこう》していた。妹の血走って膨れた眼球に、思わずうなじの毛が逆立った。

美海は視線をさまよわせた。亜佑美の背後にいる琴美に、目で助けを求める。しかし琴美は無言で、苦にがしげに顔をそむけただけだった。

「なにしたのよ、言いなさいよ！」

襟首を摑んだまま、がくがくと亜佑美が揺さぶってくる。

「なにも」かぶりを振った。

「べつに……なにも」

それだけ言うのが精一杯だった。

わたしはなにもしてない。されたのはこっちの方だ。犬からかばってやったのに、いきなり平手打ちされたんだ。そう言いたかったが、言葉にならなかった。框になんとか膝を突き、上体をあげた。途端、肩を突きとばされた。

美海は冷たい三和土に転がった。目をあげる。

葉月の弟――圭介が、両眼に怒りをたたえて彼女を見おろしていた。圭介の足もとでは、葉月がうずくまって肩を震わせていた。泣いている。声もなく、彼女は啜《すす》り泣いていた。

美海の頭が混乱した。

なぜ。なぜあの人が泣くの。わたしがなにをしたっていうの。悪いのはわたしなの。なぜみんな、わたしだけが悪いと決めつけているの。

だがその問いは、口にするまでもなかった。

なぜってこの場にいる全員が、葉月の味方だからだ。わたしの言葉を聞いてくれる人なんて誰ひとりいないからだ。

――だってこの家の中心は、山口葉月なのだから。

圭介はふいと顔をそむけると、かがみこんで泣きじゃくる姉を抱き起こした。二言三言声をかけ、奥へ行こうと彼女をうながす。

鳴咽《おえつ》を洩らしながら、葉月はうなずいて立ちあがった。亜佑美と琴美も、彼女に付き添うようにして廊下を歩き去っていった。

あとには、三和土にへたりこんだままの美海だけが残された。

口もとがぬるつく。手の甲で拭《ぬぐ》うと、血がついていた。息を吐きだした拍子に、ずきりと痛みが襲ってきた。頬と、腰と肩が痛い。

――撲たれて、殴られて、突きとばされた。

自分のされたことに、すこしずつ現実感が湧いてくる。二の腕に鳥肌が立つ。

圭介に暴力をふるわれたことが、とくに衝撃だった。家にあがりこんだ見知らぬ男に、肩を突かれて框から落とされたのだ。

――なのに、姉と亜佑美がわたしに向けた、あの眼。

凍りつくように冷ややかな視線だった。かばうそぶりどころか、葉月の従者のごとく肩を並べ、傲然《ごうぜん》とこちらを見おろしていた。

緩慢に美海は腰をあげた。

生まれたときから住んでいたはずの家が、まったく見知らぬものに変質しつつある。

その事実が、ひたひたと静かな恐慌となって彼女の胸を満たしていった。

5

葉月は障子戸をすらりと開けた。

留美子が寝入った朋巳を撫《な》でる手を止め、振りかえる。かえりみるまでもなく、相手は葉月だとわかっているはずだった。

この座敷に入ってくるのは――入ってくるのを留美子が許すのは、いまや山口葉月だけとなっていた。

戸棚の上のデジタル時計は『22：16』を表示している。葉月は唇の両端を吊《つ》りあげて笑みをつくりながら、座敷の中にさらりと視線を走らせた。

隅には布団が敷かれ、朋巳がこちらに背を向けて眠っている。留美子はそのすぐそばに膝をくずして座っていた。

目の下にどす黒い隈《くま》が浮いている。肌つやも悪く、あきらかに疲れが見える。

布団の向こうにある仏壇は、うっすら埃《ほこり》をかぶっていた。お供えの花は枯れ、果物は水分を失ってしなびていた。

いい兆候だ。葉月は内心でうなずいた。

さっきファンデーションを塗りなおしたばかりの頬を意志の力で持ちあげ、太いアイラインでくっきり囲んだ目を見ひらく。これだけでは笑顔に見えないだろうから、

「あら、朋巳はいい子でもう寝ちゃったのね。さすが留美子さんだわ。寝かしつけがうまいのねえ」

と、声にたっぷり微笑を滲《にじ》ませてやる。

思ったとおり、留美子は嬉《うれ》しそうに目を細めた。だが「旦那《だんな》さんからメールが届いたわ。明日も帰れないそうよ」と言うと、眉《まゆ》のあたりが覿面《てきめん》に曇った。

「あの人、なんだって？」

「名古屋《なごや》に出張ですって。メーカーの営業さんってたいへんなのね。お医者さま相手の接待もしなきゃいけないんでしょう。個人経営の医院はとくに我儘《わがまま》な人が多くて苦労するって、こぼしてらしたわ」

「そう」留美子は短く答えた。

葉月は家長の孝治と、近ごろひんぱんに連絡を取りあうようになっていた。番号とアドレスは、もらった名刺に書いてあったものだ。

しばらくやりとりするうち、孝治は彼女を「世間知らずの、なんでもいいようにとる鈍重で扱いやすい女」と見なしたようだ。そして「これはうまく利用できる」と踏んだらしい。

孝治はまめに葉月へ連絡するようになった。

内容は、帰宅できない言いわけが主だった。なにせ彼女に連絡してさえおけば、妻へと自動的に伝わるのだ。直接妻へ言うのと違って、葉月は彼に叱言《こごと》もあてこすりも言わない。もちろん嫉妬《しっと》などするはずもない。葉月を伝書鳩とすることで、彼は自らを安全圏に置いた。

留美子は先月、葉月の勧めで携帯電話を解約していた。居間の固定電話は、二十四時間留守電がセットされっぱなしだ。

つまり彼は、葉月を通してでなければ妻とコンタクトをとることはむずかしくなったわけだ。だが彼がそれに気づくのは、もっとずっと先の話である。

そうしてそれは、妻である留美子も同様だった。

「コーヒー淹《い》れてきたのよ。留美子さんのは、うんと濃くしておいたわ」

「ありがとう」

カップを留美子は受けとった。ちゃんと豆から挽《ひ》いた、香りのいいコーヒーだ。

舌を湿らせたのを皮切りに、留美子は堰《せき》を切ったようにしゃべりはじめた。その流れは、もはや毎晩の日課といってよかった。

話すことはいつもほとんど同じだ。夫に対する愚痴。小姑《こじゅうと》たちへの恨み言。娘たちへの不満。

留美子はもう何日もろくに寝ていなかった。夜はずっと葉月相手に繰り言をたれ流し、気づけば空が白んでいる。

朋巳の起きる時刻は六時だ。彼が起きたなら、当然身のまわりの世話をしなければならない。もちろんそのすべては留美子の仕事である。

午前は朋巳に朝食を食べさせ、遊び、いっしょに教育用DVDを観て、絵本を読んでやって時間が過ぎる。すぐに昼食の時間がやって来て、食休みのあとは昼寝だ。

しかし留美子は、朋巳といっしょに昼寝することはできない。

そばで留美子がじっと見守っていないと、彼が安心して眠らないからだった。

「怖いの」

と朋巳は言った。誰かがずっと見ていてくれないと、眠っているうちに自分が消えてしまうような気がするのだと。

悲しげで、いたいけな声音だった。だから留美子は眠らず、ずっと彼の手を握って、そのいとおしい寝顔を飽かず見つめた。彼女がうとうとしかけると朋巳は過敏に目を覚まし、「寝ちゃだめ」と決まって揺り起こした。

いったい自分が何時間起きつづけているか、もはや留美子にはわからないはずだ、と葉月は思う。

意識はさぞ朦朧《もうろう》としているだろう。

目はかすみ、こめかみには鈍痛が居座っているだろう。

葉月自身は朝食を済ませ、亜佑美を学校に送りだしてから二階で耳栓を付けて寝ていた。朝の九時から午後の三時まで、六時間きっちり眠る。そうして三時半から四時ごろに帰宅する亜佑美や琴美を、寝起きの澄みきった頭で出迎えるのが常だった。

土日は亜佑美がまとわりついてくるため、睡眠時間がやや削られた。が、それでも四時間は最低でも確保していた。

そのうち亜佑美の聞きわけがもっとよくなれば、週末でもじゅうぶん眠れるようになるはずだ。過去の体験で、葉月はそれをよく知っていた。

留美子の声がつづいている。

「だけどね、違ったのよ。義姉《ねえ》さんはあのとき絶対に、六時って電話口で言ったの。でも、嘘だった。義姉さんはわたしに恥をかかせようと、法事の席に間に合わないように、わざとわたしに嘘の時間を教えたの」

「まあ、ひどい」

葉月はさも気の毒そうに相槌《あいづち》をうつ。

何度も何度も聞いた話だ。しかし誰に幾度話そうとも、あの瞬間の留美子の鬱憤《うっぷん》は晴れないのだ。わかっている。そういうものだ。

「それで、わたしが六時十分前に着いたときの義姉さんの顔ったら。ええ、もちろん法事は終わってましたよ。お坊さまももう帰ってしまって、すっかりお酒の席。そこへわたしがのこのこあらわれたもんだから、みんなすごい剣幕で――」

何十年も前の話だろうに、いまだに留美子は昨日のことのように悔しげに顔を歪《ゆが》める。眼球を涙で潤ませる。

「ひどいわ。ほんとうにひどい。留美子さん、よく我慢なさったわね」

葉月は合いの手を入れながら、そろそろ頃合いかと内心でつぶやく。

「ねえ留美子さん、申しわけないんだけれど、わたし留美子さんのお話を書きとめて、記録しておいてもいいかしら」

「え……え、なに？」

話の腰を折られ、面食らったように留美子がまばたきする。ピエロのような化粧を歪めて、葉月は笑顔をかたちづくった。

「ほら、わたし頭があまりよくないでしょう。書きとめておかないと忘れてしまうのよ。いつでも留美子さんのお話を思いだせるようにしておきたいの。いいでしょう」

やんわりと、だが語尾に有無を言わせぬ調子をこめて言う。

数秒後、「ええ、いいわ」と留美子は答えた。

葉月は内心でにやりとした。このときの答えかたで、どれくらい思考能力が奪われているか、おおよそ推しはかることができるのだ。

この瞬間にすこしでも抵抗する様子があれば、葉月は「そう、わたしの機嫌をそこねるの？　あなた、いまさらわたしを失うことができるの？」と言外に匂わせて、あの手この手で揺さぶりをかける。

だがいまの留美子に、そんな手管は必要なかった。彼女の頭には濃い霧がたちこめ、数歩先の障害物すら見えない状態に違いなかった。

葉月は言った。

「もうひとつお願いがあるの。留美子さん、わたしの書いたものを読みかえして、内容に間違いないか確認してくれる？」

「かくにん？」

「そう。もし問題がないようなら、証拠にあなたのサインを入れておいて欲しいの。ね、そうすればあとで見なおしたときにも確かでしょう？」

「そう――そうね」

留美子がうなずく。

傍《はた》から見れば、ずいぶんおかしな話のはずだ。だがいまの留美子にはそれがわからない。たとえ本能が警鐘を鳴らし〝この流れはおかしい〟と思っても、どこがおかしいのか判断できないのだ。

そうしてその日から、留美子のそばには得体の知れない証文ばかりが増えていくことになる。

「何月何日、自宅にて、わたくし皆川留美子は下記のとおり申し述べました」

と序文があり、以下は夫や姑、小姑をはじめとする、周囲の人間たちへの呪詛《じゅそ》と悪罵《あくば》がつづく。

罵倒は親族だけでなく、同僚や上司、近隣の住民にも及ぶ。ことに智未を轢《ひ》き殺した運転手とその会社には、用紙は五枚も六枚も費やされる。

そしてその末尾には、必ず留美子自身の署名と捺印《なついん》が為《な》される。捺印は三文判ではなく、右手親指の拇印《ぼいん》だ。

最初から拇印を押せと命じたのでは相手が警戒心を抱く。そのため葉月は、ある程度証文が溜《た》まって、抵抗心が薄れてからまとめて押させることにしていた。

もちろん公的文書ならば、拇印より実印の方がずっと価値は上だ。しかしこれはお役所へ提出する書類なんかではない。相手の心を、精神を縛りつけるための道具である。

「唯一無二の、世界にひとつしかない本人の指紋」

を用いた方が、倍ほども制約力が高まるのであった。

「ただの判子なら、あなた以外の誰かが無断で押したという言いわけも通用する。でも拇印じゃそんな言いのがれはできないのよ。鑑定すれば一発でわかるの。間違いなく、あなた自身が押したってね」

そう言ってやると、ただでさえ思考能力の落ちている相手は、ほぼ例外なく肩を落としてうなだれた。

冷静な頭で考えれば、こんな証文もどきなど噴飯ものである。どこへなりと出せ、好きなようにしろと鼻で笑われて終わりだ。落書き同然の書付けだ。

だから実際にこれを持ちだして使うのは、もっとあとのことになる。もっとずっと彼《あれ》らが精神的に弱ってから。ずっとずっと、弱ってからだ。

葉月の考えをよそに、留美子はふたたびおしゃべりをはじめていた。

「それでね、わたし、こっそり仕返ししてやったのよ。だってそうでもしないと、腹の虫がおさまらないじゃない。だからこっそり義姉のバッグを探って、あの人ご自慢の、

「新車のマジェスタの鍵を——」

彼女の舌はさらに回転を増している。ちょっとした武勇伝のつもりで、嬉々として過去の軽犯罪を告白しようとしている。

葉月は微笑んだ。

「痛快ね。さすが留美子さん。――そのお話、もっとくわしく聞きたいわ」

ちょうど同時刻、琴美は自室で圭介と向かいあっていた。

母親ほどではないが、彼女もずっと、このところ満足に眠れていない。夜どおし圭介と話し、朝になれば大学へ通わねばならないからだ。休むこと、講義中に眠ることは、律儀な彼女の性格が許さなかった。

たまに図書館で居眠りしてしまうことはあったが、それもわずかな間だ。

第一、眠りこけていればレポートの提出に間に合わない。教養課程のうちにできるだけ単位をとっておこうとがちがちに詰めこんだスケジュールが、いまや彼女自身へのあだとなっていた。

しょぼつく目をなんとかこじあけながら、琴美は目の前の圭介の顔を眺めた。彼がなにかしゃべっている。唇が動いている。でも、よく意味がわからない。

「琴美ちゃん、聞いてる?」

圭介が厳しい声で言った。

はっと琴美は肩を震わせる。いけない、ぼうっとしていた。彼が話しているのに、なんて失礼な。顔を赤らめ、「ごめんなさい」と小声でつぶやいた。

「いいんだ。きっと勉強がたいへんなんだよね」

さっきのきつい声音が嘘のように、圭介はやさしく微笑む。その笑顔に琴美は安堵《あんど》した。よかった、怒ってはいないみたいだ。

圭介は琴美をちゃん付けで呼ぶようになっていた。最初は戸惑ったが、すぐに慣れた。それに、その呼称の方が親しみが増して嬉《うれ》しかった。

「そういえば、琴美ちゃんに訊《き》きたいことがあるんだ」

言ってから、彼がわずかに口ごもる。

「え？　なあに」

琴美は身をのりだした。

圭介がこんな表情を見せるのはめずらしい。なんでも言って欲しかった。わだかまりがあるなら、いっしょに解決したかった。すこしでも彼の力になりたい。

「こんなこと訊くの、気がひけるんだけど」

ためらいがちに彼は言った。

「琴美ちゃんてさ、ひょっとして……妹の亜佑美ちゃんとあんまり仲がよくなかったりする？」

唐突な台詞《せりふ》だった。琴美は目をしばたたいた。どういう意味？　ともの問いたげな顔

を向けた彼女に、

「じつは亜佑美ちゃんが、なんていうか、ちょっとしつこいんだよね」

気まずそうに視線をそらしながら、圭介は低くつぶやいた。

「どういうこと？」

「いや、ごめん」琴美の語気に、彼が首を振る。

「やっぱりやめよう。こんな話、琴美ちゃんは気分よくないよね。ほんとごめんね」

「いいから聞かせて」

膝《ひざ》を進め、琴美は彼に詰めよった。指先が冷たくなっているのが自分でもわかった。

圭介はしばしの間言いよどんでいた。だがやがて決心がついたのか、ささやくように切りだした。

「その、亜佑美ちゃんがさ、無理におれを呼びとめて、琴美ちゃんのことをいろいろ言うんだよ」

「わたしのことって？」

「なんていうか、悪口みたいなこと」

ちらりと目をあげて彼女をうかがってから、

「いや、もちろんおれは信じてないよ、琴美ちゃんはそんな子じゃないよね」

慌てたように彼は手を振った。

「悪口ってなに。亜佑美はわたしのこと、どう言ってたの。圭介さんにあの子、いったいなにを吹きこんだの」

「いやあ、その」

言いだしたことを後悔しているらしく、圭介はしきりに頭を掻《か》いた。だが琴美は「いいから教えて」と問いつめ、言いしぶる彼から亜佑美の言葉を無理に引きだした。

それはまさしく〝あることないこと〟としか言いようのない内容だった。

盗癖があるだの、クラスメイトをいじめで自殺未遂に追いこんだだのといった事実無根のことから、

「真面目でご清潔なふりして、心の中じゃお父さんの不倫を認めてるんだよ。じつは貞操観念のないビッチなの」

「いいお姉ちゃん面してるけど、じつはあたしたちのことを見くだしてるの。自分以外はみんな頭が悪くて程度が低くてくだらないやつらだと思ってるんだ。そんな性格だから、友達ができないんだよ」

といった、けっして的はずれでもない指摘もあった。

だが中でも琴美をかっとさせたのは、

「生まれてこのかた、男の子と手を握ったこともないのよ。飢えてるの。だから圭介さんに色目を使って、相手してもらおうと必死なのよ」

という台詞だった。

ほかならぬ圭介自身の口から伝えられたことが、屈辱をいや増した。図星であるがゆ

えに、その言葉は琴美の胸を深ぶかとつらぬいた。

しかも圭介にご注進している間、亜佑美は彼の体にさわりつづけていたという。圭介はいかにも「閉口した」という顔でその一部始終を語った。

許せない、と琴美は思った。

人のことを売女呼《ばいた》ばわりしておいて、自分はそんな真似をするなんて。中学生のくせにいやらしい。だいたい性格が悪くて友達がいないのは、あんたの方じゃないか。

悔し涙が滲《にじ》んだ。嚙《か》みしめた奥歯が軋《きし》んで鳴る。

圭介がため息をつき、かぶりを振った。

「琴美ちゃんは、ほんといい子なのにな。みんなひどいよ。亜佑美ちゃんだけじゃない。お母さんも陰であんなことばかり言ってさ。みんなもっと、長女としてがんばってる琴美ちゃんの有難みを知るべきだよね」

「お母さん？」

琴美は問いかえした。

「お母さんまで、わたしのことなにか言ってるの」

「そりゃまあ、いろいろとね」彼は苦笑した。

「ひょっとしたら、お父さんのことがあるせいで、琴美ちゃんによけい最近つらくあたるのかもしれないな」

「お父さんが、なに」

「いや、それがさ」

圭介は眉根《まゆね》を寄せ、顔をしかめた。

「失礼だけど……きみのお父さん、あれこれ理由を付けて家に帰ってこないだろ。それを直接お母さんに連絡するのが気がひけるのか、うちの姉を仲介役に……というか、矢面に立たせるようになったんだ。きみのご両親の間で板ばさみにされて、姉は精神的に参ってきてる。困ったよ、いまは姉だって離婚に向けて大事なときなのにさ」

「そんな」

琴美は驚き、次いで肩を落とした。

いかにも父のやりそうなことだ。でも、なんて卑怯《ひきょう》な。

いや父だけじゃない。夫のやり口がひどいからといって、わたしにあたる母もおかしい。いくら顔が似ているからって、わたしと父は別人格なのに。母の子供は智未だけじゃない。わたしだって、母が腹を痛めて産んだ子のはずなのに。

――それにしても、眠い。

まぶたが重い。手も足も鉛みたいだ。頭に靄《もや》がかかっている。

智未。朋巳。あれ、わたしの弟の名は、どっちだったっけ。ええもう、べつにどっちだってかまわない。

「琴美ちゃん、きれいな声だね」

圭介が間近でささやく。いつの間にか、顔がひどく近い。

「おれ、琴美ちゃんの声が好きなんだ。話してるとこ、携帯で録音してもいいかな」

「わたしの……声？」

「うん、そう」

圭介が微笑む。目を糸のように細める、およそ邪気のない笑みだ。なんてきれいな笑顔だろう、と感嘆しながら琴美はうなずく。

「おれはあれほど口がうまくないからな。録音で精一杯だよ」

低く圭介がつぶやく。

なんのことだろう。でも圭介さんの言うことなら、間違いはない。妹も両親も信用ならない。いまこの家で信頼できるのは——そう、葉月さんと圭介さんだけだ。

琴美はあいまいに微笑んだ。

秋の陽が窓から射しこみ、台所の床を、三角に切りとったように白く照らしだしている。

亜佑美は左手に人参を、右手にピーラーを持っていた。葉月に夕飯の準備を手伝ってくれと頼まれたのだ。ハンバーグに添える人参のグラッセをつくるから、皮を剝《む》いてくれとのことだった。

葉月は監視するように、亜佑美のすぐ後ろに立っていた。見られているとどうしても緊張する。手もとが狂って、短くちぎれた皮が床に落ちる。

「ああもう、また落とした」

葉月が舌打ちする。

「亜佑美さんて、見かけによらず不器用ね。野菜の皮を剝くだけのことがまともにできないなんて。ほら、こんな半端なところで切れちゃってる。小学生のお手伝いの方がまだましだわ」

険をたっぷり含んだ声だった。

首を縮こまらせ、「ごめんなさい」と亜佑美は力なくうなだれる。葉月が大仰にため息をつき、肩をすくめた。

「そうやって、なんでも適当に謝っておけば済むと思ってるんでしょう。ぬくぬく育ってきた、いいとこのお嬢さんはこれだから」

「ごめんなさい、ごめんなさい」

「ほんとうに悪いと思ってるの？　そうやって口じゃ謝ってるけど、心の中じゃ舌を出してるんでしょう。わたしにはわかるのよ。ごまかしたって無駄よ」

「そんなことありません。ごめんなさい」

耐えきれず、亜佑美は涙をこぼした。言いがかりだとは微塵《みじん》も思わなかった。不当に責めたてられているという意識もなかった。

すべて自分のせいなのだ。あたしが愚図で手ぎわが悪いからだ。葉月さんは信頼してまかせてくれたのに、なにひとつ満足にこなせないなんて、なんてあたしは役立たずなんだ——そう、本心から思っていた。

亜佑美は萎縮《いしゅく》しきっていた。根こそぎ剝《は》ぎとられつつある自尊心の残骸《ざんがい》が、胸の底で膿《う》んで痛んだ。

ふいに葉月が語調を変えた。「反省した？」

いつもの甘く、やさしい声音だ。亜佑美はほっとした。

「はい」

急いでうなずく。この機会を逃せば、葉月はまた機嫌をそこねるかもしれない。ちぎれるほど尾を振る犬さながらに、亜佑美は媚《こ》びたまなざしで葉月を見あげた。

「そう。わかればいいのよ。わたしもきつく言いすぎたわ」

葉月が微笑む。

「ごめんね。わたしのこと、好き？」

「はい」

「好きって言って」

「好き」

「どのくらい好き？」

「だ——大好き」

すこし舌がもつれ、亜佑美はひやりとした。

しかし葉月は気にとめなかったようだ。安堵《あんど》した。そして葉月の心の広さに、亜佑美は心から感謝した。

そんな亜佑美を、葉月はレンズのように冷徹な眼で眺めまわしていた。

試みに右手をちょっと振りあげてみる。亜佑美の肩が瞬時に跳ねあがる。

ふうん、と葉月は目をすがめた。撲《ぶ》たれると思って身をすくめたのだ。どうやら、予想したよりこの子は賢いのかもしれない。

賢く頭でっかちなタイプには、概して直接的な暴力は必要がなかった。匂わせるだけで、もたらす結果――痛みと屈辱と後遺症――を十二分に想像してくれるからだ。

逆にあまり頭のよろしくない相手には、直《じか》に暴力を何度も与えてやらないといけない。そうでないとなかなか屈しない。

亜佑美をそうたびたび殴った覚えはなかった。二、三度かるく手の甲で、嬲《なぶ》るように打っただけだ。それ以外で心あたりといえば、あの糞《くそ》犬に襲われたときに美海を殴ってしまったあのときだけだった。

イレギュラーな失策であったが、結果的にはあの光景が最後の一押しとなったのかもしれない。あれで亜佑美の心が完全に折れたのであれば、不幸中のさいわいというやつか。

葉月は手を伸ばし、少女の背をやさしく叩《たた》いた。

「もう怒ってやしないわよ。さあ亜佑美さん、つづけて」

「はい」

素直にうなずくと、嬉々《きき》として亜佑美はふたたび皮剝きに取りかかった。隷属する喜びに双眸《そうぼう》が輝いている。

「上手よ、亜佑美さん。琴美さんじゃきっとこうはいかないわね。あの人はお勉強ばっかりで、ほかのことはさっぱりだから。あなたにまかせてよかったわ」

「はい」亜佑美が微笑む。

ふいに窓から一陣の風が吹きこんだ。

咲きかけの金木犀《きんもくせい》が、せつないほどあざやかに匂いたった。

幕間・2

榊充彦は、とある郊外の一軒家を訪れていた。

しゃれた門扉に、銅版へ横書きに姓を刻んだ表札。門から玄関戸までは、鉄平石を乱形に張った敷石がつづいている。

「いいおうちですね」充彦がそう言うと、

「退職金でなんとか建てたんですよ。いやあ、この歳にして、ようやくマイホームが持てました」

と吉田《よしだ》は皺《しわ》ぶかい頬を緩めた。

山口葉月の被害者のひとりである吉田浩之《ひろゆき》は、この男の実弟であった。浩之に関する情報を充彦が得たのは、ほんの数週間前のことだ。

吉田浩之を家長とする一家は、葉月が起こした一連の事件の中でも、もっとも大きな被害をこうむったと言えた。

『T市一家三人殺害事件』と俗に呼ばれるこの事件の概要は、簡単に言えば「起業詐欺にだまされて財産を失った浩之を妻の三枝子《みえこ》がなじり、かっとなった彼が妻と娘ふたりを殺害した」というものである。

当時、兄である吉田はかたくなに口を閉ざし、マスコミの取材申し入れはすべてシャットアウトしつづけたという。

その彼がいまになってなぜ素性の知れない自分を迎えて入れてくれたのか――と充彦が訊《き》くと、

「いやわたし、じつは去年胃癌をやりましてね。胃が半分になったんですよ」

「は？」

思わぬ返答に、充彦は目を瞬《しばた》かせた。

慌てて「それは存じあげませんで、あの、お見舞いの品も持たず」と付けくわえる。

吉田は笑い声をあげ、手を振った。

「いやいや、べつに見舞いを催促したわけじゃありません。ただ癌をやってね、ふと思ったんですよ。この老いぼれの胸の中になにもかもしまいこんで、死んでいっていいものなのか、とね。わたしが誰かに言い残していかなければ、弟はすべての罪を背負いこんだまんまだ。それじゃあいつがあんまり可哀想じゃないかと、そう思ったんです」

しみじみとした口調だった。

「わたしと弟の浩之は、歳が九つ離れていましてね。そのくらい離れると、兄弟というより半分親子のような関係になるんですよ。なにしろこっちが圧倒的にでかくて強いもんだから、喧嘩《けんか》にもなりゃしない。甘やかす一方です。……だからあいつがでかくなって、身長を追い越されてからも、わたしにとっちゃいつまでも〝可愛いヒロちゃん〟のまんまでしたわ」

「わかります」

充彦はうなずいた。

「ぼくにも歳の離れた弟がいましたから——いえ」言葉を切って、「いますから」と言い替える。

「それはそれは」吉田は目を細めた。

「いくつ下ですか」

「干支《えと》でひとまわり以上離れています。というか、じつは腹違いでして」

困ったように、充彦は短く刈った頭を掻《か》いた。

「最初の電話でも申しましたとおり、ぼくの家族もあの女の被害者でした。そして行方不明になっているというのは、その弟なんです。事件の直後になぜ捜さなかったかというと、その、異母兄弟という複雑さもありまして……」

こめかみを指で押さえた。

「後悔しています。なにがあろうと、すぐにすべてを投げうって捜すべきでした」

声に暗い色が滲《にじ》む。

「来年の春からぼくは、九州の支店勤務になるんです。そうなればいつ本州に帰ってこられるか、皆目わかりません。だからその前に、せめてやれるだけのことはやっておこうと、上司に無理を言って半年休職させてもらったんです」

充彦の言葉に、吉田は目を見張った。「あんた、無茶するねえ」

「自分でもそう思いました」

顔を見あわせ、ふたりは笑った。ひとしきり笑い終えたあと、吉田は目をそらし、

「じゃあやっぱり、おれも後悔のないようにしておかんといかんなあ——」

と独り言のようにつぶやいた。


長じて吉田は公務員試験に受かり、市役所づとめとなったという。身分も給与も安定していたが、仕事はルーティンワークそのものでつまらなかった。

だから彼は酒が入るとしょっちゅう、

「いいか、宮仕えなんかするもんじゃないぞ。男と生まれたからには、一国一城のあるじとなるもんだ。おれはちいさくまとまっちまったが、浩之、おまえだけはおれの二の舞を演じてくれるなよ」

と弟に説教した。

「……いまにして思えば、わたしのそれがよくなかったんじゃないか、と思うんです」

苦い顔で彼はうつむいた。

「馬鹿な兄貴の繰り言が、あいつの脳味噌《のうみそ》に沁《し》みついちまってたんじゃないかってね。男ならでかいことをやれ、できることなら一国一城の主《あるじ》たれ。酔っぱらいの戯言《たわごと》ですよ。でも何度も何度も子供の頃から聞かされてきたあいつにとっちゃ、刷り込み——いえ、呪いみたいにいつしか脳に刻まれちまってたのかもしれませんね」

そう言って、額を撫《な》でた。

高校を卒業した浩之は、担任教師の勧めもあって地元の建築会社に入社した。総務課での勤務だったが、現場への出向も多いだけあって、よく言えば豪放磊落《らいらく》、悪く言えば気の荒い社員が多かったようだ。おとなしい浩之にはけして居心地のいい環境ではなかったらしく、よく愚痴を聞かされた。

そのたび吉田は、

「わかるよ。おれも異動で課が変わるたび『世の中にこんなやつがいたのか』って、仰天するようなやつとぶつかるからな。まあ当たり障りなくやっておけばいいさ。それが仕事ってもんだ」

と、年長者らしいわけ知り顔で弟を諭した。

吉田は長らく独身だった。しかし三十八歳にして、上司の口ききで見合いし結婚した。それに触発されたのかどうかは知らないが、弟の浩之も翌年に結婚式を挙げた。当時、彼は三十歳であった。

だが兄弟揃って、彼らはなかなか子宝に恵まれなかった。

吉田は妻と話しあい、「自然にまかせよう。できなかったらできなかったで、夫婦仲良く暮らせばいいじゃないか」と結論をだした。

一方、弟夫婦は不妊治療の道を選んだ。

そうして浩之が四十歳、妻の三枝子が三十七歳の年、待望の長女、千弦《ちづる》が誕生する。

不思議なもので弾みがついたのか、彼らは三年後に次女の依織《いおり》を自然妊娠した。

浩之は狂喜した。実子に恵まれなかった吉田も、我が子のようにふたりの姪《めい》を可愛がった。彼の妻は姑《しゅうとめ》と争うようにして、高価な女児用ベビー服を何着も浩之宅に送りつけた。

「また、これがふたりとも器量よしでね。伯父《おじ》の欲目をさしひいても、たいした別嬪《べっぴん》でした。こう言っちゃなんだが、浩之はもちろん、三枝子さんだって平凡な顔立ちなんですよ。それがどういう自然の悪戯《いたずら》か、いい具合に目鼻立ちの整った娘がふたりも生まれてしまったんですな」

だがそれも、結果的に不幸のもとだったのかもしれません——と彼は言った。

「弟はいつも言っていました。うちの娘はふたりとも、どこのご令嬢と並べてもひけをとりゃしない。きれいで可愛くて気だてもよくて、世界一の娘たちだってね。でもそうやって自慢したあとで、決まって肩を落としてこぼすんです」

——ああ、おれにもっと甲斐性《かいしょう》があればなあ。そうしたら千弦と依織に、いい嫁入り支度をさせてやれるんだが。

あの子たちには、いい家に嫁いでもらいたいんだ。どっかいい家柄の坊ちゃんに見そめられて、生涯ほんのすこしの苦労もないような暮らしを送って欲しいんだ。そしたらおれ、いつ死んだってかまわないなあ。

そう慨嘆する弟を、いつも吉田は励ましたものだ。

「馬鹿、縁起の悪いこと言うな。あの子たちが一人前になるまで、健康でしゃんとしてるのが親のつとめってもんだ。おれだって、及ばずとも力になってやるからさ」

そのたび、ありがとう兄貴、と浩之は伏し目で答えた。

「転機がおとずれたのは――そう、浩之が五十三歳の年でしたね」

吉田は、ふと遠い眼になった。

浩之一家の住む家が、市の区画整理にひっかかったのだ。駅の改築を機に、駅から高速道路までを一直線の道路でつなぐ計画であった。

それまでの人生で、見たこともないような額が口座に入金された。記帳された残高に、浩之夫婦は目を見張った。見栄えのする一軒家を建てても、まだ十二分にお釣りのくる金だった。

その瞬間、浩之は内心でひっそり決心したらしい。

――起業しよう。

娘たちを「いいとこのお嬢さん」にしてやろう。小金だけじゃだめだ。財より名だ。あの子たちの将来のために、おれができるだけ箔《はく》をつけてやるんだ。

それでなくとも定年を目の前にして、浩之はあせっていた。

なにしろ遅くにできた子たちだ。おりしもの不景気で退職金も目減りしていた。この金をなんとか娘たちのために生かせないものかと、彼は脳味噌を絞って考えた。

そこへ付けこんできたのが〝あの女〟であった。

山口葉月がいつ浩之に近づいたのか、吉田は知らない。気づいたらもうそばにいた、としか言いようがなかった。

以後、浩之はがらりと人が変わった。年が明ける頃には、

「兄貴、これからの時代はインターネットだよ」

「ウェブって言葉知ってる？　じゃあブラウザって知ってる？　だめだなあ、そんなことじゃ時代に取り残されるよ」

「ネットオークションが穴場なんだよ。いまどきは登記なんかしなくたって会社を起こせるんだ。なあに、税金さえ払っておけばお上はうるさく言わないさ。お役所仕事はどんぶり勘定だって、兄貴だっていつも言ってたじゃないか」

とうわついた台詞《せりふ》ばかりを、目を輝かせて語るようになった。

「おい、具体的にどんな業務内容なんだ。登記しないって、まさか詐欺まがいの会社じゃないだろうな。出納するのは、ちゃんと銀行を通した金なのか」

と吉田が問いつめても、彼は目をそらして冷笑するばかりだった。

「最初の目的は、チイちゃんとイっちゃんを〝いいとこのお嬢さん〟にしてやる。どこへ出しても恥ずかしくないようにしてやる。それだけだったと思うんですよ。でもいつの間にか、目的と手段が入れ替わっていた。後ろ暗い金できれいな服を買ってやったところで、ちっともあの子たちのためにはならないんだけどね。それがあいつには、わか

らなくなっていたんでしょうねえ」

吉田はため息をついた。

充彦が問う。「山口葉月と、直接お会いになったことはありますか」

吉田は眉根《まゆね》を寄せた。

「遠くから見かけたことは何度か。でも面と向かって話したことはありません。……事件が起こってから、何度も悔やみましたよ。あの女と対峙《たいじ》しておけばよかった。弟の前で化けの皮を剝《は》がしてやるべきだったと。でもそのときは——お恥ずかしい話ですが、なんだか薄気味悪くてね。近寄る気にもなれなかったんです」

そうして彼が手をこまねいているうち、半年が経った。

冬になり、母から「検診にひっかかった。食道に癌があるそうだ」と電話があった。すでに母は八十歳を過ぎている。医者に「手術は勧めない」と言われ、なるべく副作用のすくない抗癌剤での治療を選んだ。

それからの吉田は妻とふたり、通院の送り迎えに、付き添いにと大忙しだった。だが弟夫妻はおざなりに一度顔を出したきり、

「ごめんな、いま大事な時期だから」

とそっけない言葉だけを残して帰っていった。

その薄情さには、さすがの吉田もむかっ腹をたてた。妻はもっとあからさまに「あの人たち、どうかしてるわ。小金が入って人の心をなくしちゃったんじゃないの」と涙を

浮かべて怒った。

吉田は妻を諫《いさ》めたが、内心そう言うのも無理はないと思っていた。

浩之も三枝子も見舞いだというのに手ぶらで、医療費は誰が工面したのかと訊《き》きもしなかった。ふたりとも顔が土気いろで、ずいぶん痩《や》せていた。だがそのときの吉田には、彼らの様子に目を配る余裕はなかった。

凶報は、唐突にやって来た。

玄関チャイムが鳴り、戸を開けた瞬間に眼前へ掲げられた警察手帳で、吉田ははじめて弟家族になにかが起こったことを知った。

震える声で彼は捜査員に、

「ここ半年ほど弟一家とは疎遠でした。起業しようと浩之がもくろんでいたことまでは知っているが、それだけです」と語った。

具体的なことはなにひとつ証言できなかった。なにしろ浩之自身の話が、雲を摑《つか》むようにあいまいだったからだ。

「なにがあったんですか」

吉田は食いさがった。

「弟一家になにがあったんですか。浩之は無事なんですか、チイちゃんは、イっちゃんは」と取りすがって叫んだ。しかし捜査員たちは、なにも教えてはくれなかった。

事件の全貌《ぜんぼう》が知れたのは数日後だ。

浩之が妻子を殺し、風呂場《ふろば》で死体を解体したという、考え得る限りで最悪の報《しら》せであった。

「まさか」

はじめて聞いたとき、彼は笑うしかなかった。

「あいつはチイちゃんとイっちゃんを、世界一大事にしてたんです。ふたりは、あいつの宝物なんですよ。それを……それを、殺しただの、ばらばらにしただの、やめてください。悪い冗談にもほどがあります」

だが、冗談などではなかった。

発見したのは近所の主婦だった。回覧板を届けに来た彼女は、チャイムを鳴らしてもいっこうに返事がないことをあやしんだ。

ドアノブをまわしてみると、鍵《かぎ》はかかっていなかった。そこで彼女は「奥さん、奥さーん、いるの？」と、田舎者特有の無遠慮さであがりこんでいったのだという。

居間に人影はなかった。台所にも火の気はなく、静まりかえっていた。しかし風呂場から、がたりと物音がした。

「奥さん、いるの？」

そう声をかけ、女は引き戸をひらいた。

次の瞬間、女の目に入ったものはいちめんの赤だった。

赤。肌いろ。赤黒い紫。黒みがかった茶いろ。そして形容しがたい悪臭。血と内臓と、腸の内容物が発する耐えがたい臭い。

パトカーが駆けつけたのは、約二十分後のことだった。

浩之は逃げもせず、妻の死体の横で呆然《ぼうぜん》としていた。妻の三枝子は絞殺され、裸にされて、首と手足を切断されていた。また左手の肘《ひじ》から先は、肉が削《そ》ぎ落とされて骨だけになっていた。

「すこしずつ削いで、排水溝から流していました。大量に流すと詰まってあやしまれるかと思い、いくつかは小分けにして、何度か夜中に公園のトイレへ捨てに行きました」

と彼は供述した。なぜ娘まで手にかけたのか、という問いには、

「父親が殺人犯になってしまったなんて、あの子らが可哀想でしょう。生きていたって苦労ばかりだ。だったらひと思いにいま、と思ったんです。娘たちは温室育ちで、つらい生活にはとうてい耐えていけませんから」

と答えた。

娘ふたりの死体は発見されなかった。しかし排水溝から骨片の一部、さらに皮膚組織の一部が発見された。ＤＮＡ鑑定の結果、どちらも九十九パーセント超の確率で浩之の実娘のものであった。

「わたしが馬鹿だったんです」

浩之は捜査員の前で、涙を見せたという。

「ああこれはだまされたな、と本心では気づいていました。でももう後もどりはできな

かったんだ。せめて気づいたときに手を引いていればよかった。そうすれば金は失ったが、まだしも傷は浅かったでしょう。でもおれはそれができなかった。自分のあやまちを、認められなかったんです」

そしてその夜、彼は留置所で自殺した。着ていたTシャツの裾《すそ》をちぎって飲みこみ、窒息死したのだ。

供述はまだ序盤で、事件の全貌は知れないままだった。しかし「妻と娘たちを殺した」という自供だけはとれていた。

彼の自殺で、事件は幕を閉じた。

事件はワイドショウと週刊誌で取りあげられたが、ときの大臣のスキャンダルと重なったこともあって、大きく衆目を集めることはなかった。一家三人が惨殺されたにしては、驚くほど素早くその事件は人びとから忘れ去られていった。

「山口葉月に、捜査の手は及ばなかったんですか」

充彦は訊いた。

吉田が首をすくめる。

「すくなくともわたしは、あの女が捕まったという続報は耳にしていません。警察にはもちろん、あの女を捜してくれと頼みましたよ。何度も何度も、口をすっぱくして頼みました。しかし肝心の殺人《こんせき》についてては、すでに弟が自供していました。あの女が弟一家から金を吸いあげた痕跡も、目に見えるものとしてはなにも存在しなかった。——わかるでしょう。警察が点数稼ぎできそうな件は、ろくに残っていなかったんです」

だが、事件からおよそ二年が経った頃のことだ。

すでにマスコミの訪問は途絶えていた。見知らぬ人から声をかけられることもなくなった。吉田自身も悪い夢を見なくなり、ようやく落ちつきかけていた頃であった。

そんな矢先、妻が洩《も》らしたのだ。

「じつは事件が発覚するすこし前、浩之さんが訪ねてきたの。あなたは不在だったから、出なおしてきたらどうかと勧めたんだけれど、あの人、真っ青な顔をして〝もしかしたら、もう二度と来られないかもしれないから〟と言って――」

吉田は愕然《がくぜん》とした。

なぜいままで黙っていたのだ。そう訊くと、「怖かった」と彼女は答えた。

変わっていく浩之さんも、弟のために奔走するだろうあなたも怖かった。巻きこまれたくなかった。そうこうするうち事件が発覚して、打ちあける機会を逸してしまったのだ――と。

「浩之はなんと言っていた」と吉田は訊いた。

妻は「支離滅裂で、なにを言いたいのかさっぱりわからなかった。完全におかしくなってしまっているように見えた」と困惑顔で答えた。

彼は鞄《かばん》いっぱいに、得体の知れない紙束を詰めこんでいたという。

証文だ、と浩之は言ったらしい。

ちらりと見えただけだが手書きの字がいっぱいで、末尾にはどれも署名捺印《なついん》がされていた、と妻は語った。だがどれもこれもチラシの裏に書いたような、落書きの束でしかなかったそうだ。

「やっと、〝あの女〟から取りかえしたんだ。これからすべて燃やす。だから、兄貴に迷惑がかかることはないと伝えてくれ。あとのことは、なにも心配はいらないと」

そう笑う浩之の目はぎらついていた。あきらかに、正気の人間のものではなかった。

「大丈夫だ、義姉《ねえ》さん。おれは――おれは、いろいろ間違った。たくさん失敗した。だが、家族だけは守ってみせる」

「浩之さん、あなた、どうしちゃったの」

震える声でそう訊《き》いた彼女に、

「すまない。でも、恥ずかしくて言えない」

とだけ彼は答えたという。浩之が逮捕されたのは、その数日後のことだった。

吉田は、ゆっくりとかぶりを振った。

「確かに弟は――あいつは馬鹿だったんでしょう。おれのことを〝公務員暮らしで、世間知らずだ〟といつも笑っていたが、なあに、同じ会社に三十年以上つとめつづけたあいつだって大差なかったんだ。気だてのいい嫁さんがいて、別嬪《べっぴん》の娘がふたりも生まれて――それで、満足してりゃよかったのになあ。どうしてだろう。半端に幸せだと、もっともっとと欲が出ちまうもんなんでしょうかね」

泣き笑いに、彼の顔は歪《ゆが》んでいた。

いまでも吉田は妻と、「せめて、チイちゃんとイっちゃんだけは助けられなかったものか」と語りあい、夜どおし泣きあかすことがあるという。

仲のいい姉妹だった。姉の千弦は誰にでもわけへだてなくやさしく、「神様みたいないい子」と言われていた。妹の依織はそんな姉を心から慕っていた。生きていれば、ふたりとも今ごろは美しさのさかりだったはずだ。

話を聞き終え、充彦はうつむいた。

やがて、彼は言った。

「――吉田さん、ぼくは、あの女の足どりをずっと追っています。もちろんいちばんの目的は弟の行方を知ることだが、あの女のことも追わずにはいられない」

語尾が震えた。

「どうしても、許せないんだ。いくつもの家に寄生して、そのたび家庭をぶち壊して、のうのうと生きてるあいつらが許せない。あいつらにとっちゃ、どの家も寄居虫《やどかり》の殻程度の価値に過ぎなかったんでしょう。でもその殻にはどれも家族が住んでいて、ささやかながらみんな幸せに生きていたんだ。あいつらなんかが、好き勝手に踏みにじっていいようなものじゃなかったはずだ」

短いが、深い沈黙が落ちた。

そっと充彦は口をひらいた。

「あの女が引き起こした事件で、ぼくが把握しているうちでもっとも古いケースは、二十二年前のものです。当時から厚化粧だったそうですが、証言によると、その頃はまだ歳の頃が判別できたということでした。三十前後に見えたというから、おそらくいまは五十を超えているでしょう。いや、もしかしたら六十歳近いかも」

吉田の喉仏《のどぼとけ》がごくりと動く。

充彦はかすかに首を縦にして、

「この数箇月で、ぼくはいろいろな人に出会いました。そのうちのひとりが、こう言ったんです。『あの女は、ほんとうに実在したんですか？　なにかの、一種の化けものじゃないんですか』って。ぼくはなにも答えられなかった。そして——調べていくうちに、何度も思ったんです。もしかしたらあのときの彼の言葉が、結局はいちばん的を射ていたのかもしれないな、って」

彼はそう静かに言い、唇を嚙《か》んだ。

第三章

1

ふいに横なぐりに吹きつけた風に、思わず美海は身をすくめた。

ついこの前までは半袖《はんそで》でも汗ばむくらいだったのに、週明けから一気に肌寒くなった。隣の薮《やぶ》でうるさく唸《うな》っていたはずの蚊柱も、気づけば跡形なく消えてしまっている。

――あと二箇月もすれば、また雪が降るんだな。

そう思うとげんなりした。

冬にそなえて今年は早めにコートとブーツを買おうと、夏じゅうバイトに励んだ。だがいまは、そのどちらも買えるかどうかあやしかった。

と言ってもバイト代が支払われなかっただの、値切られただのというわけではない。月末締めの二十日払いで、きちんと定額が振りこまれた。全国チェーンではないローカルなファストフードの厨房《ちゅうぼう》は、忙しくも和気あいあいとした職場だった。店長はやさしかったし、友達もできた。

でも――と、片手にさげたコンビニ袋を美海は暗い目で見おろした。

袋にはさっき買ったばかりの鮭おにぎりとカレーパンが入っている。これが今日の、美海の夕飯であった。

あの犬の一件以来、葉月が美海の食事を用意することはなくなった。弁当も亜佑美と琴美のぶんだけがテーブルに置かれるようになった。

——いつまでつづくんだろう、こんなこと。

コートとブーツに化けるはずだったバイト代は、食費ですこしずつ削られつつある。一食なるべく三百円台で抑えるようにはしているが、それでも昼夜で六百円は痛かった。一箇月ともなれば、三十日かける六百円で一万八千円だ。

だが、まだどこかで美海はたかをくくっていた。

こんな日が永遠につづくわけがない。いずれ葉月も朋巳も圭介もうちからいなくなるはずだ。そうしてまた、もとの平穏なつまらない日々が戻ってくるに決まっている、と。

見知らぬ他人に家を牛耳られて乗っ取られる——なんて漫画みたいなことが、現実に起こるわけがない。ことに資産家でもなんでもない我が家が、だ。

進学する気なら奨学金申請をしなさいと子供の頃からずっと言われてきた。わずかばかりの貯金は、智未の葬式でほとんど使ってしまったと母が陰でこぼしていた。頼りの祖母は、通帳をしっかり抱えて施設へ行ってしまった。

——だからこんな家、乗っ取ったところでなんの得もない。

己に言い聞かすように、美海は内心でつぶやいた。

肝心の山口葉月はなぜか、美海をはなから無視していた。琴美や亜佑美にするように、猫なで声で話しかけてきたことは一度もない。真正面に立たれ、まともに目を合わせた記憶すらなかった。

だがシーズーの件では、美海が犬をけしかけたと勘違いしたらしく、顔いろを変えて激昂《げっこう》していた。それを考えれば無視というより、敵視に近いかもしれなかった。

美海はなるべく音を殺して玄関のドアを開け、同じく静かに閉めた。

二階の自室へと、逃げるように駆けこむ。

後ろ手に鍵《かぎ》をかけ、ようやくほっとした。

夏の間は友達の家へ泊めてもらうことも多かったが、さすがに学校がはじまってしまえばそうもいかない。いくら友達とはいえ、たびたび夕飯もお風呂《ふろ》もご馳走《ちそう》になり、おまけに宿泊も——では図々《ずうずう》しすぎる。たとえ友達がいいと言ったところで、親御さんに対して心苦しい。

スクールバッグを置いて制服を部屋着に着替え、学習机の椅子に腰かけた。

おにぎりと惣菜《そうざい》パンだけの夕食は、わびしいの一言だった。だがハンバーグにコロッケにオムレツのローテーションよりは、まだましかもしれない。飽き飽きを通り越して、想像するだけで胸やけがした。

極力コンビニでペットボトルや缶の飲料は買わないことにしていた。節約のため、なるべく水道水で済ませている。

廊下の突きあたりにある洗面所から空きペットボトルに水をくんできては、パンとおにぎりを大量の水で胃へ流しこむ。それがここ最近の、美海の食事であった。

風呂にはみんなが寝静まった深夜、こっそり入った。六人が入ったあとの湯はかなり汚れていた。が、栓を抜かれずにいるだけ有り難かった。寒くなってきたこの季節、シャワーのみではさすがに風邪を引きかねない。

台所へはほぼ立ち入り禁止となっていた。しかし風呂を使うな、とはまだ匂わされていなかった。馬鹿げた話だが、そのことに美海は内心感謝していた。

自分の家の浴室を使うだけのことに、なぜ葉月へ感謝しなくてはならないのか。理性ではそう思う。だが感覚が麻痺《まひ》しつつあった。いかに輪から弾《はじ》かれているとはいえ、この家に寝泊まりする限り、邸内を覆う異様な空気に影響されずにいられるはずもない。

つましい食事を終えたとき、階下からかすかな足音が聞こえた。

美海は薄くドアを開けた。そっと階段の下をうかがう。

母が歩いているのが見えた。足どりが重い。動作がひどく緩慢だった。見慣れたシャツの背がだぶついている。

視線に気づいたのか、母がさっと顔をあげた。

慌てて美海はドアの陰に身を隠した。無意識に手で胸を押さえる。動悸《どうき》が早鐘になっていた。一瞬にして、額に汗の玉が浮いた。

――お母さん、痩《や》せた。

たったいま見たばかりの母の顔を思いだす。頬骨が浮いて、目ばかりがぎょろりと大きく見えた。頰は紙のように白かった。

ふと、階段をのぼってくる足音が聞こえた。近づいてくる。

ドアの隙間から覗《のぞ》いてみた。母かと思ったが、違う。姉の琴美であった。

琴美の顔は、母とは逆に青黒くむくんでいた。目がうつろだ。上体を緩く左右に揺らし、肩を壁に何度も打ちつけながら階段をのぼってくる。

姉も眠っていないのだ――と美海は思った。

琴美は部屋にあいかわらず圭介を引き入れ、明け方まで毎日ぼそぼそと話している。話の内容までは聞きとれなかったが、壁を通して声は低く響いてきた。しゃべっているのはほとんど姉で、圭介は相槌《あいづち》を打つ程度だった。

――お姉ちゃんもお母さんも、完全な病人だ。

朋巳がこの家を訪れてから、四箇月が経つ。

彼のあとを追うように葉月がやって来て、さらに圭介までもが住みついた。

圭介がこの家を我がもの顔で歩きまわるようになってから、美海は自室からなるべく出ぬようつとめていた。そのせいで家族の顔はほとんど見ることがなくなっていた。

さすがに母も姉も、まったく眠っていないわけではないと思う。おそらく合間を見て一、二時間はまどろんでいるはずだ。

かつて美海もテスト勉強で二日ばかり徹夜した経験がある。だがそれが限度だった。三日目の昼にほとんど気絶するようにベッドへ倒れ、気づいたら翌日の朝だった。

おそらく母は一箇月半、姉は一箇月、半不眠状態にあるはずだ。精神状態はいったいどうなっているだろう。想像もつかなかった。

――このままほうっておいたら、死んでしまうんじゃないだろうか。

はじめてそう思った。

ぞっとした。全身に冷水を浴びせられた気分だった。

体が先に音をあげるのか、それとも脳が悲鳴をあげだすか。時間の問題に思えた。悠長にかまえている時期はもう過ぎたのだと、ようやく肌で感じとれた気がした。

琴美がふらつきながら自室へ入っていく。ドアがぱたりと閉まった。

数分待って、美海は廊下へすべりでた。

この二階には三つ部屋がある。

まず琴美の部屋、すぐ横に美海の部屋。そして廊下を挟んで、姉妹が納戸代わりに使っていた四畳間がある。あとは簡易洗面所とトイレがあるきりだ。

その四畳間に、葉月は布団をのべて就寝していた。と言っても、彼女がその部屋にいる時間はけして長くない。夜はずっと母と朋巳とともに座敷にいるし、朝と夕方は台所と居間を行き来している。日中の五、六時間、そこへ眠りに来るだけのようであった。

――それでも、なにかしら荷物があるはずだ。

皆川家に逃げこんできたとき、葉月はちいさなレースのポシェットひとつしか持っていなかったという。おそらく中に入っていたのは化粧道具と、わずかな小銭くらいのものだったろう。

——この家に来て以後、なにひとつ彼女がくすねていないなんてありえない。まず家計用の財布をいま彼女が握っているのは、家族みなが知っている。だがそれだけではないはずだ。通帳や家の権利書まで、すでに持ちだされ済みという可能性だって十二分にあり得た。

携帯電話を握り、美海は足音をしのばせて西端の部屋へ向かった。

もしなにか見つけたら、携帯のカメラで撮るつもりだった。母も姉もわたしの言うこととなんか無視するかもしれない。けれど証拠さえあればきっと、誰か話を聞いてくれる大人がいるはずだ、そう思った。

そうっとドアノブに手をかける。握って、まわす。そして手前に——。

その瞬間。

「なにをしているの?」

抑揚のない声がした。全身の血が、すうっと足もとまでさがっていく。

美海は肩越しに振りむいた。

葉月が立っていた。その背後に琴美がいる。

気づかれていたのだ。さっき姉の様子をうかがっていたことも、わたしの決心も。

そうして姉は内線電話でひそかに葉月を呼んだに違いなかった。すぐ下の妹が、なにか嗅《か》ぎまわっていますよ、と。

葉月の右手が一閃《いっせん》した。

美海はよろめき、背中を壁に打ちつけた。唇から呻《うめ》きが洩《も》れる。頬が痺《しび》れて熱い。

呆然《ぼうぜん》と美海は葉月を見あげた。仮面かと思うほど白塗りされた顔。目のまわりを縁どった太く黒いアイライン。真っ赤な唇。

あらためて思う。なんて奇妙で、気味の悪い女だろう。なぜこんな女が、わたしの家に平気な顔で居すわっているのだろう。

「なにをしているのって、訊《き》いたのよ」

状況にそぐわぬ、しとやかな声で葉月は言う。

「わたしが訊いているのに、どうして答えないの」

手が伸びてきた。葉月は美海の襟首を摑《つか》み、無理に引き立たせた。膝《ひざ》に力が入らない。ぐずぐずと崩れる。

はじめて間近に美海は女の双眸《そうぼう》を見た。その眼に憎悪と喜色が同時に浮いているのが、あざやかに見てとれた。

やっぱりだ、と美海は思った。間違いない――この女は、まともじゃない。

「なぜ返事しないの」

葉月の手が、美海の髪を鷲《わし》づかみにする。

荒あらしい仕草だった。そして、ひどく手馴《てな》れていた。

「わたしを無視する気なの。あんた、わたしを馬鹿にしてるんでしょう。何様のつもりなの。いつもひとりでしれっとした顔して、自分だけが特別だとでも思ってるの」

右手が美海の頬を何度も往復する。細い腕は鞭《むち》のようにしなり、肉を打つ鋭い音が高く響く。苦痛と屈辱に涙が滲《にじ》んだ。

「返事しなさいって言ってるでしょう！」

耳もとで怒鳴られ、鼓膜がきんとした。つばの飛沫《しぶき》が顔にかかった。

ふたたび平手が飛んでくる。手をあげて防ごうとしたが、難なくはねのけられた。

頭といわず頬といわず耳といわず、撲《ぶ》たれた。どこかが切れたらしく、口の中に血の味がした。

美海は血の混じったつばを吐いた。床を汚したと言われ、また殴られた。

耳のすぐ上を叩《たた》かれる。一瞬、頭がくらっとした。足もとがふらつく。片膝をつきそうになり、壁にもたれた。その姿勢のまま、美海は葉月を見あげた。

真っ白い道化じみた化粧の、異様な女が傲然《ごうぜん》と片手を振りあげている。

瞬間、美海は胸が熱くなるのを感じた。それは、焼けつくような怒りだった。

――こんな女。

なぜこんな女に、わたしがおとなしく殴られていなくちゃならないんだ。

くだらない。馬鹿げてる。いくつだか知らないが、力だって若いわたしの方がずっと強いはずじゃないか。

「やめてよ――この！」

あらん限りの力で、右腕を振りまわした。

反撃を予想していなかったのだろう。葉月がひるむのがわかった。彼女は一歩後退した。その隙をついて、美海は女の腹めがけて思いきり両手を突きだした。

突きとばされて、葉月がたたらを踏む。

美海は立ちあがり、走った。階段を全速力で駆けおりた。靴を履く暇はなかった。裸足《はだし》のまま、玄関戸へ体当たりするように外へ飛びだした。

夢中で走った。すれ違う人たちが奇異な目を向けてくるのがわかったが、それどころではなかった。

走って、走って、走りつづけて。

ふとまわりを見ると、商店街モールの手前だった。

こんなところまで駆けてきたのかと、自分で自分に驚く。いつもなら自転車でも二十分以上かかる距離だ。喉《のど》がいがらっぽい。口の中にいやな味がする。シャツの胸もとから、汗が匂った。

——そうだ、交番。

ようやく思いあたった。栄町交番の巡査はやる気がない、給料泥棒だ、といつも姉はくさしている。だが朋巳がはじめて来たときに、確か母が「相談実績を残した」と言っていた。それならば最低限の話は通じるはずだ。

あの子供の母親やその弟までが家に寄生するようになったといえば、いかに怠け者の巡査だとて動いてくれるだろう。警察署の、もっと上の署員に連絡してくれる可能性だってあるかもしれない。

美海はきびすをかえした。

栄町の交番は、商店街モールから二道それて十五分ほど歩いた距離にある。あたりはすっかり夕闇に包まれていた。茜《あかね》の空に、何十匹とも知れぬ蝙蝠《こうもり》が群れ飛んでいる。

美海はそっと交番を覗《のぞ》きこんだ。

途端、立ちすくんだ。

テーブルを挟んで、巡査の前に母と姉が座っているのが見えた。美海は血の気を失った白い顔で、姉のにやにや笑いを呆然と眺めた。

「美海ったら、よそ様にご迷惑かけるんじゃないのよ」

無表情に母が言う。

対照的に巡査が満面の笑みで、「やあ、きみが妹さんかあ。さっきからお母さんもお姉さんも、ずっと待ってらしたんだよ」と言った。

「きみくらいの年ごろなら、いろいろと悩みがあるのはわかる。でも嘘をついて他人の気を引くような真似しちゃいけないな。学校でもうまく友達がつくれないらしいが、その悪い癖を直せばきっと改善するはずだよ」

声もなく、美海は巡査の薄っぺらい笑顔をただ眺めた。

彼の視線がふっと下がり、美海の汚れた裸足に落ちる。眉根《まゆね》が寄った。ああ、やっぱりちょっとおかしな子なんだ――という内心の狼狽《ろうばい》が、まざまざとその面《おもて》に走るのが見てとれた。

琴美が大げさなほど腰を折って、巡査に頭をさげる。

「待たせていただいて、どうもありがとうございました。お茶までご馳走《ちそう》になってしまって、お世話になりました」

「いえいえ、いいんですよ」

「ほんとうに思春期の子っていうのは、扱いがむずかしいですわ」

母が奇妙に上品ぶった口調で言う。気のせいか、その声音は葉月によく似ていた。

母と姉に両側からきつく腕を掴まれる。爪が皮膚に食いこむ。

美海の体から、抵抗の気力がゆっくりと抜け落ちていった。

2

五日が経った。

あれから美海は引きずられるように家へと連れもどされた。帰路では、母も姉もまったくの無言だった。取りつくしまもない、硬い横顔であった。

近ごろは学校があることだけが救いだった。すこし前までは待ち遠しかった金曜午後が、いまは憂鬱《ゆううつ》でならなかった。

家に帰りたくはない。だが帰らずにいるのも怖い。仕方なく、土日は一日じゅう自分の部屋に閉じこもった。すくなくともあそこはまだ、かろうじて安全圏だった。

「美海、昨日どうしたの」

頭上からの声に、美海はびくりと肩を震わせた。

目をあげる。結衣が、怪訝《けげん》そうに彼女を見おろしていた。

休み時間の教室は、さざ波のように穏やかな喧騒《けんそう》に包まれている。クラスメイトのくすくす笑いや含み笑いが、空気に溶けて沈んでいく。

「え、昨日って――なにが」

美海は戸惑った。苛立《いらだ》ったように結衣が眉をひそめる。

「なにがってLINEよ。何回も送ったのに、既読も付かなくてさ。なにしてたの。なんで昨日のうちに返事くれなかったの？」

「あ、ああ、ごめん」咄嗟《とっさ》に言葉を濁した。

「えっと、うちのまわり、最近すごく電波の入りが悪いんだ。メールとかLINEが届かないことよくあるんだよね。だから、ほんとごめん」

「ふうん」

疑わしげな顔は崩さず、結衣はわずかに顎《あご》をひいた。

彼女が信じていないのは明らかだ。しかし美海はそれ以上なにも言えなかった。

美海の携帯電話はいま、おそらく葉月の手もとにある。彼女に叩かれて倒れたとき、弾みで床に落としてしまったらしい。

携帯電話がないと気づいたのは、帰宅してしばらく経ってからのことだ。証拠を撮ってやろうなんて考えたのが間違いだった。

ロックはかけてあるし、暗証番号は誕生日でも番地でもない。ナンバーが割れる可能性は低いが、隙を見て早めに取りかえさなくてはならなかった。あの女に友達の個人情報を知られるなんて、考えるだけで寒気がした。

「まあいいや」

肩をすくめ、結衣が身をのりだす。

「あのさ、そろそろ期末テストじゃん？　だから杏子《きょうこ》ん家《ち》に集まって、みんなで勉強会しないかって話になってんの。ね、美海も行くよね？」

「あ……どうしようかな」

美海はためらった。葉月の顔が脳裏をよぎったのだ。

交番の一件以来、あの女は美海の帰りが遅くなるのを異常に嫌うようになった。またどこかに駆けこむのではとあやぶんでいるらしい。

この週末は靴を隠され、コンビニにも行けなかった。美海は彼らの眼を盗んで台所に走り、冷蔵庫からくすねてきた食パンと牛乳でかろうじて飢えを満たした。

「ちょっと——ええと、親に訊《き》いてみる」

「なんで？」

結衣が目をすがめた。

「美海ん家の親、門限とかぜんぜんうるさくないっていっつも言ってたじゃん」

「そうなんだけど、最近事情が変わって」

煮えきらない美海を、結衣はしばし眉根を寄せて眺めていた。やがて、ふっと声のトーンを落として、

「ねえ、なにかあるの？」と言った。

「ひょっとして美海、彼氏できた？　だったら正直に言ってよ。確かに岩島くんとうまくいけばいいなって思って応援してたけど、美海が選んだ彼氏なら、あたしたちだってべつに文句つける気はないんだしさ」

「ち、違うよ」急いでかぶりを振った。

「彼氏なんてできてない。ほんと、そんなんじゃないの」

短い沈黙が落ちた。

ざわつく教室の中で、ふたりのまわりだけ白々と空虚な穴があいたようだ。

やがて、低く結衣が言った。

「……チャーム、どこやったの」

「え？」

「バッグに付けてたチャーム。真緒や桜ちゃんといっしょに、デザイン違いで買ったやつ。夏までは付いてたよね」

美海は目を見ひらいた。

指摘されてはじめて気づいた。持ち手の根もとで揺れていたはずの、銀製のチャーム
が消えている。駅前の輸入雑貨店で「五つまとめて買うとお得になりますよ」と言われ、
その場にちょうど五人いたこともあって「なんかお揃いっぽいじゃん」とひとつずつ購
入した品であった。

「な――なくしたんじゃないよ」

美海はうろたえ、首を横に振った。

「なくしたとか捨てたとか、そんなんじゃないの。家にあるよ。ほんと、家のどこかに
絶対あるはずだから」

まともに言葉が出てこなかった。言えば言うほど墓穴だと思いながらも、頭が混乱し
て、うまい台詞《せりふ》が見つからない。

――まただ。

きっと、また盗《と》られたんだ。

抽斗《ひきだし》から忽然《こつぜん》と消えたピンキーリングやビーズ細工と同じく、銀のチャームもたぶん
あの子が持っていった。どうして自分の部屋は安全圏だなんて思えたんだろう。前にも
盗まれたのに、馬鹿だった。

でも、なぜだろう。どれもこれも、幼い男の子が欲しがるようなものじゃない。それ
になぜ美海からばかり盗っていくのか。姉や妹をターゲットにしている様子はない。な

ぜわたしだけなんだろう。なぜ。

「あ、あの、わたし、保健室行ってくる」

ぎくしゃくと美海は立ちあがった。

冷や汗で背中が濡《ぬ》れているのがわかった。むしょうに崎田に会いたかった。誰でもいいから、信頼できる大人と話したい。心の根っこが、不安定に揺れている。

結衣が「ふうん」と頬を歪《ゆが》めた。

「──また〝お悩み相談室〟ってわけ？」

驚くほど冷たい声音だった。思わず美海は身を強張《こわば》らせた。

結衣が顔をそむけ、手を振る。

「いいよ、行けば」

うん、と口の中で答え、美海は椅子を机の下に片した。

あとで落ちついたら謝ろう、と自分に言い聞かせた。いまはだめだ。結衣もわたしも、お互い冷静じゃない。

「次の現国までには、戻ってくるから」

「わかった」

目をそらしたまま、結衣は硬い声でうなずいた。

「コーヒー飲む？」

崎田の申し出を、美海は「いえ」とことわった。

空腹でいる時間が長くなったせいか、常に胃が痛い。おかげでカフェインや唐辛子などの刺激物を受けつけなくなった。激痛ではなく、しくしくと痛むのだ。

「じゃあわたしだけ飲むけど、ごめんね」

そう言って崎田が愛用のマグカップにポットの湯をそそぐ。芳醇《ほうじゅん》な香りが保健室を満たした。いい匂いだと思う。でもいまは、まるでそそられない。

美海はパイプ椅子に腰かけ、うつむいて指を組んだ。

崎田には話したいことがたくさんあったはずだ。なのに、面と向かうと言葉が喉《のど》に詰まって出てこなかった。どこまで打ちあけていいものか見当もつかない。

確か、圭介が家に居ついたことまでは話したはずだ。妹が葉月に、姉が圭介になついて、半依存状態になってしまったことも。

でもそれ以降起こったことは、どれもこれも口にしづらかった。

信じてもらえないんじゃないかという葛藤《かっとう》。自分の置かれた環境が異常だとは認めたくないジレンマ。己の無力さに対する苛立《いらだ》ち。フラストレーション。飢え。わだかまり。累積された親への怒り。そのすべてがないまぜになって、胸の中でどろりと煮溶ける。そしてその上を「恥ずかしい」という思いがコーティングしていく。

いじめに遭った子供が、たぶんこんな気持ちになるのかもしれない。

彼らは誰を頼っていいのかわからず、寄る辺なくて不安で、そのくせ誰にも助けを求められない。だってまだ、胸の底に最後のプライドが残っているからだ。いじめられているとみずからも認めてしまったら、今度こそ潰《つぶ》れてしまいそうだからだ。

いまの美海も、まさにそんな心境だった。

取りこまれてしまった家族を情けないと思う。思うだけに、言葉にしにくかった。事態が悪化してきただけによけいだ。かるい気持ちで相談できる内容ではなくなっていた。すでに、身内の恥部と言ってもいい。他人にさらけ出すのは勇気がいった。

――葉月に叩《たた》かれたことは言えないな。交番の件もそうだ。

じゃあいったい、なにになら言えるのか。

朋巳がわたしの私物を漁《あさ》り、下着をいじったかもしれないことか。母のどす黒い顔いろのことか。眠っていないらしい姉の、あの異様な目つきについてか。

黙りこくってしまった美海に、

「コーヒーがいらないなら、これはどう」

と崎田が棚から黒い箱を取りだし、彼女の前に差しだした。

美海の喉が、思わずごくりと鳴った。デルレイのチョコだ。碁盤目状に区切られた箱に、大粒のトリュフチョコレートがぎっしり並んでいる。

礼を言うゆとりもなかった。手を伸ばす。ひとつつまみ、口に入れる。

苦味を含んだ、こってりした甘さが舌にひろがった。そういえばお菓子なんて何週間も食べていない。最近口に入れたものといえば、なるべく廉価でカロリーの高い菓子パンだけだ。あとは水道水に、わずかばかりの牛乳。それだけだった。

　やっぱり言えない、と美海は思った。

　こんなこと、崎田先生相手にだってとうてい言えない。だって惨めだ。あんまりにも自分が憐《あわ》れで、情けなさすぎる。

　胃のあたりから、熱く固い塊がこみあげてきた。

　喉がふさがる。肩がひとりでに揺れはじめる。視界がじわりと滲《にじ》んだ、と気づいたときにはもうだめだった。

　頰をひとすじ、水滴がつたって顎《あご》まで落ちる。あとからあとから涙がこぼれ、頰を濡らす。堰《せき》は切れてしまった。止まらなかった。美海は激しくしゃくりあげ、両手で顔を覆った。

　崎田の手が、背中にまわされる。

「皆川さん」いたわりに戸惑いの混じった声だ。

「例の人――旦那《だんな》さんから逃げてきたっていう人、まだおうちにいるの？」

　啜《すす》り泣きながら、美海はうなずいた。

「そう、たいへんね。他人がずっと家の中にいるんじゃ、あなただって落ちつかないわよね」

　舌に残ったチョコの甘みを、涙の塩味が侵食していく。

「つらくなったら、いつでも来ていいんだからね。泣いてすっきりするなら、思いきり泣いた方がいいわ。大丈夫よ、わたししか見ていないんだから」

崎田の声がやさしい。やわらかくて心地いい。でもこの声音、誰かに似ている。なめらかでよどみのない、上等の絹のような。

白衣の肩に顔を押しつけて、美海は静かに泣きつづけた。


チャイムが鳴り、美海は保健室を出た。

授業に戻るつもりだった。でも、ふっと「次はどうせ現国か」という思いが湧いてきた。現代国語はいちばん得意な教科だ。テスト前にとくに勉強しなくとも、八十点台から下はとったことがない。

――サボっちゃってもいいかな。

そう思った。教室に向かう階段には向かわず、人目がないのを確認して、重たい非常口の扉を押し開けた。

この非常階段からは屋上に出られるようになっている。もちろん屋上の戸は常時施錠《せじょう》されているが、運動部の三年生がこっそり合鍵をつくったとかで、水曜と木曜はあいていることが多かった。その日は彼女と屋上デートする約束なのだそうだ。生徒間につたわる、暗黙の了解であった。

――今日は水曜だから、開いてるかも。

美海は非常階段をのぼった。泣いてしまったせいで目が腫《は》れぼったい。こんな顔でクラスのみんなに会いたくない。

ドアノブに手をかける。がちん、と無情な音がした。鍵がかかっているのだ。仕方なく美海はのぼってきたばかりの階段をおりた。

ではどこへ行こう、と考える。図書室か、それとも科学部の部室か。

科学部はその活動内容ゆえか、校内の部室で唯一冷蔵庫の設置が認められている。中には得体の知れない薬品といっしょに、いつも数本の缶コーヒーやジュースが冷えていた。その冷蔵庫めあての幽霊部員も多く、友達の真緒もそのひとりであった。

一本くらいもらってもわからないかな、と美海はぼんやり考える。

いつもなら頭にものぼらない思考だが、いまは心が揺れた。さっきもらったチョコレートの甘みが、まだ舌の上に残っていた。

迷った末、科学部へ行くのはやめた。

やっぱり保健室へ戻ろう――。そう決めてきびすをかえす。

ふと、わずかに開いた窓から歓声が洩《も》れ聞こえた。グラウンドで何年生かの男子が体育の授業中らしく、「こっちパス！」「走れ走れ！」とさかんに怒鳴っている。おそらくサッカーの紅白戦だろう。

なんの気なしに下を覗《のぞ》いて、美海は首を引っこめた。

岩島尚基の姿が見えたからだ。短く刈った髪にがっしりした体軀《たいく》。どこにいても彼は目立つ。見間違えようがない。

目をそらし、美海は無人の廊下を早足で進んだ。

角を曲がると『保健室』の白いプレートが目に入った。引き戸の隙間から灯《あか》りが洩れて、リノリウムの床に白く細いラインを描いている。

ドア越しに、しわがれた声が聞こえた。学年主任の滝井《たきい》だった。たいていの生徒に嫌われている初老の教師だ。世界史担当なのに常にジャージ姿で、全校集会のある日は竹刀を持ってねり歩いている。過去に何度か、体罰で問題を起こしている男であった。

——滝井がいるなら、だめだ。

入れない、とあきらめて手をひっこめた瞬間、

「A組の皆川か。ああ、あの子はだめですなあ」

と自分の名が聞こえた。

「なんというか。素直じゃない。変わってますな。いまの子は精神的に弱いことを免罪符であるかのように振りかざして威張りますが、未熟で弱っちいことがなんの自慢になるのかと、わたしなんかから見りゃ大いに疑問ですよ」

「滝井先生はそりゃ、歴戦の兵《つわもの》でいらっしゃるから」

お追従のように崎田が笑う。滝井が言葉を継ぐ。

「で、皆川は今日はなにを相談に来たんです。またお得意の嘘っぱちですか」

美海の肩が強張《こわば》った。

　滝井はさらに鼻で笑う。

「言うにことかいて、知らない人間が家に来ただの、どんどん増えていくだのと——馬鹿馬鹿しい。SF映画だかアニメの観すぎですかな。虚言癖が昂《こう》じて、異星人襲来だなんて言いだしたらどうします、崎田先生」

「いやだ、滝井先生ったら」

　声を揃えてふたりが笑った。

　美海は動けなかった。手も足も、凍りついてしまっていた。

「嘘で大人の気を引こうなんて真似が許されるのは、小学生までですよ。まったくいまの子は幼稚でいかん。せめてもっとましな嘘をつけばいいものを。まわりが甘やかすから精神年齢がうまく育たんのでしょうな」

「ええ、あの子はどうも、情緒不安定なところがあるようで」

　崎田がやれやれ、というニュアンスをこめて言う。

「以前聞いたところによると、実母とうまくいっていないそうです。愛情不足なんでしょう。親子関係が円満でない子というのは、得てして虚言で他人の気を引きたがる傾向にありますね。寂しい気持ちはわかりますが、家庭の歪《ゆが》みがそのまま子供に反映されてしまったかたちで……」

　崎田の声はなおもつづく。

　動かぬ足を叱咤《しった》し、美海はゆっくりと後ずさった。もう聞きたくなかった。

裏切られた。信じていたのに。誰にも口外しない、養護教諭には守秘義務があるのだと崎田が言うから、友達にも言えない母との関係まで打ちあけたのに。

――なのに、陰で笑いものにされていた。

虚言癖。幼稚。情緒不安定。愛情不足。家庭の歪み。

いま耳にしたばかりの単語が、頭蓋《ずがい》の中でわんわんと反響する。頭が、羽虫でいっぱいになったみたいだ。

壁が背中にぶつかった。その感触に、ようやくはっとわれにかえる。

弾《はじ》かれたように美海は駆けだした。

正面玄関ではなく、裏口から走り出る。バッグは教室に置きっぱなしだ。靴も上履きのままだ。でも、どうでもいい。もうどう思われたってかまわない。

十分ほど走ったところで息が切れ、美海は電柱に手をついた。手足が重い。こめかみが脈打つように痛む。

――四面楚歌《そか》だ。

あらためて思った。わたしには誰も、頼れる相手がいない。

母とは昔から折り合いが悪かった。妹はいまひとつ反りが合わない。姉とは喧嘩《けんか》もしない代わり、姉妹らしい触れあいもなかった。

近所の大人たちもだめだ。田舎の人は情が深いなんて言うけれど、このあたりの中途半端な新興住宅街では、密な関係なんて望めやしない。

あるのは不作法で無遠慮な、形骸《けいがい》化した〝田舎気質〟のみだ。回覧板を届けるついでに家を覗き見たり、鍵の開いた家に勝手にあがりこむような、非常識すれすれの図々《ずうずう》しさだけであった。

肩を落とし、美海は家路をたどった。帰りたくない。でも、帰るほかない。

――どうしよう。わたし、どうしたらいいんだろう。

涙も出なかった。思考は巡り、行きつ戻りつして、また答えの出ない「どうしよう」に還《かえ》っていく。

皆川家は親戚《しんせき》づきあいに熱心な家ではない。とくに母方とは疎遠と言ってもいい。母方の祖父母は、琴美が生まれる前に他界した。父方の本家は伯父《おじ》が継いだそうだが、可愛がられている琴美はともかく、美海はろくに顔も知らなかった。

唯一思い浮かぶ親類といえば伯母《おば》――父の姉たちだが、とうてい頼れる相手ではない。もし我が家の窮状を耳に入れたとしても、彼女らはこれさいわいと母を責めるだけに決まっている。

ようやく家にたどり着いたとき、美海は泥のように疲れきっていた。食欲はない。一刻も早くベッドに倒れこみたかった。

おそるおそる玄関戸を開ける。足音を忍ばせ、階段をのぼった。

自室のドアを開け、目を見張る。

学習机の上に、見慣れた携帯電話が置かれていた。オフホワイトのボディに、星形のイヤホンジャックアクセサリー。手にとって確かめてみた。右上に、かすれた短い傷がある。間違いない。美海の携帯電話であった。

だが、ほっとしたのも束の間だった。電話の下に、折りたたんだ紙が敷いてあった。ひろげてみて、愕然《がくぜん》とする。

それは携帯電話を解約した、という旨の書類であった。上部に『御本人様控』と刷られている。左上のいちばん目立つところに、母の署名と捺印《なついん》とがあった。

この携帯電話の名義人は母の留美子だ。料金は半年に一度、美海がお年玉かバイト代からまとめて手渡していた。それを母が自分名義の口座に入金し、毎月そこから引き落とされる決まりであった。

だから母さえその気になれば、この回線はいつでも解約することができた。いや、本人の委任状があれば、姉の琴美にだって簡単だったはずだ。

ぺたりと美海はその場に座りこんだ。

机には、何枚かの郵便物も重ね置かれていた。ダイレクトメール、郵便局からの親展、歯科検診のお知らせ、転校していった友達からの私的な手紙。

どれも宛名《あてな》は「皆川美海様」だった。そして、そのすべてが開封済みであった。

暗澹《あんたん》と、美海はうなだれた。

3

十一月なかばともなれば、クラスは期末テストにそなえて試験勉強一色に染まる。先輩たちの流した「過去問ではこのあたりが出た」というデマがいの情報が、まことしやかにひろまるのもこの頃だ。

音楽、書道などの芸術選択教科の時間はほぼ内職にあてられる。丸暗記でいける教科も「前日に詰めこめばいい」と、この時期はほとんどかえりみられない。

その空気の中、皆川美海だけが微妙に浮きあがっていた。

結衣が誘ってくれた「勉強会」には結局行けなかった。あのあと二日、美海は学校を休んだ。精神的に彼女は打ちのめされてしまっていた。もう誰にも会いたくないとさえ思った。

美海はコンビニへ走り、なけなしの残金から三千円超を使ってスナック菓子やアイスクリームを買いこんだ。ふだんなら一週間ぶんの食費であった。

家へ帰るやいなや、彼女は買ったものを次つぎ口へ詰めこんだ。飢えていた。精神的な飢えを、胃袋を満たすことですりかえた。

だが三分の一も食べないうち、内臓が悲鳴をあげた。このところろくなものを摂取していなかった胃は縮こまり、濃い塩分と脂を拒絶した。美海はトイレに走り、約千円の食料をそのまま無駄にした。

最近、美海は鏡を見るのが怖くなっていた。

そこに映るのは、生気のない瞳《ひとみ》と、だらりと弛緩《しかん》した表情を持つ痩《や》せた少女だ。菓子パンばかりの食事で栄養不足なせいだろう、なめらかだった頬にはいくつも吹き出ものができた。風呂《ふろ》に入れなかった翌日は、全体に脂じみていた。髪はセットする暇も、美容院に行く金もないまま伸びっぱなしだ。いまは首の後ろで、ひとつにまとめてくくっている。結衣のさらさらのセミロングや、真緒の端整なショートカットに比べると、己のみすぼらしさに顔が赤くなる思いだった。

——彼女たちの横にはもう並べない。

知らない人が見たら、彼女たちとわたしが友達だったなんてきっと信じやしない。日を追うごとに、美海は殻にこもっていく己を自覚していた。明るく友達の多かった、かつての「皆川美海」の人格が消えかけていた。

美海は小中高を通してずっと人気者だった。親から無視されてできた心の穴を、無意識に他人の賞賛で埋めようとしていたせいだ。家庭で潰《つぶ》された自尊心を、外界で修復していたのだった。

しかしいまの美海から、陽気な仮面をかぶる気力は失《う》せていた。

携帯電話は奪われた。郵便物はすべてチェックされている。交番の巡査も、教師も、親戚も頼れない。友達とも遠くなっていくばかりだ。

――いま、テスト勉強だなんて。

勉強どころか、なにひとつ身に入りそうにない。授業は耳を素通りしていくだけで、ノートをとろうとすると手が震えた。頭の中は常に濃い霧がかかったようで、公式ひとつ思い浮かべることができなかった。

どうなってしまうんだろう、と思った。

我が家が、ではない。自分自身がだ。

己がゆっくりと壊れていくのを感じる。ちいさなひびが入って、すこしずつ亀裂《きれつ》が大きくなって、やがて砕けてしまう瞬間が来るだろうことをまざまざと感じる。

得体の知れない恐怖が、ひたりと背中に取り憑《つ》いていた。


「この前は、ごめんね」

そう言われた瞬間、しばらく美海は台詞《せりふ》の意味が摑《つか》めなかった。

目の前には圭介が立っていた。

葉月の弟だと名乗って家に闖入《ちんにゅう》してきた、例の若い男だ。だが美海は彼らが実の姉弟《きょうだい》だなどとは信じていなかった。彼のことはただひたすらに、

「うさんくさい、あやしげな男」

と思い、避けて暮らしていた。また、彼の方でも美海に興味を示すことはなかった。

その圭介がいま、眼前ではにかんだような笑顔を美海に向けている。

「うちの姉さんってさ、犬がだめなんだ。苦手とか嫌いなんて次元じゃなく、ほんとのほんとにだめなんだよ。それをよく知ってるから、ついおれまでパニックになっちゃって……ほんとごめん。突きとばしたりして、申しわけなかったと思ってる」

なにを白々しいことを言ってるんだろう。美海は鼻白んで彼を眺めた。

姉の琴美にやったみたいに、わたしのことも取りこもうとしてるんだろうか。だとしても、こんなつまらない文句で傾きそうなほど、いまのわたしは弱よわしく見えるのか。

――馬鹿にしないでよ。

内心でそうつぶやき、美海は無言で彼の脇をすり抜けようとした。

「あ、待って」

圭介が手を伸ばし、美海の腕を摑む。

ざわっと音をたてて、美海の全身に鳥肌が立った。本能的な嫌悪だった。摑まれたところから、皮膚が汚染されそうだとさえ思った。

「離してよ」

自分のものではないような声が洩《も》れた。ひどくしわがれて、一気に何十も歳をとったかのようだ。

「離して。――気持ち悪いんだよ」

圭介がたじろぐのがわかった。やけにおとなしく彼が手を放す。この顔は演技だろうか、と美海はいぶかった。だとしたらたいした役者だ。まるで、本心から傷ついたみたいに見える。

「つ……摑んだりして、ごめん」

おずおずと彼は言った。

「でも、なにかしようと思ったわけじゃないんだ。ただ、話をしたかっただけで」

「話す？　なにを話すの」美海は突慳貪《つっけんどん》に言った。

「姉と違って、わたしはあなたに話なんかない。用事もないし、親しみなんかこれっぽっちも感じてない。そういうのやめてよ。いっしょにしないで」

ひとことひとこと、区切るように美海は言い捨てた。

身の内に、黒雲のような憤りが湧きあがっていた。まだこんな気力が残っていたのか、と自分でも驚くほどだった。頭へ急激に血がのぼったせいか、こめかみが痛んだ。

――馬鹿にするな。

どんなに弱ってたって、わたしはあんたなんかに手なずけられたりしない。ちょっとやさしくすれば小娘はみんなしっぽを振って喜ぶだろうなんて、思いあがりもいいところだ。そう思った。

怒りのせいで美海の視界は狭まっていた。だから、気づくのが遅れた。

「わたしはお姉ちゃんとは違う。絶対あんたに気を許したりしない。でもね、お姉ちゃんだっていつまでも――」

いつまでもだまされてなんかいない。そう言いかけた言葉は、口の中で消えた。

死角から飛んできた手に、思いきり頬を張られたからだった。

美海はよろめいた。二撃目が襲ってくる。避けようとしてバランスを崩し、床に膝《ひざ》をついた。

顔をあげる。黒い影が覆いかぶさってくるのが見えた。ただ両眼だけが光って見える。

美海は悲鳴をあげた。

琴美だった。姉はいましも美海に馬乗りになろうとしていた。

膝を立て、美海は抵抗した。姉が両手を振りまわしている。嫉妬《しっと》と怒りに、琴美は猛《たけ》りたっていた。

髪を掴まれる。ぐいと引かれ、頭皮が焼けるように痛んだ。握りしめた琴美の手の中で、髪が束になってちぎれるのがわかった。

「おまえは！」琴美が叫んだ。

「おまえはやっぱり——陰であたしのこと——あたしを笑って——圭介さんに、なにを吹きこんで——いつもそうやって、おまえは——」

琴美はわめきつづけていた。

舌がもつれ、声が喉《のど》に詰まって、そのほとんどは聞きとれなかった。呂律《ろれつ》がまわっていない。頭の回路が言葉と直結せず、ただ空転している。弛緩した顔の中で、膨れた双《そう》眸《ぼう》だけがぎらついている。

ああ、だめだ。美海は思った。

姉はだめになりかけている。わたしなんかより、もっともっと取りかえしのつかないところへ行ってしまっている。

重症だ。姉は、そう――病気だ。

「やめろ！」

圭介がようやく琴美を引き剝《は》がした。

羽交い締めにし、「やめろ、やめなさい！」と、保護者じみた口調で姉を叱りつける。

彼に制されて、荒い息を吐きながらも琴美が次第に鎮まっていく。

その隙に美海は床を這《は》い、隅へと逃げた。ふと視線を感じる。首をもたげた。

葉月が立っていた。

両手をだらりと垂らし、無表情に美海を見おろしている。

彼女は不思議な眼をしていた。敵意と不安と、濃い恐怖とを、美海はそのまなざしに読みとった。

だがなぜ彼女が自分を敵視するのか、恐れるのか。その理由はすこしもわからなかった。

4

テストは予想どおりの結果に終わった。

かろうじて赤点だけはまぬがれたが、どれもひどい点数だ。見たこともない無残な数字が、答案用紙に赤ペンで書きなぐられている。当然だ。試験勉強など、まったくと言っていいほどできなかったのだから。机に向かうことは向かったが、無駄だった。ノートをひろげても教科書をひらいても、文字が頭に入ってこないのだ。読めるのに、意味がとれない。公式も年号も、脳味噌《のうみそ》の表面をうわすべりしていくだけだった。

答案用紙をスクールバッグにしまい、立ちあがる。

ふいに結衣と目があった。なにか言いたげに、彼女の唇が動く。

顔をそむけて、美海は教室を逃げるように走り出た。

結衣が怖かった。彼女の発するだろう言葉が、問いが、溌剌《はつらつ》とした歳相応の美しさが怖かった。

――なぜわたし、あんなきれいな子たちと仲良くできていたんだろう。

つい数箇月前までのことなのに、遠い過去の話に思えた。

いったいあの子たちとわたしはなにを話し、なにを共有していたんだろう。いまは気圧《けお》されるばかりだ。無理だ。

ストレスと不安と栄養不足でたるんだ容姿が、美海の萎縮《いしゅく》に拍車をかける。違う世界の住人になってしまったんだと思った。きれいで、きらきらして、華やかで明るい女の子たち。

——いや違う。いままでだって、無理をして合わせていたんだ。もともと同じ種類の人間なんかじゃなかった。

だってわたしは、あの子たちのように天真爛漫《てんしんらんまん》じゃない。親と対等に口喧嘩《くちげんか》し、かと思えば甘えておねだりする日常をふつうだなんてとうてい思えない。

彼女たちから「昨日は親と外食だった」、「夏休みは家族で沖縄行くんだ」という言葉を聞くたび、内心で美海は気おくれした。子供だというだけで無条件に愛されている彼女らに、痛みに似た羨望《せんぼう》さえ覚えた。

もしかして自分は養子なんじゃないだろうか。そう思ってこっそり戸籍謄本をとってみたこともある。しかし美海は、間違いなく両親の実子であった。

美海は答案用紙の入ったバッグをしっかりと抱え、早足で階段に向かった。

すれ違いざま、誰かと肩がぶつかる。ごめんなさい、と言いかけて、思わず美海は息を呑《の》んだ。

岩島尚基だった。

「あ……」

彼が、面食らったように目を見張る。次いで濃い眉毛《まゆげ》が八の字になり、顔がくしゃっと笑みで崩れた。

「もう帰っちゃうの？——〝み〟の多い、皆川さん」

その瞬間、なぜか美海は泣きそうになった。

鼻の奥が沁《し》みるように痛む。胸から喉もとにこみあげてくるなにかを、歯を食いしばって呑みくだす。

「えっと、ひさしぶり。おれたちって最近、あんま話せてなかったよね。テスト期間があったせいかな」

首の後ろに手をやりながら、岩島が言う。

「そういや、聞いた？　終業式のあとA組とB組の合同で、クリスマスパーティやろうって話になってんだ。B組の矢田部《やたべ》ってわかるかな。そいつん家《ち》、店やっててさ。そこの座敷ひとつ貸し切りにさしてもらって、イヴにみんなでぱーっとやろうって」

うつむいて、美海はかぶりを振った。

聞いていない。矢田部くんのことも知らない。二重の否定をこめて、ただ首を振った。

「あ、大丈夫だよ。酒とかは絶対なし。おれも大会あるんで、不祥事とか困るしさ。女子が引くような、そういうのはちゃんと止めるから」

美海の反応を誤解したのか、岩島が慌てて言う。

だが美海は顔をあげられなかった。

いまの自分を岩島に見られたくない。吹き出ものだらけで、髪はざんばらで、体重は減っているのに下腹が出てきた。彼がわたしの中に見ていただろう「明るくて人好きのする皆川美海」の人格だって、なりをひそめつつある。

黙ったままの美海に、彼はつづく言葉を失ったらしい。

「あの、さ……」

ためらいがちに、彼は言った。

「おうちの問題って、もしかしてまだ片づいてなかったりすんの。知らない人が家にいてどうのこうの、って——」

美海の体が強張《こわば》った。

目をあげる。岩島は微笑んでいた。その笑みが、途端に気味の悪いものに変貌《へんぼう》して映った。

——なぜ、あなたがそれを知ってるの。

わたしは岩島くんにあのことを言っていない。靴も履かずに家へ逃げこんできた朋巳のことも、そのあとを追うように住みついた葉月のこともだ。

それならば、なぜ彼が知っているのか。

間違いない。誰かから噂で聞いたのだ。流した大もとは養護教諭の崎田か、それとも学年主任の滝井か。いや、結衣かもしれない。あの子にはある程度話してしまった。彼らを信用してべらべらしゃべった、わたしが馬鹿だったのだ。

いったいどんな噂になっているんだろう。

情緒不安定。虚言癖。母親に愛されなかった子供。ああそうだ。みんなわたしをそんな目で見ていたんだ。崎田と滝井がしていたように、会話の肴《さかな》にして嘲笑《あざわら》っていたんだ。

「あの、皆川さん」

岩島が、手をついと伸ばしてくる。

美海は悲鳴をあげ、後ずさった。

圭介に腕を摑《つか》まれたときの感触がよみがえる。全身が粟立《あわだ》つ。いやだ。いまは男の手に触れられたくない。ううん、誰の手もいやだ。——大嫌いだ。

岩島が愕然《がくぜん》と自分を見ているのはわかった。だがなにも言えない。言うべき言葉なんてない。

あとも見ず、美海は走り去った。


だが家に戻っても、望んでいた平穏はそこになかった。

葉月が待ちかまえていた。

「担任の山村先生から、お電話があったの」

あいかわらず、鈴を振るように上品な声で彼女は言う。

「テストの結果がよくなかったそうね。いままでの成績からは、ありえないような急降下だって。なにか問題があるんじゃないかって、ずいぶん心配してらしたわ」

葉月が一歩近づく。

「美海さんはほんとうに、まわりの大人を心配させて、気をひくのがお上手なのねえ」

反対に、美海は一歩しりぞく。化粧とどぎつい香水の匂いとが鼻を襲う。

「ねえ美海さん、あなたきっと、病気なのよ」

さらりと、しかし断定口調で葉月は言った。

「病人は、安静にしてなくちゃいけないわ。そして、家族に伝染《うつ》されちゃ困るのよ。ちょうどあと十日ほどで冬休みなんだし、いい機会よね。決めた。美海さんには、しばらくお部屋で休んでいてもらいましょう」

「なにを、言って……」

反駁《はんばく》しかけた美海の腕を、いつの間にか背後に忍び寄っていた琴美と亜佑美とが、両側からきつく拘束した。

美海は身をよじった。その耳に顔を寄せ、葉月がささやく。

「大丈夫よ。安心して。あなたのような人でも、この家の一員ですものね。だからわたしたち、あなたを見捨てたりしないわ。だって家族は、ひとりでも欠けたらもう家族じゃなくなるのよ」

「なに言ってんのよ。あんた、本気でどうかして――」

言いかけた台詞《せりふ》を、美海はごくりと呑んだ。

葉月のはるか背後にある座敷の障子戸から、母が顔を覗《のぞ》かせているのが見えた。

美海の体から力が抜けた。

相手が葉月なら抵抗できる。もちろん圭介相手でもそうだ。押さえつけてくるのが姉や妹の腕であれば、力ずくで振りはらうことができる。

――でも、母はだめだ。

母に対してはできなかった。

あきらめて身動きをやめた美海に、葉月がゆっくりと手を振りあげた。

いつかのように、平手が何度も美海の頰を往復する。

一度打たれるごとに反抗心が萎《な》えていく。

目は伏せていた。だが、まだ母の視線を感じた。母の眼前で殴られつづけることがこれほどにも屈辱で、これほどにも気力を奪うのだということを、生まれてはじめて美海は思い知った。

平手打ちは、葉月が「手が痛いわ」と言いだすまでつづいた。


その日の夜から、美海は自室に監禁された。

両親指を梱包《こんぽう》用の結束バンドでひとまとめに括《くく》られ、腰には縄をかけられた。腰縄は、すぐ横のトイレと洗面所にのみぎりぎり通える長さだった。琴美の部屋を越え、階段のとば口にたどり着くことさえできなかった。

逃走を恐れてか、部屋の窓にはホームセンターで買ったらしい防犯アラームが取りつけられた。ベッドと布団は撤去され、「横になることは許さない」と命じられた。

「なるべく同じ姿勢で座っていなさい。まあ、どうしても横になりたかったらなればいいわ。でも寝ているところを見つけたら、撲《ぶ》つわよ」

美海は壁に背中をもたれ、膝《ひざ》を抱えた姿勢で座りつづけることを選んだ。

食事は一日二回、午前十時と夕方六時に食パン一枚か、もしくは二枚入りビスケット一包。それに小パックの牛乳が添えて届けられた。

「なぜなの」

ビスケットと牛乳の盆を持って部屋を訪れた葉月に、震える声で美海は訊《き》いた。

「なぜ、わたしのうちが狙われたの。――教えて。わたしたち、いったいあなたになにをしたの」

葉月は首をすくめた。

「べつに、なにも」平坦《へいたん》な声だった。

「ただ、とてもいいおうちだと思ったの。それだけよ。いいおうちには、誰だって住みたくなるものでしょう」

「そんな――……」

「またね」

ぱたりとドアが閉まった。

美海は天井を仰ぎ、目をきつく閉じた。「今日は四日目」と胸の内で唱えた。

閉じこめられたのが十二日で、はじめての食事をもらったのが翌朝。いまのが六食目だから、今日は十五日のはずだ。

二十四日は終業式。そして岩島はその日、みんなでクリスマスパーティをひらくと言っていた。

美海が行かなかったことを、誰か気にしてくれるだろうか。それとも厄介なやつが来なくてよかったと、みんな胸を撫《な》でおろすのか。結衣。真緒。桜ちゃん。杏子。あの子たちはわたしの不在を、ほんのすこしでもさびしいと思ってくれるだろうか。

霞《かすみ》のかかった眼で、美海は窓の外を見やった。

風のかたちに、白いものが斜めに吹きすさんでいる。雪だ、と美海は口の中でつぶやいた。どうりで外が静かだと思った。

十二月初旬から中旬は、初雪の季節だ。この日に降った雪がいったん溶け、さらに二、三度と雪の日を数えるうち、家のまわりには根雪が積もっていく。

そうして気づけば除雪車が早朝四時から稼働するようになり、あたりは積みあげられた雪の白壁でいっぱいになる。

壁の隙間から吹きこむ寒気に身をすくめながら、美海は降りつづく雪を見つめた。

5

「亜佑美ちゃんを、見張ってくれないかな」

琴美が圭介にそう頼まれたのは、大学の冬休みがはじまる前夜であった。

「見張る？　なにを？」

ぼんやりと琴美は答えた。

もちろん圭介の頼みならばなんでも聞くつもりだった。文字どおり、なんだってだ。

圭介は自分にとってたったひとりの人だ。この世で唯一信じられる人。唯一好いてくれる人。彼にいま去られたら、きっとわたしはどうにかなってしまう。

「じつは彼女、いろいろとよくないことをしているらしいんだ」

「よくないこと」

鸚鵡《おうむ》がえしに琴美は繰りかえした。

「どっかのヤンキーみたいなやつらと遊びに行ったり、シンナーとかトルエンっていうのかな、その手のものを吸ったり。夜な夜な外出して、そんなことばかりやってるみたいなんだよ」

「……へえ」間の抜けた声が出た。

あの子は葉月さんべったりだと思っていたのに、いつの間にそんなことになったんだろう。でもあの子なら確かにやりかねない。おばあちゃんが甘やかしたせいで、およそ我慢ってことを知らないんだから。

話の整合性や信憑性《しんぴょうせい》など、ろくに疑ってもみなかった。約三箇月間、琴美は一日につき一、二時間ずつしか眠っていない。思考能力は、どん底にまで落ちていた。

目が霞《かす》む。長時間まっすぐ立っていられない。つづく耳鳴りが、いっこうに止んでくれない。

それでも琴美は眠らなかった。

だって圭介が「話そうよ」と言うからだ。もっときみの声が聞きたい。きみのことが知りたい。だから話して欲しい。夜どおし何時間でも——と。

唐突に首ががくりと落ち、瞬間的に寝入ってしまうこともあった。そういうときはすぐに揺り起こされた。

頭を振って、琴美はふたたびしゃべりだす。呂律《ろれつ》のまわらぬ舌で、何度も何度も繰りかえした話をまた一から語りはじめる。なぜって、大切な彼がそう望むからだ。

そしていま、ほかならぬその圭介が、目の前で両掌をあわせて拝む仕草をしている。

「それでね、琴美ちゃんには、亜佑美ちゃんがどこへも行かないよう、一日じゅう見張ってもらいたいんだ。そうでないと、姉さんが心配しちゃってさ」

「ええ、いいわ」

琴美は即答した。ええ、圭介さんがそう言うなら、そうしよう。それで彼が喜んでくれるのなら。

圭介が言葉を継ぐ。

「まず、もちろん外出させないこと。トイレと水分補給以外は、基本的に部屋の外にも出さないようにして。食事はおれか、姉さんが運ぶから。睡眠時間は午前零時から二時まで、きっちり二時間。これもアラームをかけて持ってくるから、頼んだよ」

「ええ」

「それから、注意して。亜佑美ちゃんは、その……きみのことがあんまり好きじゃないみたいだからさ。隙を見て、きみに危害をくわえようとするかもしれない」

「きがい」

琴美はつぶやいた。頭の中で単語がまわる。きがい。きがいってなんだっけ。

「怪我をさせたり、襲いかかったりすることだよ」

「ああ」

きがい。怪我をさせること。亜佑美がわたしを。なぜって亜佑美は、わたしを好きじゃないから。

――知ってる。

紗《しゃ》のかかった脳内で、琴美はうなずいた。あの子に好かれてないことくらい、ずっと前から知っている。

わたしたちは仲のいい姉妹じゃなかった。わたしだってあの子を好きじゃない。我儘《わがまま》で、誰かに依存してないと生きていけないくせに偉そうで。

「じつは、こんなものがあるんだ。……いや、これはほんの一部なんだけどね」

圭介がジーンズの尻《しり》ポケットから、折りたたんだ紙を取りだす。皺《しわ》を伸ばして、琴美に差しだしてくる。

受けとって、ざっと目を走らせた。頭も目も霞んでいて、字がろくに追えない。でもかろうじて、それが亜佑美の署名入りであることはわかった。

単語が断片的に目に入る。なぜか、自分に関する箇所だけが白く浮きあがって見えた。

読むというより、脳に沁《し》みる。亜佑美の考えが紙面を通して伝わってくる。

それは亜佑美の、姉への軽侮と嘲笑《ちょうしょう》を記した告白文だった。

つまらない女。なにが楽しくて生きてるんだか。誰にも相手にされない。誰にも好きになってもらえない。男に興味ないふりして、心の底じゃ誰よりがっついてる——等々、以前圭介から口づたえに聞いた悪罵《あくば》がそのまま書面となっていた。しかもご丁寧に、亜佑美の署名と拇印《ぼいん》付きだ。

「——わたし、やる」

琴美は決然と、低く言った。

「亜佑美を監視すればいいんでしょう。わたし、やるわ」

「ありがとう。でも、ひとりで大丈夫かな」

「もちろん」迷いなく琴美はうなずいた。

「大丈夫よ。心配しないで」

甘い顔なんか絶対に見せないから、わたしにまかせておいて。隙を見せたりもしない。きっと油断しないわ。琴美はそう圭介に請けあった。

だがちゃんと口から言葉が発せられたのか、それとも胸の内だけでつぶやいたのかは、自分でももはや判然としなかった。

「琴美さんを見張ってくれないかしら」

亜佑美が葉月にそう言われたのは、初雪のちらつく数日前のことであった。

「え、なんで？」

首をかしげて問いかえした。

とはいえ、葉月の頼みならなんでも聞くつもりだ。だって葉月は自分にとってたったひとりの人、この世で唯一信じられる人だからだ。彼女に見捨てられたら、あたしはきっと生きていけない。

「じつは琴美さん、よくない人たちとお付きあいしているらしいの。ええと、なんて言ったらいいのかしら」

わずかに彼女は言いよどんで、

「亜佑美さん、ニュースで『危険ドラッグ』って言葉を聞いたことない？　つまり、そういうものを売ってる人たちよ。どうやらいま大学で流行《はや》ってるらしいの。琴美さんはそんなものには無縁だと思っていたんだけれど、残念だわ」

「うそ」亜佑美は顔をしかめた。

あの姉がまさか、と思う。だが「葉月さんが嘘をつくはずない」という、より強い思いが疑念をすぐさま塗りつぶしてしまう。

「それでね。琴美さんたら夜な夜な家を抜けだして、その売人たちに会いに行ってるみたいなの。わたしもう、心配で心配で」

葉月がため息をつく。

「もしそんなことがばれて逮捕でもされたら、この家にも傷がつくでしょう。そんなことにはなって欲しくないの。亜佑美さんだって恥をかくことになるわ。中学でだって、きっと噂に——」

「やめて」亜佑美は悲鳴をあげた。

「そんなのいや、絶対いやだ。教えて葉月さん。あたし、なにをしたらいいの」

顕著な反応をみせた亜佑美に、葉月はにっこりした。

「まず、けして琴美さんを外出させないで。トイレと水分補給以外は、基本的に部屋から出しちゃだめ。食事はわたしか圭介が運ぶわ。睡眠時間は午後三時から五時まで、きっちり二時間。これもアラームをセットして、わたしが持ってくるわね」

どう、できる？　との問いに「できる」と亜佑美はうなずいた。

「ありがとう。さすが亜佑美さんね。じゃあさっそく今晩からやって欲しいの。学校には風邪で熱が出たって、わたしから先生に連絡しておくわ。どうせもうすぐ冬休みだし、ちょっぴりお休みが早まったと思えばいいでしょう」

「うん」即座に亜佑美は首肯した。

「ただ、気を付けてね」

眉根《まゆね》を寄せて葉月は言う。

「琴美さん、どうも亜佑美さんのことをあまりよく思ってないみたいで……」

ポケットに入れていた、ＭＰ３プレイヤーを取りだす。間髪容《い》れずに再生した。圭介が携帯電話で録音した琴美の愚痴を取りこみ、編集したデータであった。

琴美の声が流れだす。

――亜佑美なんて、妹だと思ったことない。我が強くて癇癪《かんしやく》持ちで、あんな扱いにくい子は滅多にいない。友達がいないのもあたりまえよ。あんな子、誰も好きになるわけないわ。

ゆっくりと亜佑美の顔から血の気がひいていった。

葉月は冷徹な目で、亜佑美の白い横顔を観察していた。

琴美と亜佑美にお互いを見張らせるのは、「そろそろ大丈夫」と彼女が睨《にら》んだがゆえだ。

葉月と圭介が絶えず監視し、付きっきりでコントロールしていなくとも、もう彼女たちは大丈夫だ。言いつけを破って、勝手に外出したり眠ったりしない。たとえ誰も見ていなくとも、体に沁みついてしまっているのだった。

ふたりはもはや、自分の頭で考えること、自分の目でものを見ることを放棄していた。考えてやるのは葉月たちだ。与えてやるのも葉月たちだ。葉月は施す側で、姉妹は拝受する側。その関係がしっかりと固まってしまっていた。

自由はすばらしい、人間は自分の足で立つべきだ、なんて綺麗《きれい》ごとが世にはばかっているけれど、嘘だ。

誰しもがそんなに強いわけじゃない。大多数の人間は「他人の決めたルール」が好きだ。誰かがつくって敷いてくれたレールに沿って動くことを「楽だ」と思い、責任をとらなくてもよい立場、目立たないスタンス、面倒ごとのすくない役職を好む。

すべてを自分ではない誰かにゆだねてしまう感覚は、一度覚えてしまえば「気楽」を通りこして「快楽」たり得る。隷属する喜びというのは確かにあるのだ。

ストックホルム症候群。拘禁反応。マインドコントロール。

呼び名はいろいろだが、どれも要するに「人間は置かれた環境にみずから適応しようとする」ということだ。たとえ傍《はた》から見てそれがどんなに異様であろうとも、本人はそれを当然と感じ、使命感、ときには幸福さえ覚える。

「ひとりでもやれる？　亜佑美さん」

「やれるわ」

「まかせていいかしら。信じてるわよ」

「うん、信じて」

いままで亜佑美の睡眠時間はとくに操作してこなかった。その必要がないほど、彼女への支配はたやすかったからだ。でも、頃合いだろう。

お互いの悪口を吹きこんで敵意を抱かせるのは、監視をなあなあにさせないためだ。空気に火花が散るくらい、一触即発の状態にまで追いこんで、お互いにお互いを見張らせる。

さぞ彼女らは躍起になって、真剣に相手の一挙手一投足をマークするだろう。いつ自分に襲いかかるやもしれぬと、全身の毛を警戒心で逆立てながら、寝ずの番をすることだろう。

葉月は微笑んで、「頼りにしてるわね、亜佑美さん」と少女の肩をやさしく抱いた。

6

その頃座敷では、敷きっぱなしの布団の上で朋巳が膝《ひざ》を抱えて座っていた。

留美子がいきなり「かゆい、かゆい、かゆい」と言って体を掻《か》きむしりだしたのは、二十分ほど前のことだ。

「黒い蟻が這《は》いのぼってくるのよ。トモくん、見えない？　ほら、こんなにたくさん。足の上に列をつくって」

と、しきりに留美子は両手で自分の脛《すね》や腿《もも》を掻き、叩《たた》いていた。目に見えない虫を払い落とそうとしているらしい。だが現実に存在しない虫を、完全に追いはらうことなどできはしない。

疲れきってへたりこんでしまうまで、留美子は「かゆい。虫が、虫が」の騒ぎをつづけていた。

――みんな、こうなっちゃうんだなあ。

自分の膝をぎゅっと引きよせるようにして、朋巳は体を縮こまらせた。

こんなふうになった人を見るのははじめてじゃない。それにママはずいぶんもった方だ。きっと体力があったからだろう。もっと早くだめになってしまった人は、いままでにたくさんいた。

症状はいろいろだった。「動悸《どうき》がおさまらない、心臓がばくばくする」と言いだした人もいた。灯油ストーブを常時『強』にし、すっぽり炬燵《こたつ》に入っているのに「寒い、寒い」と歯を鳴らして泣く人もいた。食欲をなくす人が大半だったが、食べていてもみんな痩《や》せていった。怒りっぽくなり、かと思えば涙もろくなった。

さらにおかしくなると、朋巳には見えない透明ななにかと争いはじめる人もいた。

「別れた女房が三人になって戻ってきた」

「米粒くらいの軍用ヘリが、おれのまわりを蚊みたいにぶんぶん飛びまわってる」

「ちっちゃなベトコンが、銃剣を持って隊列で襲いかかってくる」等々。

三人の女房と日夜言い争っていたおじさんは、ある日ひと声叫んだきり、ぶっ倒れて動かなくなった。そしてそのまま二度と起きあがらなかった。

お母さんは「血圧が急上昇したせいじゃないかしらね。もともと高血圧だったようだし、最近は動悸もひどいみたいだったから」と言い、弟に「どかして」と命じた。おじさんは羽交い絞めにされ、どこかへと引きずられていった。

そしていま、半年前にできた「新しいママ」も、同じようにまた壊れかけている。

いやだな、と朋巳は思った。

――今回のママは、けっこういいママだったのに。

この家に来る前までは、「今度こそいいおうちだったら、ずっと住んじゃいましょうね。そこのおうちのママとお姉ちゃんたちと、うまくやっていけるようにがんばろうね」ってみんなで約束したのに。

――なのにこれじゃ、また前と同じことの繰りかえしじゃないか。

〝ママ〟こと留美子が、本格的におかしくなったのは先々週からだ。

透明な虫が見えはじめ、透明な誰かと言いあうようになった。「体を無数の虫が這いあがってくる」、「蟻が部屋じゅう、うじゃうじゃいる」とおびえ、「帰りたい」と泣くようになった。

「帰りたいって、どこへ。ここがママのおうちだよ」

そう朋巳が諭しても、「いや、帰りたい。どこかわからないけど、ここじゃないところへ帰りたいのよう」としゃくりあげるだけだった。

朋巳は〝お母さん〟こと葉月に報告に走った。

葉月はすこし考えて、「様子をみましょう。もうしばらく朋巳にまかせるわ。でも手に負えないほどおかしくなったら、すぐ呼びに来るのよ」と言った。

うなずいて、朋巳は座敷に戻った。

それから十日あまりが経った。だが留美子は悪化する一方だ。最近は「怖い、怖い」

と震えてばかりいるようになった。

「なにが怖いの、ママ」

そんなかわからないけど、怖い。怖いのよ」

そんな彼女を、朋巳はいつもやさしくあやした。それ以外にできることはなかったし、やるべきことは、そんな彼女を見張ることだけだったからだ。

少年はあらためて留美子を見やった。

体力を使い果たしてしまったのか、顔の筋肉までが弛緩《しかん》している。口も目もうつろにひらいていた。唇の端から、よだれがひとすじ垂れ落ちている。

「……疲れたよね。すこし眠ればいいよ、ママ」

朋巳は言った。

「大丈夫、今日は二時間寝かせてあげるよ。時間になったら、ちゃんとぼくが起こしてあげる」

およそ邪気のない、天使のような笑顔で少年は言う。留美子の背をそっといたわるように撫《な》で、顔を覗《のぞ》きこむ。

「でもいい子で言うこと聞かないと、お母さんに言いつけるからね」

――そしたらまた、寝れないようになっちゃうよ？

そう最後に付けくわえるのを、けして少年は忘れなかった。

7

目が覚めたとき、美海は自分の置かれた状況をしばし思いだせなかった。

見慣れた壁、見慣れた床の木目。間違いない、わたしの部屋だ。

でもそれならなぜ、起きた瞬間目に入るものが天井ではないんだろう。こんな固くて寒いところで、どうして寝入ってしまったんだろう。

緩慢に頭を振り、窓の外を見てはっとした。

いつの間にか夜になっている。

記憶にあるのは確か、七食目の食パンを牛乳で流しこんだところまでだ。だから今日は五日目だ。五日目の夜。そのはずだった。

ただでさえ体内時計が狂いはじめている上、睡眠をはさむとよけい時間の感覚が摑《つか》めなくなる。

座った状態でそう長く熟睡できるはずもないのだが、もしかして丸一昼夜眠ってしまったのではと、目覚めるたびパニックになった。

縛られた両手を、無意識に口もとへ持っていった。爪を嚙《か》みはじめる。子供の頃の悪癖だ。十年以上も前に叱られて治したはずの癖が、ぶりかえしつつあった。

後ろ手に括《くく》られなくてよかった、とあらためて思う。もし手を背中側にまわされていたら、食べることも、トイレで下着をおろすこともできなかったはずだ。さすがにそこまでしないのは、最後の温情というやつなんだろうか。

背後で蝶番《ちょうつがい》が「きい」と鳴った。

美海の肩が大きく跳ねる。首を曲げて見あげると、ドアの隙間から葉月が顔を覗かせていた。美海は喉《のど》の奥で、くぐもった悲鳴をあげた。

「五日も待たせてごめんなさいね」

ようやく暇ができたから、と抑揚なく葉月は言った。

すべりこむように彼女は部屋へ入ってくる。足首まである白のワンピースに、同じく白いレースの靴下を穿《は》き、腕にはやはり肘《ひじ》までの手袋をはめている。右手にはプラスチック製の、三十センチはある長い物差しを握っていた。

葉月は少女の眼前にしゃがみこむと、

「あなたの話を聞かせて」

とささやくように言った。

美海は目をしばたたいた。「……は？」

「あなたの話よ」

天気の話題でもするかのように、こともなげに彼女は言う。

「あなたのいちばん古い記憶はなに？　それはいくつくらいのとき？　まずそこから話して。順を追って、なにもかも全部聞かせて」

美海は戸惑った。なんなの、この人。いったいなにを言っているの。

「話しなさい」葉月の語調が変わった。

右手が振りあげられる。鋭い音がして、腿《もも》に痛みが走った。物差しで叩《たた》かれたのだ。

「まずは正座して」

葉月が言う。だが美海は動かなかった。ふたたび物差しが唸《うな》る。今度は脛《すね》に当たった。

美海は苦痛の呻《うめ》きをあげ、のろのろと膝《ひざ》を折った。

「さあ、話して」

葉月はうながした。

命令することに慣れきった人間の口調だった。

「話すって――なんなの。なんでそんなこと、させたいの」

美海は唸るように言った。

しかし葉月は取りあわず、

「話しなさい。あなたのいちばん古い記憶よ。三歳？　五歳？　それとももっとあとかしら？　人によっては十歳前後からの記憶しかない人もいるわ。それはべつにいいの。覚えてる限りでいいのよ。ただ、なにもかも全部話さなくちゃだめ。隠しごとはだめよ。お腹の底から根こそぎぶちまけて。楽しい思い出も悲しい思い出も、笑ったことも泣いたことも怒ったことも、親のことも教師のことも友達のことも親戚《しんせき》のことも近所のことも、遠いことも近いこともテレビで観たことでも、なんでもいいからしゃべるのよ」

言いざま、物差しを振りおろした。

さっき叩いたばかりの右腿を、いま一度正確に打ちすえる。ひっ、と美海は短い悲鳴をあげた。痛いというより、熱い。痺《しび》れてひりつく。

「あ……あの」

美海は唇をひらいた。

口の中が乾いている。舌が口蓋《こうがい》に貼りついて動かない。

「あの、たぶん、いちばん古い記憶は――」

葉月の言うとおりするしかなかった。しゃべりながら、次に言うべき言葉を頭の中で探した。

「たぶんいちばん古い記憶は、保育園……だと思います。あの頃は母がまだ働いていて、わたしは赤ちゃんのときから、あそこに預けられていたから」

「そう」葉月がうなずいた。

「そこでいちばん楽しかったことはなに？　悲しかったことは？」

「楽しかったのは、おやつと、お昼寝の時間。ええと、悲しかったことは――」

美海は考えこむ。

ふっと情景が頭に浮かんできた。もう十年以上、思いだすこともなかった記憶だ。なかば無意識に美海は言葉を吐きだした。

「お絵かきしてた、んです」

低い声が洩《も》れた。

「ふつうに描いてたつもりだった。なのに、みんなに笑われた。みんなは太陽を、赤くて大きな丸に描いていた。うずまき模様にしたり、真っ赤に塗りつぶしたり、ビームみたいな光線で囲んだり。でもわたしの目に太陽は赤く見えなかった。だから黄いろのクレヨンで、ちいさな円に描いたんです。そうしたら、笑われた。そんなの変だって、みんなに囲まれて責められたの」

その夜、迎えに来た母に美海は泣きついた。これこれこんなことがあって、みんなに変だと言われた。そう訴えると、母は笑って慰めてくれた。

「美海は間違ってないわ。太陽は赤くなんかないものね」と頭を撫でてくれた。

ああそうだ。あの頃の母はやさしかった。

仕事仕事でいっしょにいられる時間はすくなかったけれど、それでも話しかければちゃんと聞いてくれた。無視されることなんてなかった。

――いつからだろう。

じゃあいったいいつから、母はあんなふうになってしまったんだろう。

自分の思いにふけりかけた美海に、

「黙っちゃだめ」

鞭《むち》のような声で葉月は言った。

「黙っちゃだめ。考えこんじゃだめ。どんどん話して。切れ間なく話すの。次から次へ、思い浮かべて。浮かんだらすぐに言葉にするのよ。いい？　どう言おう、きれいに取りつくろおうなんて、思っちゃだめ。そんなのはいらないの」

物差しを持った右手がかすかに動いた。

美海はびくりと首をすくめ、慌てて口をひらいた。それからは無我夢中だった。思いついたことはすべて台詞《せりふ》に変えた。

保育園では、いちばん若い女の先生が好きだった。お誕生会をしてもらえて嬉《うれ》しかった。泡を吹いた野良犬がいきなり園庭に入ってきて、怖い思いをした。

毎朝、姉の琴美といっしょに園に預けられていた。でも琴美はあまり遊んでくれなかった。そのうち年長者の女の子が可愛がってくれるようになり、美海はそちらになついた。その子を「お姉ちゃん」とまで呼ぶようになった。

そんなある日、砂場で遊んでいた美海は、突然琴美に押し倒された。そして口の中へ砂の塊をねじこまれた。

美海は泣いた。琴美は保育士に叱られたが、かたくなに謝らなかった。目に涙を溜《た》め、歯を食いしばって、それでも妹に「ごめんなさい」とは最後まで言わなかった。

いまならわかる、と美海は思った。なぜあのとき姉があんなことをしたか、いまのわたしならわかる。わたしは姉のプライドを傷つけたのだ。

どんなにさびしくても、そばに実の姉がいるのに、よその人を「お姉ちゃん」なんて呼んで甘えるべきじゃなかった。園児にだって自尊心はある。あのときの姉はきっと、自分の存在ごと否定されたように感じたに違いない。

だがあの頃の美海には理解しようもなかった。あまりに幼すぎた上、社交的でどの輪にも平気で入っていけた彼女には、なぜ姉が自分のようにしないのかわからなかった。なぜみんなといっしょに遊ぼうとしないのか、なぜ口をきかないのか、なぜ隅っこで絵本ばかり読んでいるのか。

姉は人一倍引っこみ思案で、傷つきやすかった。それだけのことだ。

だが園児の美海は「お姉ちゃんは、わたしが嫌いなんだ」と解釈した。琴美お姉ちゃんはみんなのことも、わたしのこともきっと好きじゃないんだ、と。

「それで、琴美さんはどうしたの？」

葉月が尋ねる。美海は答えた。

「どうって、どうもしない。お姉ちゃんは小学生になって、園を卒業していった。亜佑美も同じ保育園に入ったはずだけど、あの子はおばあちゃんのお気に入りだったから、ほとんど登園せず家にばっかりいた。でも、その方がよかった」

「なぜ？」

「なぜって――」

美海はわずかに口ごもり、言った。

「他人ばかりの方が、わたしは楽だったから」

その後もせきたてられるままに美海はしゃべりつづけた。はじめのうちこそ葉月は好

きに彼女に話させていた。だが次第に、

「そのときまわりのみんなはなにをしていたの」

「先生はどんな反応だったの」

「あなたはそれで、どんなふうに思ったの」

とこまかい質問を挟んでくるようになった。

そのたび美海は話を中断して、問いに答えた。話が脱線していって、もとの話題がなんだったのかわからなくなることもしばしばだった。

その間はずっと正座だった。足が痺れて耐えきれず、身じろぎすると物差しで容赦なく叩かれた。我慢を超えると、そのうち感覚がなくなった。

夜は更け、質問攻めはさらに苛烈《かれつ》さを増した。ほんのすこしでも話が食い違うと「さっきと違うじゃない」「嘘をついたの」と責められた。

「昨日は近所の愛《あい》ちゃんと海に行ったって言ってたでしょう。でもいまは友達の玲奈《れな》ちゃんと行ったことになってるじゃない」

「それは……愛ちゃんと行ったのはまた別の年で、ぜんぜん違う話だから」

美海はしどろもどろに答えた。

だがそう言ったそばから「そうだったっけ」と疑念が湧いてきた。ほんとうにそうだったろうか。葉月の指摘の方が正しいんじゃないだろうか。なにしろ監禁されてからずっと、熟睡できていない。頭がはっきりしない。

葉月の声が高くなる。

「ならなぜそう言わないの。どうしてさも同じ年のことのように話したの。わたしをだます気だったの。わたしを馬鹿にして、陰で笑う気だったの」

「違います、あの」

「もういいわ」

物差しが容赦なく腿《もも》に振りおろされる。

美海は呻《うめ》いた。何度も叩《たた》かれた右腿が、腫《は》れて熱をもっているのがわかる。だが、どうにもできなかった。無言で耐えるほかない。

葉月が言った。「立って」

「え？」

「立ちなさい。嘘をついた罰よ。悪いことをした子は廊下に立たされるでしょう。それと同じよ」

美海はためらった。しかしまた腿を叩かれ、従うしかなかった。

強制された正座で、両足は完全に感覚を失っていた。美海はのめるように前へ倒れた。

「なにしてるの。ふざけてないで立ちなさい」

叱責《しっせき》され、美海はもがいた。

両手は括《くく》られて、痺《しび》れた足をさすることもできない。傍目《はため》にはきっと、滑稽《こっけい》そのものの眺めだろう。しかし当事者の美海は必死だった。彼女はなんとか立ちあがり、物差しの一撃をまぬがれた。

だが感覚が戻りはじめると、それはそれで地獄だった。

痛がゆいほどの足の痺れが襲い、美海は歯を食いしばった。せめてその場で足踏みしたかったが、ほんのすこし身動きしただけで、

「馬鹿にしてるの」

と罵声《ばせい》とともに物差しが降ってきた。

いつ果てるともなく責めはつづいた。空の端が白みはじめる頃、さすがに葉月にも疲労が見えはじめた。声が嗄《か》れ、息が荒くなりかけている。

ふっ、と物差しを持った右手がおりる。

憑《つ》きものが落ちたような顔をして、葉月はふらりと出ていった。

終わったんだろうか、と美海はいぶかった。これで今夜は終わりなのか。だったらすこしでも休みたい。座りたいし、寝たい。体も神経も疲弊しきった。全身の細胞すべてが、休息を求めて悲鳴をあげている。

しかし数分後、美海は自分の考えが甘かったことを悟った。

葉月の代わりにやって来たのは、ふたりの監視員だった。ほかならぬ姉の琴美、そして妹の亜佑美だ。

彼女たちは目に見えて苛立《いらだ》っていた。美海に対してはもちろん、互いにまで強い敵意の目を向けていた。

琴美も亜佑美も、一切話しかけてはこなかった。ただ息づまるような緊張と静寂だけがつづき、その空気にいっそう美海は疲労をつのらせた。

陽が高くのぼる頃、葉月は戻ってきた。

また尋問がはじまった。

トイレ休憩だけは許してもらえた。しかし扉の外で時間をはかられ、二分経つと強制的に引きずり出された。施錠はおろか、ドアを完全に閉めることすら許可されなかった。

美海はしゃべりつづけることをひたすら強いられた。喉《のど》が痛くなり、咳《せ》きこむと水が与えられた。だが食事はもらえなかった。

「話しなさい」

と言われたその瞬間から、美海に与えられたものはわずかな水と牛乳だけであった。

不思議なことに、空腹はさほどつらくなかった。胃が鳴ってばかりのつらい時期を過ぎると、ぴたりと飢餓感はおさまった。むしろ喉の渇きの方がつらかった。

だがそれも少量の水と牛乳で癒《いや》されてしまうと、美海は真につらいものがなんであるかを悟らざるを得なかった。

それは〝寝かせてもらえない〟という辛苦だった。

人間はしばらく食べなくとも生きられる。だが、寝ずには生きていけない。体は耐えられても、脳がもたない。

次の夜も、やはり明け方になると葉月は去り、代わりに姉と妹がやって来た。そして昼過ぎに葉月は戻って来る。

その次の日も同じだった。

朦朧《もうろう》とする美海の耳もとで、葉月はささやいた。

「知ってる？　眠らせずに何日もつかと実験されたマウスは、みんな一週間前後で死んだそうよ」

美海はわずかに目をあげた。

至近距離で、葉月の目が光っている。虹彩《こうさい》の大きさまでよく見える。

「人間が正気をたもっていられるのは、どうやら八日が限度みたい。十日もった人は、数えるくらいしかいなかったわ」

葉月の声は、こんなときでさえ甘くたおやかだ。

「最初はみんな威勢がいいの。でも三日寝かせないとみんな反論もろくにできなくなる。四日目にはおかしくもないのに笑いだしたり、かと思えば泣きだしたり、撲《ぶ》ってもつねっても反応しなくなる。六日目にはドアを開けっぱなしにしていても、みんな外に出ようとしなくなるわ。なぜかしらね、ここより外の方が怖くなるみたい」

彼女にうながされるままに、美海はしゃべった。

もはや話すことになんの抵抗もなくなっていた。保育園から高校まで、記憶しているすべてを吐きだした。もうなにもない、と音をあげると、最初からそっくりそのまま繰りかえすことを強要された。

葉月が訊《き》く。「お母さんが嫌いなんでしょう」

美海は口をひらきかけ、閉じた。

「正直に言っていいのよ。お母さんはあなたを嫌ってる。無視して、疎《うと》んじてる。ならあなただって嫌いかえしていいじゃない。ねえ？　向こうがあなたを好きじゃないんだから、あなたが好いてやる義務なんかないわ。そうでしょう」

なんてこの人の声は気持ちいいんだろう。靄《もや》のかかった意識の中、美海は思う。胸の中に手を突っこまれて、心を直接撫《な》でられているみたいだ。いったいどうやったら、人間はこんな声が出せるんだろう。

「答えて。ねえ、お母さんのこと、嫌いでしょう」

「…………」

「じゃあ、好き？」

「…………」

「好きではないわよね。ねえ、好きじゃないって言ってみて」

「…………」

「一度でも口に出して言ってみればいいわ。きっと心がかるくなるわよ。なんでもっと早く声にして言わなかったんだろうって、不思議に思うくらいよ」

そうやってなだめられ、すかされ、ときには声を荒らげられた果てに、ついに美海は口にした。

母を好きではない——と。

その後は怒濤《どとう》のように言葉がほとばしった。姉も嫌い、妹も嫌い。父も、祖母も、みんな嫌い。

姉に友人ができない理由はよくわかる。だって臆病《おくびょう》すぎて、姉は誰も好きになろうとしてこなかったからだ。

誰も好意的に見ようとしない人間を、好ましく思ってくれる他人なんかいない。血縁のわたしでさえ姉に近づくのは勇気がいる。なにも与えようとしない人間が、なにかを得られるはずもない。

妹にも、やはり親しい友人はいない。でも姉と妹ではタイプが違う。

姉の琴美はただ遠巻きにされているだけだ。でも亜佑美は、もっとはっきり嫌われている。小学生の頃からそうだった。祖母が甘やかしすぎたせいで、他人との距離感がはかれないのだ。

亜佑美は他人との接し方を知らない。べったりくっついて依存するか、相手を小馬鹿にするか、その二種類しかアプローチを知らない。たぶんそれは亜佑美のせいじゃなく、祖母のせいだ。でもそれがわかっていてさえ、わたしは亜佑美を好きになれない。

お姉ちゃんが嫌い。亜佑美も嫌い。

だってふたりとも、わたしの欲しくてたまらないものを最初から持っている。

お姉ちゃんは誰もが認める父似で、父方の親戚《しんせき》に贔屓《ひいき》されている。亜佑美はおばあちゃんの寵愛《ちょうあい》を受け、弟の智未はお母さんに溺愛《できあい》されていた。

わたしだけ、なにもない。誰もいない。

お母さんにも嫌われてる。わたしだけ、なんにも持っていない。

――わたしのことなんて、誰も好きじゃない。

学校で、外で、人気者だからなんだっていうの。他人がいくら好いてくれたからって、それがなんなの。

親にすら好かれない。それがわたしだ。わたしの正体だ。

強がって姉と妹のことをいくら軽んじてみたところで、それが真実だ。わたしは彼女たちよりはるか下の存在だ。友達なんか、知りあいなんか、何十人、何百人いたって変わりはしない。

親に愛されなかった子。それが厳然たる事実だ。

美海は葉月に向かって話した。血を吐くような苦しさをともないながらも、しかし言葉は次から次へとあふれ出た。止まらなかった。

葉月はそれをすべて書きつけ、一枚の証文に起こした。大半がひらがなの、ひどい殴《なぐ》り書きだ。正式な場ではとても認められるような文書ではない。しかし葉月は少女の括《くく》られた手に無理やりペンを持たせ、いちばん下端に己の姓名を書かせた。

よれたひどい字だ。が、葉月は気にもとめなかった。彼女はさらに美海の手をとって、右親指を朱肉に押しつけた。

美海はただ呆然《ぼうぜん》としていた。自分の身になにが起きているのか微塵《みじん》も理解できなかった。理解しようと思う気力も失《う》せていた。

彼女は唯々諾々と葉月の言いなりに話し、自由のきかない手で署名し、拇印《ぼいん》を押した。

だが、ただひとつだけ手ばなさなかった記憶があった。

まぶたを閉じると、浮かぶのはいちめんの菜の花畑だ。

右手に父、左手に母と手をつないでいる。視界いっぱいにひろがる、目の覚めるような黄いろ。ほんのわずかに覗《のぞ》く葉の緑と、ナズナの可憐《かれん》な白。世界がきれいで、両手があたたかくて、なんて幸せなんだろうと思った。

――だから、あんたなんかにあげない。

薄靄のかかった頭の隅で、そう美海は誓う。

これだけはだめだ。誰にもあげない。わたしはこの記憶を、誰とも共有なんかしたくない。これはわたしだけのものだ。

それは美海にかろうじて残された矜持《きょうじ》であり、最後の砦《とりで》だった。

また朝が来て、葉月は去り、琴美と亜佑美がやって来た。彼女を無視して睨《にら》みあう姉妹を横目に、美海は口の中で低くつぶやく。
Z、Y、X、W、V、U、T――。アルファベットを逆から順に暗誦《あんしょう》し、Aに行きついたらA、B、Cとふつうに唱えていく。Zまでいったら、また逆に。
いちたすにはさん。いちたすにたすさんはろく。いちたすにたすさんたすよんはじゅう。いちたすにたすさんたすよんたすごは、じゅうご。

翌日の昼、葉月は手に時計を持ってあらわれた。美海の目の前でこれみよがしにアラームをかけ、「仕方ないわね。特別よ」とおごそかに言う。

「――あなた、二時間だけ寝ていいわよ」

その瞬間、不覚にも美海は彼女に感謝した。

両目から、ひとりでに大粒の涙がぼろぼろとこぼれた。目の前の葉月が、女神にすら思えた。

「鳴ったら、また来るから」

そう言って彼女はドアを閉め、出ていく。

深い安堵《あんど》の中、がくりと美海は首を折ってうなだれた。次の瞬間には、ほとんど気絶するように彼女は眠りの闇に落ちていた。

同時刻、座敷ではあいかわらず留美子の狂態がつづいていた。

体を掻《か》きむしっては「かゆい、かゆい」、「虫が」、「蟻がのぼってくる」とおびえる彼女を、朋巳は辛抱づよくなだめていた。

彼の目が背後の障子戸をうかがう。

誰の気配もないことを確かめ、少年は留美子の耳にそっと顔を寄せた。

「――ママ、もっと長く眠りたい？」

背後に神経を配りながら、さらにささやく。

「いいよ、黙っていてあげる。たぶん三時間くらいなら、大丈夫だと思う」

そのかわり、と彼はため息とともに言った。

顔がくしゃっと崩れる。幼いながら、奇妙に老成したような表情だった。

「そのかわり、ぼくをほんとうにここんちの子にして。……だってぼく、ほんとうはお母さんの——葉月さんの子供じゃないんだもん。もうぼく、あちこち行くのいやだ。おかしくなっていく人を見るのもいやだ。おうちが欲しい。ちゃんとした、ふつうの家族とおうちが欲しいんだよう」

放心する留美子の肩に、朋巳はきつく顔を押しつけた。

そして、細い声で啜《すす》り泣きはじめた。

幕間・3

夕方の半端な時刻のせいか、その喫茶店はすいていた。

日焼けして黄ばんだ壁紙に、同じく色褪《いろあ》せた手書きのメニュー表。短いカウンターの中では、マスターらしき中年男が暇そうにテレビを眺めている。

榊充彦は窓際のテーブル席で、若い男と向きあって座っていた。

コーヒーをひとくち啜る。閑散とした店内の様子から期待はしていなかったのだが、意外に悪くない。酸味ばかりでコクのないファストフード店のコーヒーに慣れた舌には、じゅうぶんすぎる味であった。

「——というわけで、九州に赴任したらいつ戻って来れるかわからないと思ってね。その前に、一時的に休職することにしたんだ。弟のことはずっと心残りだった。いま捜さなければ、きっと一生後悔すると思ったんだ」

以前、一家殺人犯の遺族——いや、被害者遺族の吉田にも話した内容を繰りかえす。

充彦はカップをソーサーに置いて、

「すこしでも手がかりがあれば、全国どこへでも駆けつけたよ。もちろん空振りも多かった。でも、いくつかは有意義な情報もあったな」

彼の向かいに座った男が、ためらいがちに口をひらく。

「榊さんのご家族も、その……例の女の被害に遭われた、んですよね」

「ああ」

充彦はうなずいた。

「うちはちょっとばかり変則的な家だったんだ。実母はぼくが幼稚園児のとき、病死した。大きくなるまでぼくを育ててくれたのは、同居していた母方の祖母だ。そしてぼくが手のかからない年齢になってから、父は再婚した」

相手はすこし考えて、

「じゃあ育ての親だった、母方のおばあさんはどうしたんです」

と訊《き》いた。充彦は肩をすくめた。

「そのままだよ。祖母、父、後妻さん、ぼくの四人家族になったんだ。すでに祖母は家族の一員だったし、新しい妻が来たから出ていってくれなんて言うほど、うちの父は非情な男じゃなかったからね」

翌年弟が生まれても、それは変わらなかった——と充彦は淡々と言った。

「祖母、父、義母、ぼく、腹違いの弟。少しばかり従来の家族とは異なっていたけど、その五人家族のバランスはけっして悪くなかったよ。みんながみんな、お互いに気をつかいあっていたしね」

「いさかいはなかったんですか」

彼の問いに「うん、なかった」と充彦は即答した。

「みんないい人だったんだ。祖母は後妻を疎んじるような人じゃなかった。義母だって義姑《しゅうとめ》をむやみに嫌ったり、継子《ままこ》のぼくに意地悪するタイプの女性じゃなかった。ぼくもまあ、歳が離れすぎていることに多少こそばゆい気持ちはあったけど、ぼくなりに弟を可愛がっていたしね」

そう言いながら、充彦は財布から引き抜いた写真をそっとテーブルに置いた。

対面の男はあえて手にとらず、首だけを伸ばして覗きこんだ。

映っているのはブルーのロンパースを着て、ベビーベッドに横たわった赤ん坊の姿だ。ちいさな両手を握り、きかん気な目付きでカメラを睨みつけている。おそらく何百人もに見せてきたのだろう、手擦れで写真の四隅が欠けていた。

「失礼ですが、弟さんはもう赤ちゃんじゃないですよね」

「ああ。だからこんな写真、見せたところでべつに手がかりにはならないんだ」

充彦は苦笑して、

「でも見せるとやっぱり違うんだよな。写真でもネットの画像でもいい。ちゃんと人間の像としていったん認識してもらうのとそうでないのとじゃ、相手が親身になってくれる度合いがぜんぜん違ってくるんだよ」

と言った。

男はすこし黙ってから、「――五人家族のバランスは、なんで崩れたんですか」と尋ねた。

「親父が死んだんだ」

こともなげに、充彦は答えた。

「事故だった。高速道路で、玉突き事故に巻きこまれたんだ。事故を起こしたのが大手会社の配送ドライバーだったもんで、保険金のほかに多額の賠償金が入ったのは不幸中のさいわいだったかな。おかげで乳児を抱えた我が家は路頭に迷わずに済んだし、ぼくの学費もなんとかなったよ」

ほろ苦く笑う。

「ただ、残された家族は完全に求心力を失ってしまった。当然だよな。父は祖母にとっては娘婿であり、義母にとっては夫、ぼくと弟にとっては実父だった。ぼくらはあくまで父を中心としてまとまっていたんだ。その彼を亡くして、遺族であるぼくらは呆然《ぼうぜん》とするしかなかった」

「それで、どうなったんです」

「しばらくはふつうに暮らしたよ。祖母も義母も、人の死で掌《てのひら》をかえすような人たちじゃなかったしね」

充彦は苦笑した。

「それでも、家の中の空気は確実に一変していた。中でもいちばん浮いていたのがぼくだ。なにしろ義母はまだ若かったからね。おまけに幼な子を抱えていて、同じ屋根の下にぼくという血のつながらない男がいるんだ。気まずかったよ。お互い表面上取りつくろって、なんでもないような顔をしていたけど、実際は尻《しり》の座りが悪くてどうしようもなかったな」

だからぼくは、家を離れたんだ――と、充彦は言った。

「ちょうど大学進学の時期だった。賠償金が入ったおかげもあって、国立大なら入学費用を出してもらってもそう罪悪感はなかった。授業料はバイトで稼ぐことに決めた。ぼくは志望大学をワンランク落とし、確実に受かるだろう県外の国立文学部を一次志望にした。おかげで無事ぼくは合格した。そしてすぐに身のまわりの荷物をまとめて、これさいわいと引っ越した、ってわけさ」

「じゃあ、そのあと家に残されたのは、三人だけですか」

「そうだ」

彼の指摘に、充彦はうなずいた。

「言いわけになるが、ぼくはまだ若くて、人生経験もなくて、自分のことで手一杯だった。あの家に四人で住んでいる間、ぼくだけがあきらかに浮いていた。三人がにこやかに居間でしゃべっているのに、ぼくが入っていったら急にしんとする、なんてことも一度や二度じゃなかった。ぼくと祖母だって血がつながっているはずなんだが、女同士の連帯感の方が、なぜかそのときは勝っていたんだ。

だからぼくは、自分さえいなくなればいいと思った。近所の人があることないこと噂してるのも知っていたしね。義母とは九歳しか離れていなかった。当時十代のぼくにはとてつもない大人に見えたが、ゴシップ好きの人たちにとっては、十二分に間違いを起こしかねない年齢差だったんだ」

「いやらしい考えですね」

「まったくだ。でも、当時のぼくにはなにもできなかった。まさか近所を一軒ずつ訪ねて、ひとつひとつ噂を打ち消してまわるわけにもいかないだろう」

「いやあ、おれがその立場なら、やったかもしれないです」

憤然と彼が言う。

「だって悔しいじゃないですか。ただでさえお父さんが亡くなったばかりの家に、そんな噂で追いうちをかけるなんて。そいつらの方が絶対おかしいですよ。やましいことはないんだから、堂々としてりゃよかったのに」

「いや、それがね」

充彦は眉《まゆ》をさげた。

「やましいことはないはずなのに、背中越しにひそひそやられつづけると、なんだかこっちがいけないような気がしてきちまうんだよ。それに当時のぼくの存在が、義母の重荷になっていることは確かだったしね」

ため息をつく。

「だからあのときぼくが家を離れたことは、ある一面では正しかったんだ。そして結果的には、やはり間違っていた」

いまでも——いまでもたまに、実家を離れる前夜の夢をみることがあるよ。そう充彦は低く言った。

「夢の中でぼくは、義母から離れられることを喜んで、同時に祖母を残していくことを不安がっている。そうして現在のぼくがその光景を俯瞰《ふかん》で眺めながら、過去のぼくに声をかけなくちゃ、と悩みつづけているんだ。

行くな、残っておまえは家族を守れ、と、きっとそう言うべきなんだろう。でもぼくには言えない。夢の中ですら言えない。あの前夜の解放感を知っているだけに、現在のぼくはなにも言えないんだ。……最低だな」

語尾がかすれた。

「ぼくが家を出たから、うちは女子供だけが残された。そして、あいつらに狙われた。祖母は死んだ。義母も死んだ。弟は行方不明だ。そんな最悪の結果にまでなったっていうのに——夢の中ですら、ぼくはなにひとつできないんだ」

対面の席で、男は無言で充彦を見ている。

充彦は顔をあげた。剝《は》がれた仮面のピースをかき集め、彼はふたたび微笑を顔にかたちづくった。

「ぼくの話は、もうやめよう」

無理にでも笑顔を保ち、

「それできみは——例の、白塗りの女についてなにか聞いていないのかな」

と水を向ける。

その問いに、対面の男は眉間《みけん》へ深い皺《しわ》を寄せた。

「……彼女から、直接はなにも聞いていません。ただ、友達に『うちでいま、よその子を預かってる』、と言ってはいたようです。母親が迎えに来たから、しばらくの間だけ泊めることになった、と。と言ってもこれはまた聞きのまた聞きくらいなんで、情報としてはかなり不確かなんですが」

充彦はしばし考えこみ、口をひらいた。

「ぼくが把握できた最後の事件から一年ほど間をあけて、例の女はこの町へ出没したようだ。とはいえほんとうにその間彼女がなにもしていなかったという保証はない。長いスパンで追ってはいるが、あの女に対してはまだまだ不明な点が多いんだ」

「でも、話を聞く限りでは——その、そうとう目立つ異様な女なんでしょう？　だったらあちこちでもっと目撃情報があってもいいんじゃ」

と言いかけ、はっと男が膝《ひざ》を打つ。

「いや違う、白塗りは変装のためなんですよね。なに言ってんだろう、おれ。顔洗ってぱーっと化粧落としちまえば、それだけでもう誰かわからなくなるんだもんな。手袋だって指紋をとられたくないからだろうし。そうだよ。そのためにきっと、ふだんはおかしな格好して、それを印象づけてるんですよね」

「いや」充彦は首を振った。

「たぶん、違うと思う」

「なんでですか」

彼が目を見ひらく。

「犯罪者がわざわざ人目につくような格好するって、逃走後のことを考えてる以外に理由ないでしょう。えーとほら、なんだっけ。警官の格好して銀行の金を強奪した昔の事件——あれも、目撃者が『白バイ警官だった』ってことしか覚えてられなくて、結局迷宮入りになったんじゃなかったですか」

「有名な、府中《ふちゅう》の三億円事件だね」

と充彦はうなずいて、

「確かにきみの言うことは一理ある。ほくろや痣《あざ》などの目立った特徴があると、人間はそこを優先的に記憶してしまうものだ。でもおそらく山口葉月の場合は、どうやら変装とかカムフラージュだとか、そんなものではないようなんだ」

と言った。

「ぼくは、彼女の犯行を約二十年前まで遡《さかのぼ》ることができた。それでわかったことは、初期の事件では彼女はまだ『厚塗りではあるものの、水商売に多い、まだ常識の範囲内の化粧』であり、服装もふつうだったそうだ。

ちなみに当時彼女はゲイバーで働いていたらしい。生粋の女性でありながら『性転換手術を済ませたニューハーフです』と自称し、接客だけでなくかなりきわどい脱衣ショウまで引きうけていたそうだよ」

当時の山口葉月を覚えているゲイバーの元ホステスはこう証言した。

「水商売を転々としてる子で、壊れた子なんてべつにめずらしくないんだけどさ。でもなんでか、あの子のことはよく覚えてるなあ。

自分のなにもかもが嫌いみたいだった。顔にも体型にもコンプレックスあったみたいね。ま、無理もないわ。とにかく不格好な子だったもん。全体に骨太で、ずんぐりっとしてさ。まあそうでもなきゃ、なかなか生まれつきの女はこっちの店に入ってこないけど。ほら、あたしらもあたしらで生存競争激しいし、嫉妬《しっと》も多い業界だしね。マジもんの女なんかに来られたって、迷惑なだけなのよ。

でもあの子は『全身整形するんです。だからそのためにお金いっぱい稼ぎます！』って、ぜんぜん悪びれなかったね。あたしらオカマでもドン引きするような、えげつない仕事でも全部受けてさ。え？　ううん。正直、気持ち悪かった。あれはないわ。人間ってあそこまで落ちれるんだーって、ある意味感心しちゃったわよ、マジで」

また、他県の繁華街で同僚だったという六十代のホステスは次のように語った。

「うん、整形マニアだったねえ。うちの店にいる間だけでも、大きいのもちいさいのも、手術は何十回もやってた。でも何回しても気に入らなかったみたいよ。それどころか、やればやるほど厚化粧になっていって、『こんなんじゃない、こんなんじゃない。あたしはもっときれいになれるはずなんだ』って、ぶつぶつぶつぶつ言ってたっけ。あれって完全やばいでしょーって、店でもみんな遠巻きにしてたくらい。え、名前？　源氏名じゃなくて本名？　さあ、知らない。でも『本名は平凡で嫌いだから捨てたんです』って言ってたな。みんな興味ないから、訊《き》きもしなかったけど」

さらに県をまたぎ、葉月とともに一時期非合法のホテトル嬢をやっていたという女は、充彦に万札を握らされて、まわらぬ呂律《ろれつ》でこうしゃべった。

「本名？　あー、聞いた気もするけど忘れた。でもトメとかカメとか、なんかその手の婆《ばば》くさい名前だったはずよ。あの人ってうちらの母親くらいの歳だったけどさ、そんでもそのセンスってありえないでしょ。なんていうか、よっぽど親に邪魔にされてたんだなーって、その名前聞いただけでも丸わかりだったよね。

でもあたし、最初のうちはけっこうよくしゃべったんだ。んーと、なんていうか、第一印象すっごくいいの。化粧超厚いし、見た目からしてやばいんだけど、それでもほんのちょっとでも口きくと『やだ！　この人いい人！』って思っちゃうんだよね。なんだろーなあ、声がいいっていうか、しゃべりかたとか言葉の選びかたがうまいの。なんだかわかんないうちに、あーこの人いい人かも、って思わされちゃうのよ」

また病院の待合室で彼女と知り合い、しばらく同居した末に二百万近くの貯金をだましとられたという女は、以下のように証言した。

「とても子供好きな人でした。そのときはわたし、彼女に心酔していましたから、よその子供にも親切にできるなんてほんとうにいい人なんだと思っていたんです。でもあとから思いかえしてみると、態度や言葉の端ばしがはっきりと変でした。なぜ当時気づかなかったのか、不思議なくらいです。――彼女はいつもこう言ってました。『子供が好き。ちいさければちいさいほどいい。この子はわたしが世話しなきゃすぐ死んじゃうんだと思うと、たまらない気持ちになるの』『ほんとうの子供？　そんなのいらない。気味が悪い。血のつながりなんて、ろくなもんじゃない』――って」

そこで言葉を切り、充彦は口をつぐんだ。

閑散とした喫茶店に、沈黙が落ちる。

「あなたの話が、ほんとうなら」

つかえながら、充彦の向かいに座った男は言った。

「そいつはそうとう危険な女ってことですよね。だったらこんな店で、悠長にコーヒーなんか飲んでる場合じゃないでしょう。もっと、なんていうか……積極的に、なにかしら動くべき局面なんじゃないんですか」

指を組んで、充彦はうなずく。「うん、そうなんだ」

「そうなんだって――」

「だからきみをこの喫茶店に連れこんで、ぼくはきみの知っている情報を聞きだそうとしてる。山口葉月の足跡が途絶えてから、約一年の間があいている。葉月らしい女の目撃情報を得られたのは、ほんとうにひさしぶりなんだ」

充彦は深ぶかと頭をさげた。

「だから、頼む。きみの知っている情報をなんでもいいから教えてくれ。ぼくの持っている情報は吐きだした。だから代わりに、お願いだ。切羽つまっているんだ」

このとおりだ――とテーブルに額を付けられ、

「やめてください。あの、顔をあげてください」

と男は渋面で手を振った。

そうして彼は話した。

皆川美海が冬季休業に入るのを待たず、学校を休みはじめたこと。その直前に彼女の友人グループに「家族旅行に行くから、しばらく休むね」とメールが送られてきたらしいこと。以後、美海とはまったく連絡がつかなくなったこと。彼がその件について訊いてまわっても、

「旅行だからでしょ。あたりまえじゃん」

「メールが宛先《あてさき》不明でかえってくる？　そのうちアド変の連絡来るでしょ」

と誰も心配していないということ。

ただ彼女のクラスメイトの結衣だけが、

「最近ずっと、美海は様子がおかしかったんだ。こっちの思いすごしならいいんだけど、もしそうでなかったらって思うと、怖くていろいろ考えるのをやめられないの。だからお願い。もしよかったらあの子の家まで、見に行ってくれないかな」

と、はじめて見るような顔で懇願してきたこと、等々——。

あらためて彼は、充彦を正面から見やった。

「……教えてください。おれはいったい、彼女のためになにができますか。あなたの話じゃ、事態はきっとかなり進んでるんですよね。だったらおれにできることは、まだ残されているんでしょうか」

岩島尚基は、そう食いつくように言った。

第四章

1

カーテンの向こうが仄《ほの》明るい。

また雪が降ってきたんだ、と美海は思った。

ゆき、ゆき、と口の中でつぶやく。眠っていないせいで頭が朦朧《もうろう》としていた。こうして浮かんだ単語を繰りかえして、意味と存在とを確認するのが癖になりつつある。そうでもしていないと、言葉ごと忘れてしまいそうで怖かった。

葉月に「なにもかも話して。いままであったこと全部」と強いられ、美海はこの数日、記憶を総ざらえしてしゃべりつづけていた。

話が尽きると、また最初から繰りかえしなさいと命じられた。

一言一句同じように話さなければ、物差しの鞭《むち》が飛んできた。まるで生きたボイスレコーダになったみたいだ、と思った。ボタンを押したら再生するように、撲《ぶ》たれたら同じ話を再生するだけの、息をする機械。

二度目の再生はスムーズにいった。三度目は慣れもあってか、さらにすんなり話すことができた。

しかし七度、八度と繰りかえすうち、美海は己の異変に気づいた。ときおり、ふっと言葉が出てこなくなるのだ。声が嗄《か》れただの、喉《のど》が痛いだのといった器質的な問題ではない。頭の中にぽっかりと空白ができるのである。

あれ、この単語はなんだっけ。これをなんて言いあらわせばいいんだっけ。わたしのしゃべってるこの言葉、ほんとうにこんな意味だったっけ。

いったんそう思ってしまうともうだめだった。全身から汗が噴きだし、鼓動がどくどくと速まった。発作じみたパニックで、手足が震えだすことすらあった。

——わたし、だめになりかけてる。

脳裏に浮かんだその思考を、美海はかぶりを振って払い落とした。

そんなことはない。大丈夫。まだまだ大丈夫。きっと誰か来てくれる。異変に気づいてくれる人が、どこかに絶対いる。

だって、うちの家族が誰も外へ出なくなって、父も帰ってこなくて、他人の葉月と圭介だけが我がもの顔で家を出入りしている。誰が見たっておかしな話だ。噂ばなしのネタにするだけじゃなく、通報すべきではと思う人が、近所にきっとひとりくらいはいるはずだ。

——だから、それまで持ちこたえなくては。

舌先を嚙《か》み、いま一度口の中で「ゆき」と彼女は繰りかえした。

そう、雪。冷たくて白い。視界いっぱいに降り積もる。子供の頃からずっと見て、見慣れているはずのもの。雪。

「そうね、雪ね」

鼻先で声がする。舐《な》めたら甘そうな、とろけるような声だ。

「じゃあ次は冬の記憶がいいわ。冬で、あなたは中学生。さあ話して」

声がうながしてくる。条件反射のように、美海は唇をひらく。

冬。中学校。うっすらと情景が浮かんでくる。古びた木造の校舎の、長い長い廊下だ。

向こうから誰かやって来る。美海は目をすがめる。

「……おまえ、皆川琴美の妹なんだってな」

いきなりそう呼びとめられた。

「え。あ、はい」

戸惑いながら、美海は顔をあげる。目の前に、顔も名も知らない教師が立っていた。

「成績はいいのか」

「は？」ぶしつけな問いだ。相手が教師とはいえ、すこし美海はむっとした。

「ふつうくらい、だと思いますけど」

「そうか」

教師は顎《あご》を撫《な》でた。吐息にニコチンがきつく臭った。

「おまえの姉さんは優秀だったぞ。そうか、ふつうくらい、かあ」

いわれのない悪意を彼は全身から発散していた。言葉とは裏腹に、彼が琴美を嫌っていたことがいやでも伝わってきた。

「ふつうくらい。ふん、ふつうくらいじゃ、話にならんなあ」

彼の口がふたたびひらきかけた瞬間、チャイムが鳴った。助かった、と思った。

「失礼します」と小声で告げて、美海はその場を早足で去った。背中に視線が突き刺さるのがわかったが、最後まで振りかえらなかった。

古い記憶は、またべつの記憶をも想起させる。呼び起こす。

あれは美海が三年生のときだ。体育の授業の帰りだった。彼女は学校指定のジャージ姿で、グラウンドから更衣室に向かって歩いていた。

汗で全身が濡《ぬ》れ、一刻も早く着替えたかった。角を曲がったところで、一年生らしき女子数人とすれ違う。背中越しに声が聞こえた。

「ほら、あれ、皆川さんのお姉さんだよ」

「うっそ、ほんとにいたんだ」

「またお得意の嘘かと思った」

ま、どうでもいいけど、と意地の悪いひそひそ笑いがあとにつづく。美海の顔が、思わず赤らんだ。

おそらくは亜佑美のクラスメイトたちだろう。彼女たちにしてみたら嘲笑《ちょうしょう》の対象は亜佑美であって、美海を笑ったつもりはなかったのかもしれない。

でも、恥ずかしかった。泥の礫《つぶて》をすれ違いざまに投げつけられたような屈辱を感じた。

「それで、あなたはどう思ったの」葉月が問う。

「腹が立ちました」

「誰に？」

葉月の問いに、すこし美海は黙る。そして答える。

「あの教師に。一年生の女の子たちに。それから――お姉ちゃんと、亜佑美に」

――やめてよ。わたしに関係ない。

あなたたちのことはあなたたちで解決して。姉妹だからといって、わたしを巻きこむのはやめて。家でのことはいつだって譲っているでしょう。学校でまで、わたしの領域を侵さないで。そう思った。悔し涙が滲《にじ》んだことさえ、あざやかに覚えている。

ふいに、美海の膝《ひざ》ががくりと崩れた。

――そうだ、わたしは立たされていたんだった。

倒れそうになって、あらためて知覚する。

窓の外がもっと明るかった頃、言い間違いをして葉月に立たされたのだ。いったいあれから何十分立っていたんだろう。それすらもうわからない。

腿《もも》に痛みが走った。

物差しで打たれたのだ。美海は呻《うめ》いた。耳もとで葉月の声がする。

「いつ、座っていいと言ったの」

「すみません」

「言った？　言ってないわよね。だってわたし、言った覚えがないもの」

「すみません」

「幻聴でも聞こえた？　あんた、そろそろおかしくなってきちゃったんじゃないの」

「すみません」

美海は機械的に繰りかえした。ほかに言える言葉がなかった。

ああそうだ、きっとわたしはおかしい。だってこんな状態で、おかしくならないわけがない。そうでないとしたら、それは最初からおかしいやつだけだ。

その後もたて続けに二度、美海は叩《たた》かれた。

そしてようやく座ることを許され、ビニール袋に入った食パン一枚と、牛乳パックの食事を与えられた。

食欲はまるでなかった。なのに、パンを見ると勝手に唾液《だえき》が湧いてきた。がつがつと貪《むさぼ》るようにパンを嚙みくだき、牛乳で流しこむ。

さいわい渇きの問題はなかった。美海の腰に括《くく》られた紐《ひも》はかろうじてトイレに行ける長さに調節されており、真横の洗面所にも行くことができた。飲料水の量については、まだ誰にも制限されていなかった。

――いまはまだ、その段階じゃないと見なされているんだ。

つまり彼らが飲み水まで支配するようになったら、終わりが近いということだ。ふいに浮かんだその考えに、一瞬背中がひやりとした。

途端、食パンが喉に詰まる。美海は咳《せ》きこんだ。慌てて牛乳パックを持ちあげ、喉の塊ごと飲みくだした。縛られた手では、この程度の動作でも容易ではなかった。

「吐かないでよ」

ぴしゃりと葉月が言った。

「嫌いなの。吐いたりくだしたり、そういうの大嫌い。見たくないのよ。寝ないで弱ってくると、みんな最後には消化器官にくるのよね」

苛立《いらだ》たしげに顔をそむけ、

「あんたは運がいいわ」と彼女は言った。

「吐いたものをまた食べさせられた人だって、いっぱいいたのよ。でもあんたにはまだ、そこまではさせない。――まだね」

そう言い捨て、葉月は部屋を出ていった。

代わりに入って来たのは琴美と亜佑美だった。

ふたりとも昨日見たときよりさらに顔いろが悪い。とくに琴美は、いまにもふらっと倒れてしまいそうだ。

あんなになるまで、なぜ姉はあいつらに従っているんだろう、と美海は思った。だが、声に出して訊《き》く気にはなれなかった。

窓ガラスを、なにかが小刻みに叩く音がする。目をあげると、霰《あられ》だった。

──気温がさがってきたんだ。

ということはもっと自分が弱ってきて、ほうっておいても逃亡の恐れがなくなったなら、葉月は暖房を切ってしまうかもしれない。寒さ。飢え。渇き。美海を痛めつける方法は、まだいくらでもあった。

美海はぼんやりと前方を見ていた。琴美と亜佑美が、また睨《にら》みあっている。

なぜだろう、と美海はいぶかる。ふたりともわたしの監視役としてこの場にいるはずだ。なのになぜ、姉も妹もわたしを無視していがみあっているんだろう。

──なぜって、この家じゃおまえは空気だからだよ。

ふと、そんな暗い声が心に忍び寄る。

こんな事態になってさえ、誰もおまえのことなんか見やしないんだ。葉月にさえ、最後の最後までほうっておかれていたじゃないか。おまえは誰にも相手にされないんだ。家の外で道化を演じてはしゃいでいない限り、どうしたっておまえは透明人間なんだよ
──と。

美海は知らなかった。葉月が亜佑美になにを吹きこみ、どう圭介が琴美をそそのかしたか、知るよしもなかった。

三者三様の思いを抱いたまま、姉妹はその一室に身を固くして座りこんでいた。

皆川亜佑美は「琴美はわたしの悪口を言っている」と被害妄想を抱いていた。

わたしの見ていないところで、きっと葉月さんにわたしの悪口を吹きこんでるんだ。葉月さんとわたしの仲を嫉妬《しっと》しているんだ。そうに決まっている。琴美ちゃんは昔から、そういういやらしい人だった。

亜佑美は小学生の頃からずっと「クラスメイトに陰口を叩かれる」こと、「仲間はずれにされる」ことを恐れていた。現実にクラスの輪から弾《はじ》かれ、嫌われ者となってからはなおさらだった。

ろくに眠らせてもらえなくなると、人は心が不安定になる。被害妄想、強迫性障害、幻聴、幻覚。鬱《うつ》状態に陥る者もいれば、逆に一日中べらべらとしゃべり、突然大声で笑いだす者もいる。

亜佑美の場合、まっさきに起こったのは被害妄想だった。それも「悪口、陰口」に集中していた。少女は五つ上の姉が自分を憎んでいると信じ、それは嫉妬ゆえだと結論づけた。だから同じだけ、亜佑美も琴美を嫌った。

憎まれたら憎みかえす、嫌われたら嫌いかえす。それが彼女の処世術だった。そのせいではずれ者になってきた過去については、もはや思いいたることもなかった。

皆川琴美は「亜佑美はわたしを殺そうとしている」と被害妄想を抱いていた。

亜佑美よりずっと以前から眠らず、ほとんど飲まず食わずの生活を送ってきた彼女の状態は、ふたりの妹に比べはるかに重篤だった。

――亜佑美がわたしを睨んでいる。

胸中で琴美は暗くつぶやいた。そうだ、あれはわたしの隙を見はからってるんだ。いま髪を払った。あれは「ちょっとでも動いたら、飛びかかってやる」ってサインなんだ。

亜佑美が口をひらいた。「なに見てるのよ」

ほら、攻撃してきた。思ったとおりだ。

「べつに、なにも」

「嘘、見てたじゃない」

挑発にのっちゃだめだ、と琴美は己に言い聞かせた。

こいつはこうしていちゃもんを付けてきて、言質を引きだし、自分に正当性を持たせようとしてるんだ。殺したあとで「あっちが悪いのよ、だって」と言いわけするつもりなんだ。誰がそんな思惑になんか、のってやるもんか。

「言いたいことがあるなら、はっきり言えばいいじゃない」

亜佑美が蒼白《そうはく》な顔で怒鳴りつける。つばの飛沫《しぶき》が顔にかかった。琴美は顔をしかめ、そっぽを向いた。

「なにもないって言ってるでしょう」

「はあ？　よく言うよ。それがなにもない人の目付きなの」

いなしても無駄か。琴美は内心で舌打ちした。

しつこいったらない。この子ってほんと、気持ち悪い。かわされてもこうやって追いすがって絡むから、クラスのみんなに嫌われるんだろうな。小心なくせに偉そうで、いつだって上から目線で。ああいやだ。鬱陶しい。苛々する。

「くどいのよ。馬っ鹿みたい」

琴美は吐き捨てた。

亜佑美の顔いろが変わった。「馬鹿とはなによ」

「馬鹿は馬鹿でしょう。あんた、最近鏡見た？」

煽っちゃだめ、と心の隅で警告音が鳴る。でも、止まらない。目の前の相手を、敵を、言い負かしたくてたまらない。

琴美はせせら笑った。「見てみなさいよ、いまの自分の顔」

「なにを……」

「まともな人間の顔してないわよ。中身だけじゃなく、見てくれまでおかしくなっちゃったのね。だからあんたはひとりなのよ。いまのあんたを見たら、誰だって一目で逃げだすわ」

亜佑美の目が、瞬間的にぎりっと吊《つ》りあがる。

「あんたが言うな、この――」

妹の口がかっとひらくのを琴美は見た。裂けた口中は、いまにも火が付きそうに真っ赤だった。きつい悪罵《あくば》が石礫《いしつぶて》のように、次から次へ投げつけられる。痛い。胸に脳に、尖《とが》って刺さる。

ほら来た、と琴美は思った。

――来た。攻撃だ。

美海は唖然《あぜん》と、眼前ではじまった姉妹の争いを眺めた。

「ちょ……ちょっと、やめてよ、ふたりとも」

うろたえる美海の声など、琴美にも亜佑美にも届いていないようだ。ふたりとも目が血走っている。怒鳴り、わめき、歯を剝《む》きだしている。形相が変わっていた。

「やめて。やめてってば！」

美海は立ちあがって叫んだ。

首を曲げ、ドアを振りかえる。葉月か圭介か、誰でもいい、騒ぎを聞きつけて止めに入ってくれないかと願った。

亜佑美が鉤爪《かぎづめ》のように曲げた指で、琴美の顔を搔《か》きむしった。琴美の頰に、赤く血の混じった縦線がいくすじも走る。

琴美は唸《うな》り声をあげ、妹の横っ面を拳《こぶし》で殴りつけた。ものも言わず、亜佑美の体が壁まで吹っ飛んでいく。

数秒、亜佑美は動かなかった。

もしや、と美海は思った。背中を冷や汗が流れる。

妹が首をもたげ、よろよろと立ちあがったときは安堵《あんど》さえ覚えた。だが亜佑美は息つく間もなく、ふたたび琴美へ飛びかかっていった。

琴美が押し倒される。ふたりの体がもつれあう。

「この……──よくも……」

「……うるっさい──あんたなんか……」

言葉にならない罵声が飛びかう。組み敷き、殴りかかり、かと思えばはねのけられる。一方が上になり、また一方が下になって、床の上を転げまわる。

だが、体重で勝る琴美にやはり利があった。

亜佑美に馬乗りになると、琴美は真上から妹の顔面を容赦なく殴りつけた。二度、三度と、肉のひしゃげる音がつづく。

美海は悲鳴をあげた。

「やめてよ、お姉ちゃん。やめてったら──」

だが、姉がやめないことはわかっていた。

なぜなら姉は笑っていた。見たこともないようなにたにた笑いを横顔に貼りつけ、彼女は躊躇《ちゅうちょ》なく末妹に拳を振りおろしていた。

美海はきつく両目をつぶった。そのまま、渾身《こんしん》の力で姉に体当たりした。

亜佑美の上から姉が転げ落ちる。妹の顔が見えた。鼻の骨が潰《つぶ》れ、顔が真っ赤に染まっている。鼻血で窒息しかけているのか、息も絶え絶えだった。

「あゆ──」駆けよろうとした瞬間、美海はひるんだ。

妹の目が、いまだまっすぐ琴美を睨《にら》んでいたからだ。

そしていましも起きあがろうとする姉も、同じく亜佑美だけを睨み据えていた。

彼女たちの眼には、お互いしか見えていないのだ。それを悟って、思わず美海は動きを止めた。

亜佑美は立ちあがりかけていた。しかし琴美はすでに立ちあがっていた。体勢だけでも、すでに姉の有利は確かだった。

「お姉ちゃん、やめて——」

制止する美海の声など、彼女の耳には届いていなかったに違いない。

琴美はなんのためらいもなく、不安定な姿勢の亜佑美を両手で思いきり突いた。大きく亜佑美の体が傾いだ。

美海の学習机の角に、亜佑美の後頭部が鈍い音をたてて打ちあたった。

一瞬、亜佑美の体が大きく跳ねる。

それきりだった。

亜佑美は目を見ひらいたまま、空気の抜けたゴム人形のようにずるずると床にくずおれていった。

数秒、静寂が部屋を支配した。

美海は絶叫した。

肩をぶつけてドアをはねとばし、廊下へ走り出る。腰の紐《ひも》が届くぎりぎりの範囲まで行き着くと、美海は叫びながら床を踏み鳴らした。

「来てよ——来て——誰か——」

来て。葉月でも弟でもどっちでもいい。早く来て。どうでもいいときはいつもいるのに、なぜこんなときに来ないのよ。ちくしょう、なんなのあんたら。この化けもの。屑《くず》。人ごろし。

涙で視界が滲《にじ》んだ。嗚咽《おえつ》で喉《のど》が、全身が揺れる。

数分後、駆けつけたのは圭介だった。

亜佑美は床に大の字に転がっていた。その横に琴美が、うつろな目で座りこんでいた。圭介が大きなため息をついて顔を覆うさまを、美海はただ冷ややかに眺めた。

亜佑美は死んではいなかった。だが、昏睡《こんすい》は数日つづいた。

弟から報《しら》せを受けた葉月は、まっさきに「一一九番はしない。病院には連れていけないし、行かせない」と一家に宣言した。

理由は「家族のため」であった。

「亜佑美さんを医者に診せられないわけは、あなたもわかってるでしょう」

と彼女は琴美に言い、

「だってあの録音があるんだものね。病院は亜佑美さんの怪我を見て、きっと警察へ連絡するわ。警察はあなたの声の録音を聞けば、きっとすぐにすべてを悟ってしまう。あなたが亜佑美さんを憎んでいたことも、殺意をもって亜佑美さんを突きとばしたことも、なにもかも全部」とささやいた。

その問いに、まだ茫然《ぼうぜん》自失ながらも琴美はかぶりを振った。

「捕まりたいの」

葉月はかすかに笑う。

「そうよね、もちろんよ。わたしだって家族から犯罪者を出したくなんてない。亜佑美さんのことは可哀想だけれど、身内を売るわけにはいかないもの。彼女だってきっとわかってくれるわ。こんなときこそ、家族は一丸とならなくちゃいけないってね」

亜佑美が怪我を負ったことは、母親の留美子へも報せがいった。

「例の証文があるから、怪我がおおっぴらになったら疑われるのはあなたよ」

と葉月は彼女に同じく言い聞かせた。

例の証文とは、留美子が家族に対して吐きちらした愚痴を書きつけた紙へ、署名捺印《なついん》させただけのしろものだ。しかし極限まで判断能力の低下した留美子は、その脅しをたやすく信じた。

葉月はさらに、留美子が軽犯罪について告白した証文まで出してきた。

「ねえ、こんな文書を見たら、誰もあなたがまともな人間だなんて信じないわよ。警察も、あこの女は犯罪者なんだ。だったらどんなことでもやるだろう。愛してもいない娘を殺すことだってやりかねない。きっとそう思うわ」

彼女の耳朶《みみたぶ》に、ねっとりと葉月は吹きこんだ。

「ねえ。だってあなたはしょせん、こんな人間なんだもの」

拇印《ぼいん》を押した証文を、目の前で振ってやる。留美子は無言でうつむいたきりだ。

「誰も信用しないわ。するわけがない」

葉月は勝ち誇った声で言った。

すぐ横に立つ朋巳の硬い表情には、彼女はみじんも気づいていなかった。


その頃、美海はひとり、おびえに包まれて部屋で座りこんでいた。

誰も彼女に、亜佑美がどうなったかを知らせてはくれなかった。琴美のその後のことも、教えてくれる者はいなかった。

彼女は不安に押しつぶされ、疑心暗鬼にかられ、恐怖におののきながら、ひたすらに待っていた。「誰を」「なにを」かは彼女自身にもわからなかった。

誰であろうとよかった。玄関のドアを開けて、そして「なにがあった」と訊《き》いてくれる者。警察か、近所の誰かか、それとも、絶対ありえないけれど学校の誰か。

美海は待った。いまできるのはただ、待つことだけだった。

カーテンの外が仄《ほの》かに明るい。風で窓が鳴っている。

「――かぜ。ゆき……ゆき」

うつむいたまま、ぶつぶつと美海は繰りかえす。

正気を保つため、いままでの記憶をひとつひとつ掘り起こす。思い浮かべては、脳裏に刻む。

あちこち空白があいて思いだせないけれど、まだ大丈夫だ。そう、きっと大丈夫。まだ頭が働く。わたしはまだ、自分の力で判断できる。

──忘れてなんかいない。まだ、思いだせる。

いちめんの菜の花畑。あったかい両手。

──両手。

次の瞬間、美海の首ががくりと落ちた。

失神同然に、彼女は短い眠りに落ちていった。

2

葉月は苛々《いらいら》と、しきりに左手袋の端を噛《か》んでいた。

右手は、とうに解約してしまった携帯電話をせわしなくいじっている。オフホワイトのボディに、星形のイヤホンジャックアクセサリー。

美海の携帯電話だった。

机の抽斗《ひきだし》に入れっぱなしになっていたものを、本人の目の前で没収してきたのだ。

ロックはとうの昔にはずしていた。譫妄《せんもう》状態になった美海から、無理やりにナンバーを聞きだした。以来、暇さえあれば彼女はその携帯電話を手の中でもてあそんでいる。

——なぜ、うまくいかないのだろう。

口の中で舌打ちした。

どこで失敗したのだろう。やりすぎたのか。でも途中で手綱を緩めるわけにはいかなかった。できる限りうまくやったつもりだったのに、どうして。

飴《あめ》をやりすぎれば支配力を失う。鞭《むち》をくれすぎれば、相手が壊れてしまう。壊してかまわないのなら、話はおそらく簡単だ。いままでのようにやればいい。中に食いこんで、食い荒らし、なにもかもぶち壊して、危なくなったら放り捨ててさっと逃げる。それだけのことだった。

過去の光景が、まぶたの裏にフラッシュバックする。

糸玉がほどけるように、目の前でたやすく崩壊していったいくつもの家族。いったん壊れてしまえば、歯止めはきかなかった。命じられるままに子は親を殴り、親は子を踏みにじった。お互いにお互いを監視させ、憎ませあった。親子間だけではない。夫婦でも、きょうだいでも同じことをさせた。

手口はいつも共通していた。まず懐にもぐりこむ。相手の望むようにふるまい、相手の欲しがる言葉をくれてやる。

信頼をかち得たところで支配力をすこしずつ強め、彼もしくは彼女にとって、葉月はなくてはならない存在なのだと思いこませていく。

話させる。なにもかもをしゃべらせ、吐きださせ、ぶちまけさせる。胸の中に隠した秘密も愚痴もなにもかも、葉月と共有すべきなのだと思わせる。

なぜか彼らは一様に孤独だ。そばに家族がいようと、友人知人が何人いようとも、

「こんな悩みは誰にも打ちあけられない」

「弱いところを見せて、配偶者や子供やきょうだいを幻滅させてはならない」

と思いこんでいる。吐きだしたくてたまらない澱《おり》を身の内に抱えこみ、それでいていつか吐きだす日を心ひそかに待ち焦がれている。

胸の秘密をぶちまける、というのは気持ちのいいものだ。

解放感。くびきから解きはなたれ、何年ぶりかに四肢を自由に伸ばせたような感覚。掘った深い穴の底に向かって、王様の耳は驢馬《ろば》の耳、王様の耳は驢馬の耳、と叫んだ床屋はさぞ爽快《そうかい》だったろう。

高揚感に包まれ、人は朝までしゃべりつづける。葉月はそれを聞く。相槌《あいづち》をうち、笑い、ともに怒って、彼らの気持ちに寄り添う。そして、もっともっととせがむ。

もっと聞かせて。もっと話して。いくらでも聞いてあげる。いくらでも受けとめてあげる。だからあなたの中に入らせて。もっと。もっともっともっと。

彼らは眠らない。眠らないのではなく、眠らせてもらえないのだと気づくのは、ずっとあとになってからだ。

睡眠を削ることによって、彼らは覿面《てきめん》に精神の均衡を崩していく。

ある者は躁《そう》になってはしゃぎ、ある者は鬱《うつ》になってふさぎこむ。しかし最終的にはみな、一様に無気力になる。自分の頭でものを考え、自分の意志で動くことを放棄し、葉月の命令を聞く方が「楽だ」と思いはじめる。

その段階をさらに過ぎると、従う理由が「楽だから」ではなく「それが正しいから」に変わる。

「葉月さんの言うことが正しい」

と、自分で自分に言い聞かせるようになるのだ。不自然な環境に、弱った脳が順応しようとあがきだすのである。

葉月が書かせた証文が生きるのは、この時期からだ。外界では鼻紙にも使えないようなくだらない証文の価値を、彼らは頭から信じる。これがある限り、葉月の膝下《しっか》から逃れられないのだと無垢《むく》な赤子のように信じこむ。

「あなたはこんな薄汚い人間なのよ。ほら、ここに証拠がある。あなたの字で、あなたの拇印じゃない」

「逃げても無駄よ。警察も親戚《しんせき》も友達も、誰もあなたの言うことになんて耳を貸さない。だって、ほら。これを見て。こんな醜い人の言うことを、いったい誰が信用するっていうの」

せせら笑う。鼻で笑って、笑いのめして、嘲笑《あざわら》う。限界まで弱って細った神経に、嘲笑《ちょうしょう》ほど効くものはない。彼らは打ちひしがれ、いっそう無気力になり、無抵抗になる。

葉月は思いかえす。

極寒の部屋で、下着一枚で何日も何日も正座させられていた女。洩《も》らした汚物を自分の舌で始末しろと命じられた男。生後十箇月の赤ん坊の首を絞めることを強いられた女。命令のままに、頬骨が陥没するまで我が娘の顔面を殴打しつづけた男。兄弟や姉妹間で交わされる憎悪の眼。愛情を失い、殺意を抱くまでになった夫婦。錯乱した男女の声。悪臭。腐臭。嘔吐《おうと》物。糞便《ふんべん》。血まみれの浴室。

葉月はかぶりを振った。

――あんなのは、もういや。

あれはしない。二度と見たくない。だから、この家ではしないと決めた。

確かにいつもの手口は踏襲した。証文もとった。でも証文は、あくまで保険のつもりだった。使わずに済むならそれに越したことはなかった。

――でも、亜佑美が。

ぎりっと葉月は手袋を噛む。布地がほつれて裂けたが、もはや意識の外だった。

亜佑美がああなってしまってはしょうがない。使える手はいくらでも使おう。こうなっては誰もこの家からは出さない。逃がさない。

――なぜうまくいかないの。わたしはただ、おうちが欲しかっただけなのに。

つぶやきを落とすと同時に、部屋のドアがひらいた。

はっと顔をあげる。隙間から顔を覗《のぞ》かせたのは、圭介だった。

「なに」

葉月は眉根《まゆね》を寄せた。

「ノックくらいしなさいよ」

思わずきつい声が出た。しかし圭介はそれを無視し、目線をそらしたまま言った。

「……やめようよ」

「は？」

「ぼくたち、やりすぎたみたいだ。もうやめよう。誰も彼も弱っていくばかりだし、このままじゃ全員死ぬかもしれない。ねえ、やりかたを変えようよ。いま変えるのがむずかしいのはわかるけど、でも」

「じゃあ、どうしろっていうの」葉月はさえぎった。

「変えろと言うなら、あんた、代わりの案を出しなさいよ」

ぐっと圭介は黙った。

彼の青ざめた頬を、葉月は冷えた眼で見つめた。そう、彼がなにも言えないことも、できないこともわかっている。だってわたしたちは、ずっとこうやってきたのだ。いまさらどうしようもない。ほかのすべを知らない。

「まさか、みんな殺す気じゃないんだろう？」

彼はおもねるように言った。

「違うよな？　だって最初に決めたじゃないか。ずっと住める家にしよう。ぼくらの安住の地にしようって」

「ええ、言ったわ」

「だったらこの家でいいじゃないか。ここでこの家族とうまくやっていこうよ。そのためにもうすこしみんなの扱いをよくして、仲良くやっていけるよう――」

「亜佑美はどうするの」

その問いに「それは」と彼が口ごもる。

葉月はぴしりと言った。

「甘っちょろいことばかり言わないで」

まったく、なぜ彼はこうなのだろう。そもそも彼がもっとしっかりしていてくれれば、わたしだってここまでやらずに済んだのだ。なのになぜ自分だけが被害者のような顔をして、平気でわたしばかりを責めてくるのだろう。

彼に比べたら、朋巳の方がよほど頼りになる。あの子はすくなくともこんな弱音を吐いたりしない。あの子になら、ひとりで留美子をまかせておいても安心できる。

しばしの間、気まずそうに圭介はその場に立ちつくしていた。

やがて、おずおずと口をひらく。

「……ここんちの旦那《だんな》さん、どうしてるの」

「まだ女のところよ」

そっけなく葉月は言う。

「大晦日《おおみそか》には帰らなくちゃな、なんて暢気《のんき》なこと言ってるから『いいんですか。いま帰ったら針のむしろですよ』って釘《くぎ》をさしておいたわ。でももしほんとうに帰ってくるようなら、なにか手を打たなくちゃね」

「手を打つって、なに。どうする気」

「うるさいな。そのときになったら考えるわよ」

しっ、と犬を追いはらうように葉月は手を振った。圭介はなにかを言いかけた。だが結局は口を閉じ、おとなしく部屋を出ていった。

静かにドアが閉まる。葉月は長い長いため息をついた。

――まったく、頼りにならないったら。

でもこの先なにか力仕事が必要になれば、圭介に頼むしかない。ほかに人手はない。もし父親が帰ってきたら、そのときもあの子にひと働きしてもらわなくちゃならない。

ああもう、考えることが多くていやになる。なんでわたしだけが、こうもひとりでいろいろ背負いこまなくちゃならないんだろう。

葉月は目のふちを拭《ぬぐ》った。なんの気なしに指を見て、ぎょっとする。

手袋の先が、ほんのわずかに濡《ぬ》れていた。

窓の外で、木枯らしが笛のような音をたてて吹き過ぎていった。

美海は夢とうつつの狭間《はざま》にいた。

いったいどれほどの間起きて、どれくらい眠ったのだろう。いや、いま自分が眠っているのか、起きているのかも判然としない。

意識が波のようにたゆたっている。揺れて、ざわめいて、打ち寄せては引いていく。

ふと、かたわらに人の気配を感じた。

――葉月だ。

そう悟り、きつく唇を嚙《か》んだ。血が滲《にじ》むほど嚙みしめて、痛みで気力を奮いたたせる。

あれから葉月は、前にも増して美海から目を離さなくなった。

亜佑美と琴美という監視要員を失ったからだろう。だが圭介や朋巳を差し向けることはなかった。彼女と美海は常に一対一で、この狭い部屋で対峙《たいじ》した。

「携帯の中、見たわ」

耳もとで葉月がささやく。

どうやらロックははずされてしまったらしい。だがなぜナンバーがわかったのだろう。葉月が解いたのか、それともわたしが知らぬ間にしゃべってしまったのか。

思いだせなかった。頭蓋《ずがい》いっぱいに、白く濃い霧がかかっている。

「あなたのアドレス、すてきだったから一時だけわたしが引き継いであげたわ。解約しちゃって、使えないままじゃもったいないものね。そのついでに、忙しいあなたの代わりにみんなに連絡しておいたわよ。『冬休みの間ずっと家族で旅行します』、『しばらく返事ができないけど、ごめんなさい』ってね」

髪を摑《つか》まれた。力まかせに、仰向《あおむ》かされる。

でももう、痛みもろくに感じない。

「だからあなたがいなくても、誰もあやしみやしないわ。誰も助けに来ない。結衣ちゃんも桜ちゃんも、真緒ちゃんも、あなたがいないことを当然だと思ってる。そりゃそうよね。だってあなたはここにいないんだもの。いないことになってるんだもの」

友人の名を葉月が口にするのを聞いて、美海の肌にざわりと粟粒が立つ。

きっと携帯電話を見て知ったのだ。履歴を見れば、誰とどれほど親しかったかは一目瞭然《りょうぜん》だ。データフォルダには画像もかなり溜《た》まっている。名前だけでなく、顔もある程度ばれているかもしれない。

――でも、あんたにはわからないこともある。

美海は内心で薄く笑った。

わたしの頭の中にだけあること、まだしゃべってはいないことがある。いくらあんただって、脳味噌《のうみそ》までこじ開けて見ることはできないだろう。ざまあ見ろ。

みの多い皆川さん。みの多い皆川さん。胸の奥で声がする。

番号やIDは登録してあるけれど、岩島尚基とは一度も直接やりとりしたことがない。あの独特の呼び名だって、携帯電話を覗いただけじゃわかりっこない。

菜の花畑。あったかい両手。みの多い、皆川さん。

あんたにはあげない。絶対にあげない。これは、わたしだけのもの。

葉月が手を放した。美海はずるずると体ごとくずおれた。背中に冷えた壁があたる。いやそれとも、これは床だろうか。谷底へ吸いこまれるように、彼女の意識はそのまま深いところへ沈んでいった。

——お姉ちゃん、お姉ちゃん。

泣き声が聞こえた。

ああ、亜佑美だ。亜佑美が泣いている。

頼りなげな、かぼそい声だった。きっとちいさな頃の妹だ。いや違う。これはわたしほんの子供だった頃のわたしが、姉の琴美を追って泣いているのか。

——お姉ちゃん、いかないで。ごめんなさい。

せつない、悲痛な声だった。胸の底の柔い部分を、見えない手で引き絞られるような長い長い嗚咽《おえつ》だ。

美海は目を開けた。数度、瞬《しばたた》く。

——なんだ、夢だったのか。

そう思った。だって目の前には、亜佑美も琴美もいない。

ただ山口葉月が座りこんでいるだけだ。あいかわらずの塗りこめたような厚化粧。長い手袋。足首まで隠れる、ぞろっとしたワンピース。

だが、どこか様子がおかしい。美海が目覚めたことにも気づいていないらしく、彼女は壁にもたれ、あらぬ方向を見つめている。

目ざとい葉月にしてはめずらしい——いや、ありえないことだった。放心している。目の焦点が合っていない。

「犬が」葉月の口がひらいた。

思わず美海は問いかえした。「え？」

「——犬が、いる」

呆《ほう》けた表情で、葉月がつぶやく。

美海はごくりとつばを呑《の》みこんだ。

窓の外は今日も荒れ模様らしい。激しく風が鳴っている。家が軋《きし》み、隙間風が吹きこむ。だが吠《ほ》え声とおぼしきものは、風の音に混じっていなかった。

「近所で、飼ってるのよ」

ささやくように美海は言った。聞こえないなどと反論して、いらぬ刺激を彼女に与えたくなかった。

「犬は嫌い」

葉月が子供のような声音で言う。

「嫌いなの、大嫌い」肩が小刻みに震えている。

その様子が、なぜかついさっき夢で聞いた泣き声と重なった。美海の胸に、得体の知れない憐《あわ》れみがじわりとこみあげた。

それは自分でも理由のわからぬ、唐突に湧きあがった感情だった。水にインクを落としたように滲んでひろがり、あえかなマーブル模様を一瞬描いて溶けていく。

「……じゃあ、なにが好きなの」

美海は訊《き》いた。

葉月が答える。「きれいなもの。可愛いもの。きらきらしたもの」

その瞬間、ぴんとくるものがあった。考える前に、美海はそれを口にしていた。

「ひょっとして、それってピンキーリングや、ビーズ細工のこと？」

ふたりの目がまともに合った。間に、こまかな火花が散る。

「あなたが、盗《と》ったのね」

問いに葉月がうなずく。「そうよ、朋巳に言って盗ませたのはわたし」

べったりと赤く塗った唇から、意外なほど小粒な歯が覗《のぞ》く。

「いいじゃない。わたしが欲しがって、なにがおかしいの。わたしだって女の子なのよ。可愛くてきれいなものは誰だって好きでしょう。欲しいと思っちゃ悪い？」

「べつに、悪くないわ」

美海はかぶりを振った。

「でも、黙って持っていかないで」

静かに彼女は言った。

「……訊いてくれれば、あげるから」

風がいっそう強くなった。枝が窓ガラスを叩《たた》く。女の悲鳴にも似た音をたてて、山おろしの北風ががたがたと古家を揺らす。

部屋に彼女たちを擁したまま、外界では日ごとに冬が深まりつつあった。

その頃、階下では亜佑美の容態が急変していた。

ふっと目を開け、いったん意識を取り戻したかに見えたが、それも束の間だった。ふたたび彼女は昏睡《こんすい》し、いびきをかきはじめた。

圭介は顔いろを失った。このいびきがよくない兆候であることを、いままでの経験で彼は知っていた。目覚めたとき亜佑美の黒目が左右で大きく違っていたこと、手足のかすかな痙攣《けいれん》。どちらの材料も彼をひどくおびえさせた。

それとほぼ時を同じくして、姉の琴美が本格的に錯乱しはじめた。

葉月は圭介に命じて、彼女を二階の自室へ軟禁させた。

3

圭介が部屋にやって来たのは、翌朝のことだ。

ノックの音で美海は目を覚ました。白々とした朝の光が、ぶ厚いカーテンを透かしている。どうやらいつの間にか寝入ってしまったらしい。

目を擦《こす》ろうと無意識に腕をあげかけ、親指を縛る梱包具《こんぽう》にあらためて気づく。

足もとを見ると、葉月がまるくなって眠っていた。

彼女もここで寝てしまったのかと、驚いて美海はその寝顔を見おろした。どうやら狸寝入りではないらしい。胎児のように背をまるめ、穏やかな寝息をたてている。こんな無防備な彼女を見るのははじめてだ。

再度のノックののち、ドアがひらく。

顔を覗かせた圭介に、美海は思わずぎょっとした。

一夜にして彼は顔の相が変わっていた。頬は青ざめ、顎《あご》にはまばらな無精髭《ひげ》が生えている。眼球が血走って真っ赤だ。不安と恐慌とで、一気に五、六歳は歳をとってしまったかに見えた。

気配に気づいたか、葉月が上体を起こした。塗りこめた真っ白なファンデーションが、寝起きの脂で浮いている。目がどろりとよどんでいる。

葉月と圭介はしばしの間、無言で見つめあっていた。圭介の乾いた唇がひらく。

「——亜佑美ちゃんが、死んだ」

部屋に静寂が落ちた。

やがて、葉月は首を振り、「そう」とだけ言った。

「どうしよう」

圭介が重ねて言う。語尾が涙でふやけ、頼りなく消え入る。

「とりあえず、寒いところへ移動させておいて。——冬でよかったわ」

そっけなく葉月は言った。圭介が蒼白《そうはく》な顔のまま、小刻みに震えながらうなずく。

「圭介、留美子はどうしてる？」

「朋巳といっしょに座敷にいる。いまのところ、騒ぐ様子はないみたいだ」

「琴美は？」

「だいぶおとなしくなったよ。あれからずっとひとりでぶつぶつ言ってたけど、いまは一日じゅう寝てばっかり」

と言ってから「あ、もう寝させていいんだよね？」慌てたように付けくわえる。葉月は億劫《おっくう》そうに「かまわないわよ」と答えた。

「腰紐《ひも》はしてあるんでしょう。手足の拘束は？」

「してある。大丈夫」

「じゃあいいわ、そのままほうっといて」

うなずいて、圭介は出ていった。

美海は脳内で、たったいま聞いた彼らの会話を反芻《はんすう》していた。

——亜佑美が死んだ？　妹が？

じゃあやはり、わたしを呼んでいたあの泣き声は妹か。瀕死《ひんし》の亜佑美が、最期にさようならを言いに来たのか。

妹が死んだ。亜佑美が死んだ。口の中で何度も繰りかえす。

でも、だめだ。まるで実感がない。現実のことだなんてとうてい思えない。だってつい数日前まで、生きて、息をしてそこにいたのに。

顔をあげる。葉月と目が合った。

彼女は、じっとこちらを見ていたらしい。だが、以前の探るような目付きとはあきらかに違っていた。まっすぐ凝視しているのに、どこか呆けたような、奇妙な視線だった。

美海はつばを呑みこんだ。迷ったが、問うてみる。

「亜佑美を――どうするの。どうなるの」

「どうにかしなきゃね」

抑揚のない声で、葉月は答えた。

えもいわれぬ違和感がぴりっと走り、美海の神経の上をすべっていく。だが正体がわからない。これはいったいなんだろう。

「ほんとうに死んだの。なにかの間違いじゃないの」

「さあね。圭介が死んだって言うんだから、そうなんでしょう」

「そうなんでしょう、って――」

そんな他人《ひと》ごとみたいに。美海は絶句した。

いや、でもわたしだって人のことは言えない。亜佑美が死んだなんて、これっぽっちも胸に迫ってこない。まるでリアリティがない。

ただ、胸にぽっかりと空白があった。心臓のすぐ横あたりに、深い穴があいているのがわかる。その奇妙な喪失感だけが、やけに生なましかった。

美海は尋ねた。「お母さんは、どうしてるの」

「さっき聞いたとおりよ」

「お姉ちゃん、は」

次の瞬間、美海は頬をしたたかに張られていた。首がねじれたかと思うほどの衝撃だった。後頭部を壁に打ちつけ、思わず呻《うめ》いた。

胸倉を掴《つか》まれる。引きよせられ、体が傾ぐ。葉月の顔がひどく近い。

「訊《き》くんじゃない」寝ぐさい息が、頬にかかった。

「あんたがそれを、訊くんじゃないよ」

ぎらぎらと獣じみた眼だった。

その目に浮いた感情を、美海は至近距離でまざまざと読みとった。怒り。苛立《いらだ》ち。狂気。自己憐憫《れんびん》。そして――匂いたつほどの恐怖。

葉月は怖がっていた。得体の知れない恐れが、彼女の全身を取りまき、包んでいた。

厚塗りの化粧がところどころ剝《は》げている。いつの間にか手袋もしていない。ふたたび違和感が、美海の脳裏を閃光《せんこう》のように走る。なにかがおかしい。でも、どこがおかしいのかわからない。

美海は視線を泳がせた。

カーテンを通してでも、外が白っぽく明るい。そして静かだ。きっとまた雪が降りだしたんだろう。無理もない。そろそろ本格的に積もりはじめる時季のはずだ。日にちの感覚はまだかろうじて残っていた。おそらく今日は終業式だ。十二月二十四日。クリスマスイヴ。ほんとうなら友達みんなでパーティをするはずだった。

——皆川さん。みの多い皆川さん。

鼓膜の奥で、笑いを含んだあの声がする。喉《のど》もとがぎゅっと苦しくなった。美海はうつむいて、奥歯を食いしばった。


夢をみた。

目の覚めるような、あざやかな黄いろの絨毯《じゅうたん》。ところどころに咲いたナズナの白が、まるで縁どりのレースのようだ。

なんてきれい。なんて楽しい。あったかい手。やさしい笑顔。なんでお姉ちゃんも亜佑美もいないんだろう。不思議に思いながら、少女はつないだ右手の先を見あげる。父がいた。今日の父は機嫌がいい。いつもこんなだったらいいのに、と美海は思う。次いで左手の頭上を見あげる。逆光で母の顔が見えない。笑ってくれているのはわかる。でも、よく見えない。

——見えない。

はっと美海はまぶたをあげた。

あたりを眺めまわす。見慣れた自分の部屋が目に入った。机とベッド。閉ざされたカーテン。簡素な本棚に、窓辺のポトス。

鉢植のすぐ下に、葉月が座りこんでいた。

力ない表情をして、膝《ひざ》を崩し、ぼんやりと虚空を見つめている。

美海は思わず吐息をついた。気配に反応するように、葉月の首が緩慢に動いた。眼球が動き、少女の姿をまっすぐにとらえる。

「寝かせないんじゃ、なかったの」美海が小声で問う。

葉月は答えなかった。

視界がクリアだ、と美海は思った。どうやらまとまった時間眠ることができたらしい。不自然な体勢で体の節々が痛いが、頭はかなりすっきりした。

途端、くっ、と喉が鳴った。

唇が緩む。顔の筋肉が痙攣《けいれん》する。こらえきれなかった。喉をのけぞらせて、美海は高い声で笑いだした。

突如として笑いはじめた美海を、唖然《あぜん》と葉月が眺める。その顔がおかしくて、美海はまた笑った。

目じりに涙が滲《にじ》む。腹筋が痛い。喉が詰まって、咳《せ》きこんだ。息ができなくて苦しい。でもまだ笑いは止まらない。止まってくれそうにない。

ようやく笑いの発作がおさまったとき、眼前には瞬《まばた》きもせず固まっている葉月がいた。目を剝《む》いて、口を開けている。その顔にまた笑いだしそうになり、美海は頰の内側をきつく噛《か》んだ。深呼吸し、こみあげる衝動をやり過ごす。

「——思いだしたの」

低く美海は言った。

「思いだした。全部思いだしたのよ。ありがとう。これだけはあんたに感謝するわ。思いださせてくれて、ほんとうにありがとう」

目を見ひらいたまま、葉月は少女を見つめている。

「わたしね、じつはまだあんたに話してないことがあったの」

美海はつづけた。

「だって、大切だと思っていたから。これだけは手ばなせない思い出だと、ずっとそう思いこんでいたから。でもそうじゃなかった。——ぜんぜん、そんなのじゃなかった」

胸の底が、苦く揺れた。

夢から覚める刹那《せつな》、美海は左手の先にあった笑顔をはっきりと目でとらえたのだ。母とは似ても似つかぬ女性だった。でも、確かに見覚えがあった。

いつも困ったようにさがり気味の眉《まゆ》。痩《や》せぎすの体。色のない唇。母と比べて美人なわけでも、若いわけでもない。頼りなげな雰囲気の、影の薄い女性。

父の部下だ。そして、彼の当時の恋人だった。

まだ残る笑いに咳きこみながら、美海は言った。

「いつも不思議だったの。その思い出には、姉も亜佑美も出てこない。わたしだけが連れていってもらえたのは、なんでだろうって」

当然だ。父似の姉は本家のお気に入りで、妹は祖母のご贔屓《ひいき》だった。連れだせるのは美海だけだったのだ。不倫相手の望む「家族ごっこ」に付きあってやれる娘は、皆川家ではみそっかすの次女をおいてほかになかった。

――やっとわかった。なぜわたしが母に嫌われたか。

それまで美海は特別に愛されてはいないにしろ、けっして母に疎まれてはいなかった。母の態度があからさまにおかしくなったのは、あの時期を境にしてだ。

いまなら母の怒りがわかる。

なにしろ実の母親をさしおいて、知らないとはいえ父親と不倫相手の家族ごっこに加担していたのだ。しかも当時の美海は、母より彼女の方になついていた。

だって彼女はいつもにこやかで、やさしかったからだ。

菜の花畑に連れていってくれたし、好きなだけお菓子を食べさせてくれた。つないでくれた手はあたたかくて、彼女といれば父は常に上機嫌だった。

それに比べて母親はいつも忙しく、とげとげしくて、休日は「疲れた」と言って寝てばかりいた。ふたりきりで遊んでくれた記憶など、皆無に等しかった。

幼い美海にはまだ、大人の事情など察する能力もすべもない。「やさしいお姉さん」に表面上だけでもなついたのは自然の摂理だ。なにが悪くて、どういけないのか、当時の美海に理解できようはずもなかった。

「──話すわ。聞きたいでしょう。全部話してあげる」

美海は顔をあげた。

「後生大事にとっておいた、わたしの思い出。あらいざらい話してあげるから、そこで聞いていて」

葉月を正面から見据えた。

なぜだろう、あれほど恐れ、嫌悪していた彼女が、いまはすこしも怖くない。

「そのかわり、あなたのも教えて。あなたも話すの」

ひっそりと甘く、ささやくように美海は告げた。

「あなたのいちばん大切な記憶はなに？　それはいくつくらいのとき？　そこから話して。なにもかも全部聞かせて」

胸に溜《た》めていた秘密をぶちまけるのは、ひどく気持ちがいい。

それは排泄《はいせつ》の快感にも似ている。溜めて溜めて溜めこんで、内臓が悲鳴をあげるまでに蓄積された体内の毒を一度に吐きだすのだ。

いまとなっては、美海もその感覚をよく知っている。身をむしばむ毒素をためらいもなく一気に体外へ排出できるのなら、いったいそれが快楽でなくてなんだろう。

葉月の唇から、いつもの真っ赤な口紅が剝げているのを美海は見た。色を失った唇がわなないている。

「ほどいて」傲岸《ごうがん》な仕草で、美海はいまだ縛られたままの腕を突きだした。

数秒、間があった。

葉月が手を伸ばす。のろのろと彼女は、美海の両親指を拘束していた結束バンドを解いた。

美海は口をひらいた。「さあ、あなたの番よ」

懇願でもない。命令でもない。当然のことをうながす口調だった。

「話して」

厚ぼったいカーテン越しにも、白々とした明るさで雪が降りつづいているとわかる。降り積もる雪。閉ざされていく世界。きっと誰も来ない。そして誰も出ていかない。なんてひそやかに濃く、親密なわたしたちの密室。

美海は腕を伸ばした。

葉月の手を摑《つか》む。彼女が抵抗しないことを確かめてから、指を絡ませ、きつく握りしめる。

やがて、ぽつりと葉月が言った。

「――なにから、話せばいいの」迷子の少女のような声音だった。

「あなたの好きなことから」

美海は答えた。うつむいている葉月をじっと見おろす。彼女がうなだれたまま、力なく首を振る。

「好きなものなんて、もうなにもない」

うつろな声だった。

「あのとき、そんなものは全部失くしたの。なにが好きでなにが好きじゃないかなんて、もう自分でもわからない」

「じゃあ――」握った手に、美海は力をこめた。

「犬のことを話して」

「いや」葉月がかぶりを振る。声に、はっきりとおびえが滲む。

「いやよ」

「だめ、話すの。……あなた、犬を飼ってたの？」

「ううん」

指先が冷たい。血が冷えているのがわかる。触覚から、恐怖が伝わってくる。

「飼って、なかった。ううん、犬だけじゃない。うちはペットを飼ったことがないの。父が嫌いだったから。うるさいし、家が臭くなるからいやだって」

「じゃあ、犬はどこにいたの」

「隣の、家」

葉月がつぶやく。

「よくない――ひどい、飼われかただった。たぶん流行《はや》りの犬種を買ったはいいけど、飽きて面倒になったんだと思う。そこの家の人は、なにひとつ世話らしいことをしてなかった。ろくに散歩にも連れていかなくて、餌だって気まぐれにしかあげていなかった。

だからその犬は、いつも飢えていた。最低限のしつけはできてたのか、無駄吠《ぼ》えもなくて、人に牙《きば》を剝くようなこともなかったけれど、それがまた憐《あわ》れで、可哀想で――」

「じゃあなぜ嫌いだったの。そんな可哀想な犬を、なぜ嫌いになったの」

「なぜって」

ふいに葉月が顔をあげた。

その瞬間、美海はずっと脳裏をかすめていた違和感の正体をようやく捉《とら》えた。

ふたりはぎりぎりの距離まで、お互い顔を寄せあった。目と目が近い。美海と握りあった葉月の手が、音をたてんばかりに震えている。

「話して」

低い声で、美海はうながした。

「これを逃したら、二度と誰にも打ちあけられないわよ。――さあ、言って」

葉月の目が、薄い水の膜を張って揺れた。

口紅の剝《は》がれた唇が、ゆっくりと震えながらひらくのを美海は見た。

4

重苦しい空からは、また白いものがちらつきはじめていた。

アスファルトに埋めこまれた消雪パイプからは水が噴きだし、コンビニ前に立てられた商品名入りの幟《のぼり》は、どれも湿っぽい雪をかぶってうなだれている。

榊充彦と岩島尚基が喫茶店で張りこんでから、早《は》や六日が経とうとしていた。

この店を選んだのにはわけがある。窓際のこの席からは、皆川家の全容がよく見えるのだ。

さすがに声が聞こえるほど近くはないが、玄関戸を出入りする業者たちや、それぞれの窓にともる灯《あか》りは視認できた。もう少し暗くなればカーテン越しに動く人影も、おぼろげながら見てとることができるはずであった。

もはや何杯目かもわからぬコーヒーを口にし、

「じつを言うと、ぼくは今回、かなり望みをかけてるんだ」

充彦がぽつりと言った。

「今度こそ間違いなく、ほんとうにうちの弟なんじゃないかってね。この近隣で集めた目撃証言によると、そうとしか思えないんだ。いまあの家の中には、捜しつづけたぼくの弟がいるかもしれない」

独り言のような口調だった。

すくなくとも岩島の返事を求めていないことは確かだ。だが彼は、「そうだといいですね」と小声で告げた。

ここ数日、とくに皆川家に異変はない。しいておかしいところをあげるとするならば、家人が誰も出て行かないということくらいだ。

見たところ皆川家は、食糧の補充を生協の宅配かネット通販かに頼るようになったらしい。玄関戸を行き来するのは郵便配達員か宅配業者ばかりで、ごくまれに回覧板を抱えた近隣の者が訪れるのみである。

「誰かが買い物に行くと、そのぶん監視が薄くなるからだろうな。あの家の中じゃ、全員がいろいろと煮詰まりかけている時期のはずだ」

淡々と充彦は言った。

岩島はカウンター内のマスターに向かって手をあげ、コーヒーではなく烏龍茶《ウーロン》を注文した。コーヒーの飲みすぎで、さすがに胃が荒れかけていた。

冬空は灰いろのままだ。陽が落ちても夕暮れの茜《あかね》いろは刷《は》かれることなく、ただ夜の黒に落ちていく。道に街灯の仄《ほの》黄いろい光が連なりはじめる頃、皆川家の一階にも灯りがともった。

「今日も点《つ》きましたね。……とりあえずはまだ大丈夫、ってことなんでしょうか」

「さあね」

熱のない会話だった。

それから岩島はホットの烏龍茶をさらに追加し、充彦はコーヒーを二杯おかわりした。

風が強くなってきた。窓越しに、白い礫《つぶて》が横なぐりに吹きすさんでいる。北風が、悲痛な声で哭《な》いていた。

「吹雪いてきたな」

「ですね。じゃあ今日は、このへんで」

帰りましょうか――と言いかけた岩島の声が、途中で止まった。

皆川家の窓に、異変が見えたからだ。カーテン越しに複数の人影が動いている。もつれあっているように見えた。いや違う、揉《も》みあっているように、だ。

「榊さん」岩島は窓に額を付けた。

「あれ、なにか争ってないですか。おれの見間違いですか。そうじゃないですよね」

「ああ、違う」

充彦が伝票を持って立ちあがった。岩島が顔をあげる。その日はじめて、彼と充彦の目が真正面から合った。

「どうやらなにかあったようだ。――行こう、早く」

手を取りあって、美海と葉月は階下へとおりた。

葉月はきつく美海の手を握りしめている。体ごと、緩くもたれかかっている。あたたかな体温と、確かな鼓動が感じとれた。

脳裏で美海は、たったいま聞いたすべてを反芻《はんすう》していた。葉月の声が鼓膜の奥で、震えながらリフレインしている。

手で壁を探り、スイッチを切りかえた。白い蛍光灯があたりを照らしだす。目に沁《し》みるような光に、思わずふたりは目を瞬《しばたた》いた。

途端、背後の納戸から声がした。

突然ともった灯りに刺激されたらしい。くぐもった呻《うめ》きが甲高い悲鳴に変わった。

美海は体ごと納戸を振りかえった。

——お姉ちゃんだ。

姉の、琴美の声であった。美海は走り、納戸の戸を開けはなった。

目の前に、信じがたい光景があった。

琴美が床に横たわった亜佑美を蹴《け》っている。いや、亜佑美の死体を、だ。実妹の死体を、琴美は顔を真っ赤にして蹴りつけているのだ。止めようとしてか、圭介が彼女を羽交い締めにしている。

「なにを、してるの」

問うた声が震えた。圭介が振りかえる。

「琴美ちゃんが、またおかしくなって」

「おかしくって、なんでよ。あんた、どうして縛っておかないのよ」

葉月が弟の答えに怒声をあげる。圭介は両眉《まゆ》をさげ、泣き笑いの顔になった。

「だって……だって、トイレがやりにくいって言うから」

「この馬鹿」葉月が金切り声をあげた。

美海は棒立ちになったまま、暴れる姉の顔を呆然《ぼうぜん》と見つめていた。

痩《や》せた。最後に見たときより、いちだんとやつれている。顔いろは蒼白《そうはく》を通りこしての顔付きだ。

青黒かった。顔いっぱいに目と歯を剝《む》きだしている。理性の一片までも失った、けもの
「お姉ちゃん」一歩、美海は前に進んだ。

途端に琴美が絶叫する。圭介に押さえつけられながらも、手足をめちゃくちゃに振りまわす。

足先がまた、亜佑美の死体に触れた。亜佑美の冷たく強張《こわば》った体が、ごろりと横向きに転がる。

「やめて、お姉ちゃん」美海は泣き声をあげた。

「死んでるのよ、亜佑美は死んじゃったの。お願い、死んだ亜佑美にまでひどいことするのはやめて」

「──なに、言ってるの」

目をぎらぎらさせて、琴美は妹を見た。

「こいつは、死んでなんかいない、ほら見て。笑ってるじゃない」

目線が死体に落ちる。

「ほら、わたしのことを笑ってる。こいつ、わたしのことをずっとずっと馬鹿にしてたのよ。いまだってそう。ちくしょう、こんなやつ。こんなやつ」

琴美が圭介をふりほどいた。

利き足で思いきり亜佑美を蹴りとばす。死体が壁にぶつかり、跳ねかえった。顔が仰《あお》

向《む》く。妹の死相があらわになる。

美海は悲鳴をあげた。

皆川家の門柱をくぐったところで、充彦と岩島はその悲鳴を耳にした。

壁越しで不明瞭《めいりょう》ではあったが、間違いない。女の声だ。恐怖に染まった叫びだった。

岩島は玄関戸に飛びついた。

ドアノブを摑《つか》む。しかし、開かなかった。鍵《かぎ》がかかっている。チャイムを連打したが、応答はない。

「榊さん！」

充彦はすでに走っていた。灯りのついた窓を叩《たた》き、揺さぶる。カーテンの向こうに確かに人影が見える。

石で叩き割ってしまおうかと迷った。だが確証がない。

長らく山口葉月を追ってはいても、充彦は実際の犯罪現場に居合わせた経験はなかった。生の修羅場にも縁遠かった。見知らぬ家族の見知らぬ家をためらいなく叩き壊して侵入できるほどに、彼は豪胆ではなかった。

舌打ちし、充彦は玄関に戻った。

そして、目を剝いた。

亜佑美の死体が仰向く。だが、それでひるんだのは美海だけではなかった。

琴美自身も「ひっ」と短い声をあげ、飛びのいた。

おびえたように振りむいた姉の目に、美海は正気の色がきらめいたのを見た。しかし一瞬のことだった。

その光をとらえる前に、玄関からけたたましい音がした。琴美が肩を跳ねあげる。

――チャイムだ。

誰か、来たのだ。玄関に琴美は首を向けた。威嚇するような音はやまない。神経に障る、甲高い呼び出し音が鳴りつづけている。

琴美の顔に恐慌の色が走った。

ほぼ同時に、背後で窓が激しく叩かれた。叩くだけではない。窓枠ごと揺さぶっている。ガラスがたがたと震動する。琴美は悲鳴をあげた。両手で頭を抱えた。

――攻撃だ。

また攻撃された、攻撃だ攻撃だ攻撃だ。キガイ。キガイをくわえる。いや、くわえられる。危害。害。怪我。死。

――殺される。

彼女は顔をあげた。目の前に、まだ〝妹〟がいた。そうだ、まだ一匹残っていたじゃないか。こいつも敵だ。攻撃。害。危害。

琴美は両腕を伸ばした。五指がためらいなく妹の喉首《のどくび》を摑む。

両の親指が、ぐっと軟骨に食いこむのがわかった。

充彦は目を剝き、立ちすくんだ。

皆川家のブロック塀を、岩島が蹴り壊していた。古いせいか鉄筋は入っていないらしく、二度、三度の蹴りで中段の石が割れた。崩れた塊に、岩島が手を伸ばす。

咄嗟《とっさ》に充彦は彼の腕を摑んだ。

無言で首を振り、「ぼくがやる」と目顔で合図する。

彼にやらせるわけにはいかなかった。いまこの場で、全責任は自分にある。手をくだすのも汚すのも、年長者であり発起人であり元凶の自分であるべきだ。

それがようやく肌で理解できた。その瞬間、彼の中で、拭《ぬぐ》ったように迷いが消え失《う》せていた。

摑んだブロックを、充彦は玄関戸めがけて振りあげた。

美海の背が壁にぶつかった。

姉の手が、喉に食いこんで絞めあげてくる。だが次の瞬間、琴美の体はもぎ離されていた。姉の肩が横の壁にぶちあたり、にぶい音をたてる。

葉月が突きとばしたのだ、と理解できたのは数秒後のことだ。

琴美は唸《うな》り、よろめきながら体勢を立てなおした。歯を剝き、葉月に飛びかかろうと突進する。しかし圭介の方が早かった。

彼は琴美の腰に体当たりした。きつく抱きとめ、今度こそ押さえこむ。琴美は金切り声でわめき、身をよじった。

そのとき、争う彼らの背後で、さっと座敷からちいさな影が走った。

朋巳だった。少年が玄関へ走り出る。

いち早く気づいたのは葉月だった。美海は壁にもたれ、咳《せ》きこみながらそれを見た。

葉月が腕を伸ばす。少年に摑みかかる。だが一瞬早く割って入り、朋巳を守った者がいた。母の留美子だ。

朋巳の手がドアノブを摑み、引く。玄関戸が開けはなされる。

闇が差しこみ、同時に白い光が吹きこんできた。

いや、光ではない、雪だ。外から雪と風が、冷気をともなって流れこむ。閉ざされた密室が崩れたのだ。美海は目をしばたたいた。

そこに、ふたりの男が立っていた。

ブロックを抱えたまま、充彦は見た。まず、ドアノブに手をかけた幼い男の子を見た。その背後でもつれあうふたりの女を見た。

ひとりは中年だ。もうひとりの顔は、どろどろに化粧が溶け落ちている。さらにその後ろでは、若い男が暴れる女を必死に抱きとめている。

充彦の視線はまっすぐ男に吸い寄せられた。彼は怒鳴った。

「――圭介！」

男の肩がびくりと跳ねる。

怖いものでも見たかのように、圭介が愕然《がくぜん》と充彦を見つめる。

十六歳違いの異母兄弟の目が、数メートルの距離をおいて、十五年越しに合った。

化粧の剝《は》げた女が目を見ひらく。充彦と圭介を交互に見やる。なにかをあきらめたように、彼女が体から力を抜く。

弛緩《しかん》した女の顔を、充彦はまじまじと見つめた。

――違う。

美海が長らく頭にこびりつかせていた違和感を、充彦は瞬時に理解し、咀嚼《そしやく》し、深いところまで呑《の》みこんだ。

手から力が抜ける。音をたてて、ブロックが三和土《たたき》に落下する。

この女は、違う。

これは自分が追ってきた〝あの女〟ではない。

目の前に立つ女性は、ピンボケの写真で見た山口葉月よりずっと華奢《きやしや》だった。身長もかなり高い。体格が、いや、骨格自体が違う。

葉月は猪首で短軀《たんく》だった。それに比べ、彼女は手足が細く長い。何度整形しようと、基本の骨格まで変えられるものではなかった。なにより彼女は、ずっと――。

ずっと、若い。

白塗りの下から覗《のぞ》く肌は、どう見ても十代だ。おそらく十六、七といったところか。

それに、この顔。太いアイラインが薄れて、くっきりした二重があらわになっている。

大きく描いた口紅も剝がれ、自前の薄い唇が見えている。

見覚えがある。この顔をもう五歳ほど若くすれば、そう。

「依織ちゃん！」

彼は叫んだ。

「きみ、吉田浩之さんの娘さんだよな。妹の依織ちゃんだ、そうだろう——」

確かに成長している。だが目鼻立ちはそのままだ。父親を暴走させるきっかけともなった、両親に似ぬ整った顔立ちは健在だった。間違いない。写真で何度も何度も見てきた、あの少女が生きていまここにいる。

その名で呼ばれた途端、葉月が——吉田依織の体が、棒を飲んだように硬直した。

唇が色を失い、わななく。瘧《おこり》のように全身が震えだす。

彼女がつんざくような悲鳴をあげるのを、美海はどこか遠い世界のことのように聞いた。

岩島とともに駆けこんできたあの男が、どこの誰であるのか美海は知らない。

だが、彼の言うとおりだった。

この家でずっと「山口葉月」と名乗っていた女。彼女の本名は吉田依織という。つい先ほど、依織自身の口から聞かされた真実であった。

厚塗りの化粧。肘《ひじ》まである手袋。デコルテまでこってり塗りたくり、なるべく肌と体のラインが出ないぞろりとしたワンピースを着る。若づくりのためなどではない。逆だ。すべては、彼女がほんとうは年増ではないことを隠すための化粧だった。

とくに首と手は年齢が如実にあらわれる。年輪じみた皺《しわ》のない首。静脈の浮かない手の甲。なにもかも、彼女が〝初代〟の山口葉月ではないと隠すための細工であった。

それを聞かされたとき、愕然と美海は尋ねたものだ。

「じゃあ、本物の葉月さん……、山口葉月さんは？」

葉月――いや、その瞬間吉田依織に戻った少女は、ひどく淡々と答えた。

「死んだわ。一年以上も前に」

本物の山口葉月はある晩秋の夜、風呂《ふろ》あがりに「うう」と一声呻《うめ》いて仰向《あおむ》けに倒れたきり、二度と動かなくなったのだという。心臓発作だ。場所は、地方の安っぽいビジネスホテルの一室であった。

「葉月さんが死んだんなら、あなたは誰なの」美海が問う。

少女は答えた。

「わたしの名前は、吉田依織。そして圭介のほんとの苗字《みょうじ》は榊。榊圭介。もちろん彼の記憶が確かなら、の話だけれど」

「なら朋巳は？　あの子もほんとの名前は、朋巳じゃないの？」

「知らない」

　こともなげに少女は首を振った。

「嘘じゃないわ。誰も知らないの。連れてきたときからずっと葉月は『ちびちゃん』って呼んでたし、それでべつに不便はなかったから。どこから連れてきた子かも知らない。もう、そのときの町の名前も覚えてないし」

　葉月が死んだとき、ビジネスホテルの部屋には彼女が愛人兼相棒として連れ歩いていた若い男と、女が気まぐれに〝収集〟した子供たち三人がいた。

　その三人が、依織、圭介、そして誰も名を知らぬ男児である。

　愛人の男は葉月の息が絶えたとみるや、すぐさま遁走《とんそう》した。そして残された子供たちも、彼女の死体を置いて同じく逃げだすほかなかった。

　彼らは三人とも、葉月に崩壊させられた家の子供だった。当時小学生だった依織も、赤ん坊同然だった圭介も、すでに十代後半になっていた。男児は三年前に仲間に加わった、葉月の最近の〝お気に入り〟であった。

　葉月という保護者を失って、彼らは途方に暮れた。

　親もなく、身元保証もなく、いまさら行政にも頼れない。依織は五年、圭介は十五年を彼女とともに過ごした。その間、不本意とはいえ葉月の片棒をかついで暮らしていた。警察に駆けこむという選択肢はありえなかった。

「これから、どうするの」

呆然《ぼうぜん》と問う圭介を、「どうって」と依織は見つめかえした。

圭介は依織よりふたつ年上だ。しかし三歳の頃から葉月に連れまわされ、学校も行かず彼女に依存しきって生きてきた彼は、精神的にひどく幼かった。実年齢とは逆に、彼は依織の弟のような存在であった。

「どうって――わたしたちにできることなんて、しょせんひとつしかないじゃない」

彼らが唯一よく見知っている処世術。それは〝寄生〟だった。

他人の家にもぐりこみ、食い荒らし、食い尽くす。最後の一滴まで絞り抜いてしまったなら、放りだして逃げる。いままで何度も繰りかえしてきたことだ。手口は葉月のそばで、いやというほど見てきた。

「でももう、逃げるのはいやだよ」

奇妙に老成した口調で〝ちびちゃん〟が言う。

「ずっと住めるおうちが欲しい。お金じゃなく、おうちをもらおうよ。どこでもいいからみんなでずっと住めるおうちと家族を探そう」

それから半年あまり、三人は安ホテルやネットカフェを転々として過ごした。

死んだ葉月を置いて逃げる際、圭介は彼女が愛用していたバッグを持ち去っていた。

中に入っていたのは二百万強の現金と、化粧道具に数枚の服。そして『山口葉月』の名でつくられた偽の免許証だった。写真はいつもの白塗り顔である。

依織は身分証明書の提示が必要な場面になると、かつての葉月そっくりに顔を塗りたくって、その偽造免許証を差しだした。葉月を真似て甘いしとやかな声で話し、気取った仕草でねり歩いた。

そうして過ごすうち、いつしか『山口葉月の仮面』は少女の顔に癒着してしまった。

彼女を真似ていると、ほんとうの葉月さながらに強くしたたかになれる気がした。まだ十代の「吉田依織」のままでは誰もだませない。本気で寄生をはじめるならば、「山口葉月」になりきってしまわねばならなかった。

やがて彼らはいくつかの寄生先候補から、皆川家に白羽の矢を立てた。

父親が不在がちで、女きょうだいばかりで、最近大きな喪失を経験している。条件にぴったりだった。依織が強硬に「ここがいい」と言い張ったことも大きかった。

梅雨どきのある日、計画は実行された。

少年は死んだ子供と同じ響きの名前――「朋巳」を名乗り、皆川家に入りこんだ。

依織はまず家族を支配にかかった。それぞれを引き離す。自分を信頼させる。話を聞くふりをして寝かせず、理性を剝《は》ぎとっていく。

葉月がいつもやっていたことだ。それをそっくりそのまま、踏襲した。

だがやはり依織は、葉月にはなれなかった。

支配はなかばまでうまくいった。だがそこでつまずいた。そこから先は未知の領域だった。本物の葉月はターゲットを食い荒らし壊すことは教えても、細く長い寄生のやりかたは教えてくれなかった。手本をなくした彼らは、その先どうすればいいのかを見失ってしまった。

彼女は戸惑った。対処に迷い、うろたえた。そうして気が付けば、あちこちに取りかえしのつかぬ綻《ほころ》びが生じはじめていた。

「どうするの、どうしよう」

圭介はおろおろとそう問うばかりで、まるで頼りにならなかった。彼もまた、うまいのは葉月の愛人の物真似だけであった。

ふたりは朋巳ひとりに留美子の監視をまかせ、亜佑美を死なせた。そして、錯乱する琴美をもてあました。行きづまった依織は監禁した美海のもとを訪れ、入りびたるようになった。心が弱ると、むしょうに美海に会いたくなった。

はじめのうち、依織はこの次女を恐れて遠巻きにしていた。近づくのが怖かった。惹《ひ》かれたが、同時に憎かった。

なぜかはわかっている。それは最初に彼女が「この家がいい」と強硬に主張した理由そのものでもあった。

美海は、吉田千弦に――依織の実姉によく似ていた。

顔立ちではない。かもしだす雰囲気や仕草が似ているのだ。はじめて見たときは、その場にぎょっと立ちすくんでしまったほどだった。

そして姉の千弦を死なせたのは、ほかならぬ依織自身であった。

「うちがおかしくなったのは、わたしが十一歳のとき」

依織はうつろにつぶやいた。

気がついたときには、もう家の中に葉月がいた。父は彼女に心酔していた。母は最初のうちこそ反発していたが、やがて父と同じ目をして葉月を見るようになった。

崇拝はやがて畏怖《いふ》に変わり、恐怖と隷属へと落ちていった。

吉田家は葉月の命令のもと、夫婦同士で、姉妹同士で監視し合うようになった。彼らは葉月の言うがままに憎みあい、いがみあい、反目しあった。

かつては仲のいい夫婦であり、姉妹だった。だが気づけば、親愛の情などどこかに消え失《う》せてしまっていた。

ある日、依織は姉と争った。喧嘩《けんか》になり、揉《も》みあった。はっと気づいたときには、打ちどころが悪かったのか、姉は動かなくなっていた。

慌てて依織は葉月を呼んだ。しかし彼女は、

「あんたが殺したんでしょう。だったらあんたが、自分でなんとかしなさい」

と言い捨てただけで、家を出ていってしまった。

依織は姉の死体を前に泣き、わめき、混乱した。まだ悲しみは襲ってこなかった。ただどうしよう、どうしようとだけぐるぐる考えた。

どうしよう、お姉ちゃんが死んじゃった。埋めればいいんだろうか。庭まで引きずっ

ていって、深い穴を掘って。でも誰にも見られずにそんなこと、このわたしにできるだろうか。

あの犬が庭に入ってきたのは、そんなときだった。

隣家で飼われている、常に飢えた大型犬だ。ついに鎖が腐食してちぎれたらしく、折れた片足を引きずりながら庭先に侵入してきた。

それから先のことは、断片的に覚えているだけだ。いまだに現実感がない。ほんとうにあったことだなんてとうてい思えない。

ただ依織は犬を追いはらわなかった。それだけははっきりしている。そして飢えきった犬は、おそろしく食欲旺盛《おうせい》だった。

戻ってきた葉月は惨状を見てただ一言、

「あらあんた、意外にやるじゃない」と言って笑った。

そして彼女は、両親を呼んできた。

父も母もあまりのことに愕然《がくぜん》としていた。だが葉月に「あんたら、せっかく生き残った娘の将来まで台無しにするつもり」と叱咤《しった》され、数時間後、機械的に死体処理を手伝いはじめた。

あらかたは犬が食べてしまっていた。太い骨も、何本か持ち去ってくれた。

依織は食べ残しの骨から肉を削《そ》いで、すこしずつ排水溝から流した。母は鍋《なべ》で長女の残骸《ざんがい》を煮て、肉を骨から離した。父は金槌《かなづち》で骨をこまかく砕いた。煮汁は手分けして公衆便所に捨てた。髪の毛はパイプクリーナーで溶かした。それでも残ったわずかな滓《かす》は、近隣の家庭菜園の堆肥《たいひ》に混ぜこんだ。

解体途中、依織は手もとを誤って左手中指の先端を失った。のちに排水溝から見つかった皮膚片はそのときのものだ。何年もあとになって常用するようになった手袋は、その欠損を隠すためでもあった。

母が自殺したのは、死体処理があらかた終わった頃のことだ。

父親は泣きながら依織に告げた。

「大丈夫だ、お父さんがみんなを殺したことにする。なにもかもおれが悪かったんだ。せめておまえだけは、おれが命に替えても守ってみせるからな」――と。

そうして葉月は、

「あんたは見どころがあるわ」

と言い、依織だけを連れて吉田家を出た。

依織はうながされるがままに、葉月の定宿だというビジネスホテルに入った。そこには、ふたつ上の少年が待っていた。彼が当時の葉月の〝お気に入り〟こと、榊圭介であった。

幼な子を連れ歩くことについて、「子連れだとなにかと融通がきくし、なによりあたしは子供が好きなのよ」と葉月は言っていた。

「わたしが世話しなきゃ、いつでも簡単に死んじゃう生きものでしょ。そういうのが、そばにいるってことが大好きなの」

　葉月とともに暮らした五年間、彼女を取りまく子供たちの顔ぶれはめまぐるしく変わった。気づくと増え、気づくとまた減っていた。彼女はいたって気まぐれに拾い、飽きるとあっさり捨てた。圭介は赤ん坊同然の頃に拾ったそうで、

「あたしがいないと、ほんとになにもできないから」

という理由で葉月に気に入られ、例外中の例外として十年以上連れまわされていた。

依織は、その圭介の姉役に据えられた。

「あたしに感謝しなさいよ。あんたらが生きるも死ぬも、あたしの気まぐれひとつなんだからね」は葉月の口癖だった。

　だが実際には、彼らを残して先に死んだのは山口葉月の方であった。

　美海は壁にもたれ、むせび泣く依織を右腕に抱きしめていた。

　視線を動かすと、母が朋巳を片手に抱いているのが見えた。琴美は空気に飲まれたのかおとなしくなり、圭介に抱えられたまま床にへたりこんでいた。その圭介の肩に、兄だという男がやさしく手を置いている。

「皆川さん」

　頭上から声がした。目をあげる。

　そこに、岩島がいた。彼がなぜここにいるのかはわからなかった。でも、ほっとした。

胸の底がじわりとあたたかくなった。

岩島が手を伸ばしてくる。美海も彼に左手を差しのべた。

だが、胸もとで声がした。

「行かないで」

依織だった。美海のシャツにしがみつき、小刻みに震えている。化粧の剝げ落ちたその顔は、いまやすべてを知った美海ですら驚くほど幼かった。

「ごめんね」

美海はささやいた。

「ごめんなさい。でもわたしは、あなたのお姉さんじゃないの」

依織が目を見ひらく。その顔から、見る間に血の気が引いて白くなっていく。

少女は美海のシャツの胸もとを握りしめたまま、「そう」とわななく声で言った。

「いいわ。——行って」

駄々っ子の声音だった。

「行ってよ。好きにすればいい。わたしを置いて、そいつとどこへでも行けばいいわ」

「ううん。だめ」

美海はかぶりを振った。

「あなたから、手を離してくれなきゃだめ。そうしないとこれは、ほんとうの意味で終われないの。ね、あなただってほんとはわかっているんでしょう」

依織が絶句する。顔を伏せ、いっそうきつく美海にしがみつく。

激しく首を振り、幼な児《ご》のようにいやいやをする。

「――で、できない」

嗚咽《おえつ》が肩を揺らした。

「できない。そんなことできない」

「ううん」静かに美海は言った。

「できるわ。あなたが離して。いい？――あなたから、わたしを離すの」

依織の啜《すす》り泣きが高くなった。

数分後、その指がそっとひらき、握りしめたシャツを離すのを、美海は無言で見守った。

エピローグ

あれから五箇月が過ぎた。

依織と圭介と、本名不明の男児とは行政に保護されることになった。刑事事件の加害者ではなく、犯罪被害者としてである。

山口葉月の犯行に加担したことについては、基本的に不問とされた。

依織は十一歳、圭介は三歳、男児は五歳でそれぞれ親もとから引き離され、適切な教育を受けることなく放浪させられてきたのだ。責任能力など問える状態ではなかった。

ただ皆川家に対する身体的および精神的暴行と、亜佑美の死に関しては計画性ありと見なされた。

しかし未成年であること、長らく特殊な環境下にあったこと等々により、圭介と男児は児童自立支援施設へ。依織は一時的に医療少年院で治療を受けたのち、同じく支援施設へ送られることが決定された。

男児はどう見ても五、六歳の体格であったが、実年齢は九歳だった。おそらく歪《ゆが》んだ環境と愛情不足が成長を阻害したのだろう、と担当医師は語った。

また依織と圭介の精神年齢についても、「均一性ある正常な発達にはほど遠い」との鑑定結果が出された。

皆川留美子と琴美は、精神科病院への入院措置となった。

重症の琴美は閉鎖病棟へ送られたが、留美子は開放病棟であった。

美海はひんぱんに母のもとへ面会に行った。開放病棟の面会は制限なしで自由だった。

そうなってはじめて、美海は母と一対一で長く話しこむことができた。

「菜の花畑」

ぽつりと美海は言った。

「思いだしたの。あれ、わたしはずっとお父さんとお母さんと行ったんだとばかり思ってた。でも、そうじゃなかったんだね。ずっと忘れてた。ううん、記憶をすり替えてたんだ、ごめんなさい」

「あんたが謝ることじゃないわ」

留美子は低く答えた。

「ほんの子供だったんだもの。あんたが悪いんじゃないことはわかってた。でも、理屈じゃなくて感情が拒否したの。娘までわたしじゃなくあの女を選ぶのか、って、そう思ったら我慢ならなかった。……あんたにぶつけるべきことじゃなかったのにね」

「そうね」美海はうなずいた。

「わたしもずっと、問題はお母さんとわたしの間にあるんだと思ってた。でも、違った。原因はお父さんの方にあったんだ」

美海を支えてきた、菜の花畑のあの記憶。皮肉なことにそれが、母娘の関係を歪ませた大もとであった。

夫と愛人との逢引《あいびき》に次女がついていったと知り、「実母の自分より、あの女になついているのか」と留美子は衝撃を受けた。以来、母娘の仲には亀裂《きれつ》が入り、傍目《はため》にもわかるほどぎくしゃくするようになった。美海は「嫌われているのだ」と思いこんだ。だが問題の根は母でも自分でもなく、父にあったのだ。

母は美海を疎んじるべきではなかった。美海が恨むべき相手は母ではなかった。いまとなれば、お互いすんなりと呑《の》みこめる。あの事件を経て、ようやくだ。

「――たぶん、離婚するわ」

留美子がつぶやいた。

「そう」美海は答えた。

父が面会に訪れたかどうかは訊《き》かなかった。答えを得たところで、なにも変わらない気がした。

五月の青空が頭上にひろがり、塀に沿って立つ木々が枝の間から陽光を透かしている。二匹の紋白蝶《もんしろちょう》が、螺旋《らせん》を描くように絡まりあいながら飛んでいる。

「亜佑美が」

美海は言った。

「亜佑美が死んだこと、わたし、まだうまく実感できてないんだ。じわじわ、じわじわって胸に染みがひろがるみたいにすこしずつ大きくなっているんだけど、でもまだ、ほんとに死んだとは思えない。でもこの前、部屋にひとりでいたら、どっと涙が出てきたの。なんで泣いたのか自分でもよくわからなかったんだけど、たぶんわたし、亜佑美のために泣いたんだと思う」

「そう」

留美子はうなずき、美海にならうように窓を向いた。

「――わたしはまだ、智未のためにもちゃんと泣けていない気がするわ」

へんね、と母が言う。

ううん、と娘が首を振る。

春の風が、日焼けしたカーテンをさらりと揺らした。

「じゃあまた明日《あした》。皆川さん」

「うん、また明日」

家の前まで送ってくれた岩島に、手を振って別れる。

冬休みが明けてからというもの、毎日彼は美海の登下校に付き添ってくれるようになった。なぜかまわりもそれを、当然のこととして受けとめているようだった。

あれから岩島は「みの多い皆川さん」とは美海を呼ばなくなった。ほんのすこしさびしい気がするのが、自分でも不思議だった。

ポストを覗《のぞ》く。ダイレクトメールに混じって、白い封筒が一通入っていた。手書きで『皆川美海さま』と宛名《あてな》が記してある。差出人は『吉田依織』だ。

美海は玄関戸を開け、階段をのぼり、自室に入ってようやく封を切った。

封筒と同じほどそっけない、白い無地の便箋《びんせん》だった。筆跡は硬く、幼いと言ってもいいくらいだ。

美海は壁にもたれ、ゆっくりと文字を目で追った。

皆川美海さま

こんにちは。おひさしぶりです。

突然お手紙してすみません。

先生に、治りょうの一環として文章を書くのはいいことだ、と言われ、手紙を書くことにしました。漢字は辞書を引きながらです。でも、とてもむずかしい字はひらがなにさせてもらいました。

あて先は、なぜかあなたしか思いつきませんでした。いやなら読むのをやめて、破って捨ててください。

わたしはいま、医りょう少年院にいます。少年院とは言っても、心の治りょうをするためであって、罪に問われるわけではないようです。でも、法律で罰してくれた方がよかったとも思います。

ここでわたしはあの女ではなく、わたしに戻りました。

先生は「それはいいことだ」と言います。でも、わたしにはあまりそう思えません。

なぜならあの女でいたときの方が、強かったし、迷わなかったし、自信があったし、怖いものもなかったからです。

たまに、死んでしまおうか、という気持ちになることもあります。

死にかたはたくさん知っています。だから、死のうと思えば死ねるのです。でもわたしはまだ生きています。あんなにたくさんの人の死を目の前で見たのに、まだ自分は死なずに生きています。ずるいですよね。

ここにいると、考えごとをたくさんします。

とくに、姉のことばかりを思います。

あの女に連れまわされているときは、ほとんど思いだしませんでした。なのに、いまになってなぜこうなのか、自分でもふしぎです。

先生は「自己防えい機能だろう」と言いました。思いだすと自分が壊れてしまいそうだから、無意識にふたをしていたんだろう、とのことでした。それで合っている気もするし、まちがっているような気もします。

わたしは姉が大好きでした。でもあの女が家にいるときは、大嫌いで、憎んでいました。嫌いになるよう、仕向けられていたのです。

家族がばらばらになって、みんな死んでしまったことも、全部姉のせいのように思いこんでいました。悪いのは姉で、死んだのも自ごう自得だと思っていました。なぜってそうであった方が、わたしが楽だったからです。

でも、違いました。

わたしが嫌うべき相手は姉ではなくあの女であり、悪いのもあの女でした。それと、しいて言えば、あんな女を家にひっぱりこんでしまった、両親の弱さです。

わたしは名前が変わるそうです。

名前を変えて、うその経歴をもらって、遠い土地でぜんぜん違う誰かとしてやりなおすことになるようです。奇特な人が——そういう活動をしている人が、わたしを引きとって、親代わりになってくれるんだそうです。

たぶん圭介ともちびとも、二度と会うことはないんでしょう。その方がいいと、わたしも思います。

わたしは姉が大好きでした。

映画やドラマだと、真実を思いだした人間はとたんに楽になって、ハッピーエンドになりますよね。でもあんなのうそです。

わたしはいま、苦しいです。うそで固めて、自分でなくなっていたときは楽でした。ほんとうの記憶を取りもどせば取りもどすほど、苦しく、つらくなります。

でももううそはつきたくない、という気持ちもほんとです。

姉はいつも、神様みたいないい子だと言われていました。

その神様を、わたしは殺しました。だったらわたしは、いったいなにものでしょう。

死んだらわたしは、どこへ行くのでしょう。

きっと天国ではないですよね。でも、それでいいと思います。

さようなら。

遠くから、あなたの幸せを祈っています。

吉田依織

引用・参考文献

『なぜ家族は殺し合ったのか』佐木隆三　青春出版社
『消された一家　北九州・連続監禁殺人事件』豊田正義　新潮文庫
『バラバラ殺人の系譜』龍田恵子　青弓社
『殺人百科（二）―陰の隣人としての犯罪者たち―』佐木隆三　徳間文庫
『殺人データ・ファイル』ヒュー・ミラー　加藤洋子訳　新潮ＯＨ！文庫

本書は二〇一四年八月に小社より刊行された単行本『寄居虫女《ヤドカリオンナ》』を加筆・修正の上、改題し文庫化したものです。

この作品はフィクションです。実在の人物、団体等とは一切関係ありません。

侵蝕《しんしょく》　壊《こわ》される家族《かぞく》の記録《きろく》
櫛木理宇《くしきりう》

角川ホラー文庫　19830

平成28年6月25日　初版発行
令和6年10月30日　12版発行

発行者———山下直久
発　行———株式会社KADOKAWA
〒102-8177　東京都千代田区富士見2-13-3
電話 0570-002-301（ナビダイヤル）
印刷所———株式会社KADOKAWA
製本所———株式会社KADOKAWA
装幀者———田島照久

●お問い合わせ
https://www.kadokawa.co.jp/（「お問い合わせ」へお進みください）
※内容によっては、お答えできない場合があります。
※サポートは日本国内のみとさせていただきます。
※Japanese text only

ISBN978-4-04-104336-3 C0193　◆◇◇

角川文庫発刊に際して

角川源義

第二次世界大戦の敗北は、軍事力の敗北であった以上に、私たちの若い文化力の敗退であった。私たちの文化が戦争に対して如何に無力であり、単なるあだ花に過ぎなかったかを、私たちは身を以て体験し痛感した。西洋近代文化の摂取にとって、明治以後八十年の歳月は決して短かすぎたとは言えない。にもかかわらず、近代文化の伝統を確立し、自由な批判と柔軟な良識に富む文化層として自らを形成することに私たちは失敗して来た。そしてこれは、各層への文化の普及滲透を任務とする出版人の責任でもあった。

一九四五年以来、私たちは再び振出しに戻り、第一歩から踏み出すことを余儀なくされた。これは大きな不幸ではあるが、反面、これまでの混沌・未熟・歪曲の中にあった我が国の文化に秩序と確たる基礎を齎らすためには絶好の機会でもある。角川書店は、このような祖国の文化的危機にあたり、微力をも顧みず再建の礎石たるべき抱負と決意とをもって出発したが、ここに創立以来の念願を果すべく角川文庫を発刊する。これまで刊行されたあらゆる全集叢書文庫類の長所と短所とを検討し、古今東西の不朽の典籍を、良心的編集のもとに、廉価に、そして書架にふさわしい美本として、多くのひとびとに提供しようとする。しかし私たちは徒らに百科全書的な知識のジレッタントを作ることを目的とせず、あくまで祖国の文化に秩序と再建への道を示し、この文庫を角川書店の栄ある事業として、今後永久に継続発展せしめ、学芸と教養との殿堂として大成せんことを期したい。多くの読書子の愛情ある忠言と支持とによって、この希望と抱負とを完遂せしめられんことを願う。

一九四九年五月三日

ホーンテッド・キャンパス

櫛木理宇

青春オカルトミステリ決定版！

八神森司は、幽霊なんて見たくもないのに、「視《み》えてしまう」体質の大学生。片想いの美少女こよみのために、いやいやながらオカルト研究会に入ることに。ある日、オカ研に悩める男が現れた。その悩みとは、「部屋の壁に浮き出た女の顔の染みが、引っ越しても追ってくる」というもので……。次々もたらされる怪奇現象のお悩みに、個性的なオカ研メンバーが大活躍。第19回日本ホラー小説大賞・読者賞受賞の青春オカルトミステリ！

角川ホラー文庫

ISBN 978-4-04-100538-5

ホーンテッド・キャンパス

幽霊たちとチョコレート

櫛木理宇

初恋×オカルト×大学生。今度の試練は…？

幽霊が「視《み》えてしまう」草食系大学生の八神森司。怖がりな彼がオカルト研究会に属しているのは、ひとえに片想いの美少女こよみのため。霊にとりつかれやすい彼女を見守るのが、彼の生き甲斐だ。そんなある日、映研のメンバーが、カメラに映りこんだ「後ろ姿の女の霊」の相談に訪れた。しかもそのカメラでこよみを隠し撮りされ……⁉　本当に怖いのは、人かそれとも幽霊か？　期待の新鋭が放つ大人気オカルトミステリ第２弾‼

角川ホラー文庫

ISBN 978-4-04-100663-4

ホーンテッド・キャンパス
待ちにし主は来ませり

櫛木理宇

最凶の人形が、聖夜に死者を呼び戻す。

クリスマスイヴ。森司《しんじ》とこよみのデートがついに実現！人生最高の夜を噛みしめていた森司だが、ツリーの根もとで異様な人形を発見する。それは１年前にオカ研へ相談が持ち込まれた曰く付きのもの。ある教授が、死んだ愛娘そっくりに作り上げ、娘の代わりとして大切に世話していた。供養されたはずだが、なぜここに？　同じ頃、部長と藍《あい》も奇妙な憑依事件の渦中にいて……。シリーズ最大の危機がオカ研メンバーを襲う第18弾。

角川ホラー文庫

ISBN 978-4-04-111235-9